風華世家 2

十月微微涼 著

風文創 227

目錄

第二十三章

嬌嬌與老夫人依偎在一起席地而坐，許久，兩人心情似乎都平復了下來，其實，嬌嬌自己知道，這所謂「平復」也不過是表面罷了。

她的內心裡現在仍是激動不已，便是在二十一世紀找到自己的親人，她怕是也不能平靜，更何況穿越到這未知的朝代呢？

這個時候，她是真的感激老天爺，雖然她真的沒有了爸爸、媽媽，但是，她知道了自己的身世，找到了自己的姨媽。她、她終於也有親人了。

她不知道該怎樣形容這種心情，卻只覺得，自己不能控制自己的心。

大抵是為了轉移自己紛亂的思緒，嬌嬌開口言道：「姨媽……呃，我、我叫您姨媽還是祖母好呢？」嬌嬌這個時候真有幾分迷茫。

老夫人笑著摸了摸她的頭。「叫什麼都好，叫什麼不重要，重要的是，我找到了秀兒。」

嬌嬌頓了一下，言道：「呃，還是叫祖母好了，免得叫習慣了，若是在旁人面前叫您姨媽，倒是徒惹他人疑心，如今季家也算不得太平。」

老夫人看她如此，更是滿意幾分，點頭。「就按妳說的，往後，妳便還是秀寧，我也還是祖母。秀兒，秀寧，其實倒是一樣的，就如同妳所說，如今季家並不太平，內憂外患，總是防備些才好。」

嬌嬌問道：「祖母，如若今天沒有發現我是您的外甥女，您本是想與我談什麼呢？季家嗎？」

老夫人點頭承認。「正是如此，我與妳敞開心扉說這些，便是希望，自己不要再次看錯一個人，倒是不想，妳竟是我的親人。原來，一切真的皆有定數。」

「那祖母能說說季家的隱憂嗎？自然，我社會經驗淺薄，可是視角不同，許是能發現旁的不妥當之處？」嬌嬌認真言道。

老夫人凝視她，露出微笑。「其實不妥當的地方，我都能處理得來，我只是在傷心，傷心季英堂的孩子為什麼都沒有教好，特別是楚攸、齊放他們那一群，他們那群孩子天資最好，結果卻也是最傷我心的。秀寧，怕是妳也想不到吧，妳的齊先生，也就是齊放，他與妳想像中那個溫文爾雅的謙謙君子根本不同，他圖的，不過是我們季家的財，他與彩蘭勾結在一起，只為了能夠娶到晚晴，得到季家。」

嬌嬌錯愕地看著老夫人，怎麼都想不到，齊先生竟然是這樣一個人。

「他、他是這樣一個人？」

老夫人點頭。「妳還記得楚攸那日來嗎？其實那日楚攸，用一個天大的秘密換了我一樣東西走，而這個秘密，便是齊放的真面目。」

嬌嬌更加錯愕，她想不到，楚攸竟然知道齊放是一個什麼樣的人，那麼，那日老夫人壽辰，他們在院子裡說話，為何又要那般地道貌岸然呢？是演戲？抑或者其他？

「這不科學啊，準確的說，邏輯上說不通。」嬌嬌疑問。
「哪裡說不通？」老夫人問道。
「楚攸。壽宴那日，我如廁回來曾經碰見他們兩人，當時我很明確地看到齊放在質問楚攸啊，而楚攸也說齊放還要留在季家這裡那樣的話；如果齊放是個小人，那麼楚攸為什麼要這樣說，有沒有可能，是楚攸想將齊放挖走而不得，結果蓄意陷害呢？」
老夫人搖頭，嘆息。「我也有過這樣的想法，可是事實勝於雄辯，昨夜，他已經與彩蘭接頭了，我自然是知曉了一切。齊放，真的讓我失望了。寧元浩變了，楚攸變了，齊放變了。我不明白，季英堂究竟出了什麼問題。秀寧，妳既然旁觀者清，那妳覺得，季英堂的孩子，為什麼都會變成今日這般？」
「也許，他們不是變了，而是本質就那樣。祖母，您知道嗎，其實我昨天也發現了薛二小姐的不對勁，就在我們所有人都其樂融融的時候，她面上帶笑，手卻已經攥出了青筋。」
「青玉她竟如此？」老夫人沒有想到這一點，表情有幾分震驚。
嬌嬌點頭稱是。
「祖母，我剛才聽您說到了齊先生的事，提到了季英堂，我突然有個大膽的聯想，可能會讓您難以接受，可是我真的想問，薛大儒，也就是當初教導他們所有人的薛先生，他是一個什麼樣的人？真的是一個好人嗎？」
這一點，嬌嬌早就已經有疑惑了，最初的疑惑是彩玉的話，薛大儒曾經在大殿上說過，眾位皇子不如季英五子，這是怎樣的評價？這麼觸禁犯忌的事，他便是讀書讀傻了也不至於如此吧？可偏是所有人都沒有想過他是故意的。

而今再看，他教導過的那幾個孩子，除了季家的兩個公子，其他人算是全都歪了。寧元浩，朝秦暮楚、貪慕富貴之輩；楚攸，心狠手辣、忘恩負義之人；齊放，勾結他人，算計錢財之輩。瞅瞅，哪有一個好的？

最後便是薛二小姐，薛青玉好端端地為什麼那樣？

如此看來，所有的箭頭倒是都指向了一個人，那便是薛大儒。

老夫人聽了嬌嬌的話，確實更為震驚，她看著嬌嬌，許久不能緩過神來，她不明白，嬌嬌為什麼會有這樣的聯想，不過再聽嬌嬌的分析，竟是也有幾分道理。她垂首沈思。

「薛文陽原本也是世家公子，不過卻因著被人陷害而家道中落，他隱居在江寧，被仇家追殺時為我所救，我們比鄰而居許多年。」

停頓一下，老夫人嘆息。

「他戀慕於我，那時我已成親，更是深愛自己的相公。我相公憨厚，沒有英俊的外貌也沒有淵博的學識，但是卻待我極好，我們真心相愛，我自是不可能接受他。他曾與我說過自己的感受，不過我也明確拒絕了他，後來沒多久他就成親了，娶的便是二夫人她們的母親，之後更是在我們創辦的季英堂教導這些孩子。秀寧，我真的不願意將他往壞的地方想，我不想失去了這一輩子的好朋友，他曾經是我除了相公之外最信任的人，我不敢想，如若他真的是因此生恨而做了這麼些事，我該如何？」

嬌嬌看老夫人。「那祖母呢，祖母是怎麼想的？您的看法呢？」

老夫人沈吟半晌。「我是相信他的。」

嬌嬌點頭。

「祖母相信他，可我卻是不信的，許是職業病的關係吧，對許多事我都以最大的主觀故意揣測旁人，而且我更加會結合周圍的客觀證據，而據我所觀察到的訊息，就是他並不是一個十分可靠的人。或許是這一切都是巧合，然而，我們上學時便有這樣一個定理，許多的巧合湊在一起，便必然不是巧合，一定有一條我們看不見的線在支撐這一切。」

老夫人嘆息。「我心裡是願意相信他的，可是相信不代表不防範，妳說得是有道理，祖母會多加小心。」

「那祖母，齊先生那裡？」

老夫人看嬌嬌擔憂，勉強地笑。「這點妳倒是無須擔心，齊放雖然貪圖富貴，想著謀奪季家的家產，可是，他斷然是做不出害我們這樣的事。他是我看著長大的，這點我深信不疑，不僅是他，便是楚攸，也是亦然。」

嬌嬌看老夫人的表情，知曉她心中有數，其實老夫人穿越了那麼多年，如若真的一點能力都沒有，也不可能混到今日這般狀態，如此想著，倒也放下心來。

嬌嬌挽著老夫人的胳膊，言道：「祖母穿越之前是學什麼的？」其實她頂好奇這一點的，季家特別的格局，老夫人的性格，如果不是季英堂出了問題，季家真是無懈可擊。

老夫人笑了笑。「我畢業的時候就進了一家建築設計所，穿越之前算是女性高級主管。」

聽聞此言，嬌嬌果然有一種原來如此的感覺。

老夫人看嬌嬌的表情便是明白了幾分，笑著言道：「這世上，最難揣測的便是人心。初時我以為透過自己的奮鬥可以掌控一切，確實，開始時是沒有問題的，可是妳看現在，季家腹背受敵，這便是我沒有大局觀所造成的。」

嬌嬌並不贊同這樣的說法。「沒有走到最後，誰又能說當初是對是錯；再說了，我倒是覺得，祖母既然如今還握有權力，沒有失了主控權，那便很好，有時候不是妳精明與否，奮鬥與否，人和固然重要，可還需要有天時地利。」

老夫人笑了出來，拍了拍嬌嬌的手。「真是個會安慰人的好孩子，如若晚晴有妳這般，我也不至於今日這般的累。」

嬌嬌正色。「晚晴姑……呃，表妹，呃，還是姑姑吧。」嬌嬌撓頭，這稱呼，真的沒法叫啊。

「妳還是按照原來的稱呼便好，如此也更安全些。」老夫人叮囑。

嬌嬌點頭應道是。想了下，她開口道：「晚晴與我自然不同，不過卻並不能說誰好誰不好。龍生九子且各有不同，您不能用父親和二叔的要求來要求姑姑，在許多事情上，我都是不如姑姑的。今日祖母覺得我很好，那是因為，我身體裡有一個成年人的靈魂，而且，我是穿越而來，長大的環境和所接受的教育不同，自然處事方式會有不同。要知道，這裡是古代，是一個架空的王朝，便是祖母您再能幹，也不可能完全將自己女兒教養得如同一個現代人，那樣不是新潮，不是幫她，也許正是害她。」

老夫人讚賞地看著嬌嬌，心裡覺得安慰極了，她很高興，自己妹妹唯一的小女兒沒有長歪，雖然她自小就在孤兒院長大，但是她卻真的是一個好孩子，一個明事理又聰慧的好孩子。

想到楚攸那句要娶秀寧的笑言，老夫人問道：「嬌嬌看事情透澈地讓我心驚，但是我很欣慰。那嬌嬌說說楚攸這人吧？妳覺得，楚攸是一個什麼樣的人。」

嬌嬌不知曉這話題怎麼就又繞到楚攸身上了，不過她還是開口。「楚攸？當初我未見其人卻已經對此人懷著很深的好奇心了，許是祖母不知道，我真是好奇心超重的一個人，那時就對楚攸很感興趣，後來見了他，說實話，對此人，我竟是完全沒有這人會心狠手辣的感覺。當然，他那樣的相貌想讓人有這樣的感覺也不容易，知人知面不知心，凡事不能看表面我也懂；可後來我與他接觸了幾次，包括在書樓碰到他，還有寒山寺，說實話，我莫名就覺得，自己並不怕這人。

「不過不怕歸不怕，對他，我是覺得，自己要再三謹慎地才好。他很奇怪，立場的奇怪，言語的奇怪，我們每個人都披著一張偽善的皮，可是他不同，他似乎看到別人怕他，會很興奮，會很快樂。這樣的人，我說不好究竟如何，但是可以很肯定，他做不成我的朋友，或許能成為夥伴或者搭檔，但是朋友不行。他的警惕心特別重，不僅如此，更是對人存有一種本能的戒備，這是我的直觀感受。」

嬌嬌對楚攸的觀感其實是很複雜的，所以她有些語無倫次，不過老夫人倒是聽明白了。她微笑看嬌嬌說完，言道：「楚攸那日說，妳與他有緣，雖然似乎漫不經心，但是我總覺得，他話裡有話。」

嬌嬌冷笑一聲。「懷遠大師的話是，我與他和小世子都有緣，這緣分，不見得是愛情，也可能是親情啊。」

老夫人還是笑。「晚晴喜歡楚攸而不得，為什麼會願意放棄了？」

嬌嬌定睛看老夫人。「因為她想明白了，想明白什麼最重要。晚晴不適合楚攸，當然也不適合齊放；晚晴更適合的就是像徐達那樣的人。」

老夫人吃驚。「妳是這麼想的？」

嬌嬌點頭。「晚晴姑姑太過脆弱，雖然外表冰冷，但是她的冷與母親、與秀慧皆是不同，她骨子裡是脆弱的。她是季家的小女兒，備受寵愛長大，她受到很正統的教養，她有很明確的善惡是非觀，她覺得自己當初沒有幫虞夢說話，就是害虞夢自殺的元凶，所以她傷心，她脆弱，她心裡充滿傷痕。

「在知道虞夢的事以前，我覺得，齊先生很適合她，可是知道那件事之後，我就覺得，他們不合適了。晚晴更適合一個心思單純，並不十分複雜的人，那人不需要刻意地呵護，只要正常相處，把晚晴當一個娘子，單純快活地生活，真心守護季家，這樣晚晴才會真的幸福。也許我看得不對，可我覺得，如果硬說這樣的人有一個什麼樣的原型，那徐達就算是那樣的一個人。」

老夫人點頭看著嬌嬌，嬌嬌所想的，都是她所想的，兩人竟是這般的心有靈犀。

「坦白說，原本我也是希望晚晴能夠嫁給齊放的，因為齊放這麼多年來對晚晴太好了，好到我這母親都覺得，齊放是適合晚晴的；可是就如同妳所言，經歷了寒山寺的事，我便對此有了些不一樣的看法，齊放過度地小心翼翼，這樣也許會讓晚晴更加地介懷。當然，後來我便是徹底打消了這個念頭，齊放，竟是也與我看到的完全不同；至於徐達，雖然不知道他是否也如我們表面看到的那般，但是，且行且看吧，我不希望晚晴將來後悔，也不希望自己錯點鴛鴦。」

「我相信，晚晴姑姑會幸福的，她是一個善良的人，善良的人都會幸福。」嬌嬌揚頭看老夫人。

嬌嬌與老夫人直到傍晚才回季家，因著季家有共同用晚膳的習慣，眾人自然都在等待之中，兩人也分別回去換了衣服。

彩玉見自家小姐回來，笑咪咪地迎了上來。「小姐回來了，出去玩了一天，累了吧？」

嬌嬌搖頭。「也還好啦。」

簡單梳洗了一下，嬌嬌換好衣服，彩玉在她身邊伺候，言道：「小姐，今兒奴婢在亭子裡看到薛二小姐與齊先生說話了。」

嬌嬌不置可否。「那又如何呢？難不成見面還裝作不認識？」

彩玉笑。「自然不是這樣，不過，薛二小姐不知怎地就倒向了齊先生，當時三小姐正巧也看到了。奴婢覺得，薛二小姐似乎有幾分故意，原來在京裡的時候，家裡就有些隱隱的傳言，說薛二小姐其實是喜歡齊先生的。」

嬌嬌聽聞此言，也笑了出來。「既然喜歡，那爭取便是，左右晚晴姑姑也並不喜歡齊先生，如此一來倒是也皆大歡喜。」

聽了這話，彩玉沒有多言。

嬌嬌照鏡子，露出一個笑容。「好了，走吧，別讓大家等急了。」

彩玉發覺自家小姐似乎心情很好的樣子，完全不似昨晚的焦躁，雖有不解，但仍是應是。

待來到主屋，眾人已經到齊，嬌嬌微微一福，巧笑倩兮。「秀寧見過祖母……」

「老夫人偏心哦，聽說您今日帶秀寧出門踏青了，您這般，青玉可是不依哦。青玉正巧無聊得緊呢，您出門也不喊上我。」薛青玉小女兒家般的挽著老夫人的胳膊，模樣嬌俏。

嬌嬌看她如此，淺笑退到一邊。

子魚連忙拉住嬌嬌的手，低低地問：「姊姊，妳們今天去哪裡玩了？下次帶我一起去好不好？子魚也想出門的。」

嬌嬌看他這般著急的模樣，莞爾一笑，低低回道：「好啊，等下次咱們一起去。」

「姊姊真好。」

老夫人聽到兩人的低語，笑應：「這次啊，我先和秀寧探探路，下次帶著大家一起，不論是青玉、還有子魚、秀美，咱們全家一起郊遊，好不好？」

「祖母不准反悔。」子魚忙不迭地點頭，說罷露出大大的笑容。

看他孩子氣的模樣，大家都笑了出來。

嬌嬌略垂首，笑意盈盈，可是卻是在悄悄地觀察著薛青玉。

「自然是不反悔，祖母騙誰也不能騙子魚啊。好了，想來大家也餓了，用膳吧。」

晚膳過後，幾個成年女子都陪著老夫人說話，小一輩的則是被允了離開。

嬌嬌牽著子魚，問道：「子魚今日都學什麼了？」

子魚歪頭想了下，言道：「就是往日那些啊。姊姊，自從妳不和我們一起學習了，我覺得上課都沒有意思了呢。」

嬌嬌點他的鼻子。「真是個嘴甜的小傢伙，這麼小就知道哄人。」

噗哧一聲笑聲傳來，嬌嬌望去，竟是小世子，對哦，她都忘了，這人還沒走，可是楚攸都走了，他為什麼還沒走呢？他不是像那啥一樣盯著楚攸嗎？

咦，還有啊，他是怎麼進來的？這是內院啊，他這個時辰怎麼可能在這裡？腦子一通亂轉，嬌嬌還是反射性地微福請安。「秀寧見過舅舅，不過，已經這麼晚了，舅舅怎麼來內宅了呢？哦，定然是找母親的吧。」

小世子微微仰頭。「我倒是不覺得晚呢，再說了，即便是阿姊不找我，我就不能來這裡嗎？」

嬌嬌默寒，這人真是跋扈慣了啊，太不討喜了。

「那還請舅舅自便，秀寧還要送子魚回房，告辭了。」嬌嬌微微笑。

小世子挑眉。「可是，我就是來找子魚的啊。老夫人已經答應了，讓子魚與我待一會兒。我過來，正是來接他的。」他似笑非笑地。

嬌嬌低頭看子魚，子魚點頭。「是的。祖母昨兒應的，姊姊，妳也在啊，妳都沒有記住啊？」

嬌嬌尷尬地笑。「呃，姊姊、姊姊記性不太好……」當時她意外看到了薛青玉的動作，精力都放在她身上，自然沒太注意老夫人說了啥！

小世子拉過子魚，看嬌嬌。「我看啊，並非是記性不好，怕是並未放在心上吧。」

嬌嬌言道：「秀寧資質愚鈍，自然是不像舅舅一般能幹。」

小世子怎麼可能相信她的話，撇嘴。「哦，倒真是資質愚鈍呢，怕是楚攸回去便要全力地攻訐瑞親王了吧？這倒要感謝秀寧小姑娘的資質愚鈍。」最後四個字說得極重。

嬌嬌不以為然，繼續笑咪咪。「懷遠大師已經過世了，楚大人身處刑部，做的也不就是為人伸張正義這樣的事嗎？」

小世子用腳尖劃地，冷笑。「真是伶牙俐齒，怪不得懷遠大師說妳與楚攸有緣分呢，就看你們兩人，倒是真的算有緣，一樣的狡猾。」

嬌嬌看他如此，一時興起，逗他。「可懷遠大師也說我與舅舅有緣呢！」

小世子惱怒。「那自然是不同的，當時他不是也說了嗎，還有親情，我是妳的舅舅，自然是有親緣在其中。」

嬌嬌長長地哦了一聲。

「妳這是什麼意思？」小世子更是惱怒了。

「什麼什麼意思？」嬌嬌頗為無辜。

「你不要欺負我姊姊。」子魚鬆開小世子，瞪著自己的舅舅。

小世子倒是沒有想到，往日裡極為崇拜自己的小外甥，今日竟然為了這個小孤女來瞪自己，這心情真是不咋地！

「我才不稀罕欺負她。子魚，我們走。」

子魚有些擔憂地看了一眼嬌嬌，之後堅定地與小世子言道：「你欺負我姊姊了。」

「那又怎樣？」小世子怒極反笑。

「你要道歉，不然我姊姊會哭的。」子魚正經地說。

小世子一口氣差點上不來，道歉？他何嘗和別人道歉過？這是鬧哪門子的么蛾子？他才不樂意呢！斜眼看嬌嬌。「我倒是不知道，這外甥女需要做舅舅的道歉，再說，我好像也沒怎麼樣吧？」

嬌嬌看他怒髮衝冠卻又要強壓火氣的樣子，勾著嘴角微微福下。「秀寧不敢，舅舅說得都對，子魚不要誤會舅舅，他只是說話大聲了一些，並沒有欺負姊姊，子魚多慮了。既然祖母已經應允了，那子魚還是與舅舅去玩吧，姊姊也回去了。」

子魚有些憂心忡忡，小小的包子臉皺在一起。「舅舅，原來我誤會你了哦。」

這姊弟倆是怎麼回事，是專門玩他的嗎？小世子覺得整個人都不舒服了。

嬌嬌看他表情越發地詭異，再次言道：「舅舅，秀寧退下了。」

小世子實在是不想看見她了，擺了擺手，嬌嬌淺笑退下。

待她走遠，略回頭看了一眼，見小世子拉著子魚大步流星離開，微微搖了搖頭。

「小姐，咱們往後還是躲著小世子點吧，他在京中就是有名的跋扈，少招惹他才是正經。」彩玉有些憂心。

嬌嬌淡淡地點頭。「我心中有數的，妳無須擔心太多。」

「奴婢知曉小姐聰慧，但是小姐終究是個孩子，還是要多多謹慎的。」

彩玉處處為她著想，嬌嬌也是明白的，她笑著仰頭看彩玉。「我知道的，彩玉，妳性子謹慎，自然能看到許多我沒有注意到的地方，如若我有什麼不足，妳要直接告訴我。」

彩玉靦覥地笑道：「小姐抬舉彩玉了，許是彩玉在許多時候有些多言，但是小姐知道的，奴婢都是為小姐好，只希望小姐不要嫌奴婢煩才好。」

「我感謝彩玉還來不及，才不會嫌彩玉煩。」嬌嬌甜甜地笑。

第二十四章

初秋的清晨，鳥語花香。

嬌嬌一襲淺藍的紗裙宛若小仙子，穿過庭院來到季晚晴的房間。

季晚晴正在撫琴，見嬌嬌敲門，將手按在琴上，停下。

「秀寧來了？這幾日妳的琴藝有些疏於練習，不曉得有沒有退步。」季晚晴抬頭看她。

嬌嬌靦覥的笑，清脆回道：「姑姑放心，秀寧會多加練習的。」

季晚晴看她，抿了下唇，認真言道：「秀寧資質不算頂好，即便是勤加練習，也不見得能有幾分出色，如若現在三天打魚，兩天曬網，更是不妥當。」

嬌嬌認真點頭。「我知道了，姑姑。不過姑姑，我並不是想要琴藝多好，更非要藉由琴藝讓自己聲名顯赫，我只是將此當成一個愛好，我自然是會努力的，不過卻並不想讓此事變成我的束縛。」

季晚晴定睛看著嬌嬌，過了許久，似乎是理解了她的話，緩緩點了點頭，露出淺淺的微笑。「怪不得母親喜愛秀寧，妳剛才說那番話的時候，我竟似乎回到了小時候，妳必然不知道的，當初，我一開始學琴，母親便與我說過這樣的話；倒是不想，今日同樣的話秀寧也說了出來，怪不得，怪不得母親那般的喜歡妳，如此看來，這家中，最肖似母親的，竟是秀寧。」

嬌嬌略微垂首，不再多言。

季晚晴看她如此，笑著起身。「好了，妳坐過來吧，咱們開始練琴。」

嬌嬌頷首。

練琴的時間總是格外地快，待一曲終了，嬌嬌笑咪咪地看季晚晴。

晚晴點頭。「秀寧真心喜愛學習琴藝。」

嬌嬌自然笑著附和。「是呢。不管是學琴還是練字，或者讀書，只要喜歡，我便會全力以赴。」

季晚晴看嬌嬌，言道：「秀寧如此心性，我該多多學習。」

「姑姑今天有點奇怪呢。」嬌嬌覺得今日的季晚晴有幾分不同，她歪頭看季晚晴。

季晚晴笑。「昨日母親與我談過了，其實這些日子我也想了許多，確實，是我作繭自縛了，如若我連秀寧一個孩子都不如，那我當真白活這麼多年了。秀寧，人人都道秀慧聰慧，但是今日我卻覺得，秀寧才是季家最聰明的孩子。秀寧大概不知道，妳特別像母親，也像大哥，我很欣慰，很欣慰大哥有妳這個養女。」

「姑姑謬讚了。」嬌嬌微笑。如若說她與季致遠像，也未必沒有道理，說到底，在靈魂上，兩個人是正經的表姊弟。

季晚晴笑了起來。

「我真的該好好改變一下了。秀寧，有件事我想和妳商量一下。」

嬌嬌抬頭。「姑姑請講。」

「往後，我希望這學琴的時間變更一下，還是如同最開始那般，移到晚上可好？」

「好的。」晚上現在她都是在練字，如此也好。

雖嬌嬌並不多問，季晚晴卻是開口言道：「秀寧，自從寒山寺回來，我並不把妳當成一個孩子，也與妳實話實說，其實我也想過了，如今家裡這般困難，我若是再不做些什麼，委實是不懂事了；既然如此，倒是不如每日跟著二嫂多學習一些管家之道，如此這般，也能為家中分憂，母親與兩位嫂子也能輕鬆些。」

嬌嬌笑咪咪。「姑姑那麼聰明，只要您肯用工夫，一定是最能幹的。」

季晚晴摸了摸嬌嬌的頭。「妳這丫頭，真是個乖覺的，就會哄人。凡事，秀寧也多為我參謀幾分，妳知道我的性子，雖然我真心要幫忙，但是許多事，難免有差錯。」

嬌嬌伸著手指道：「姑姑，我是一個小孩子耶。」

季晚晴板著臉道：「妳這麼聰明的小孩子，就要當成大人用。」言罷，她自己倒是禁不住笑了出來。

嬌嬌也露出笑容。「姑姑不要嫌棄我才是。」

季晚晴認真搖頭。「我也該長大、該懂事了，以前我不明白，可是現在已經懂了。秀寧，妳知道嗎？也許妳自己沒有感覺，但是妳的言談、妳的行為，這些都給我上了很生動的一場教育課，這是旁人任何言語都無法比擬的。我永遠記得，面對刺客還能冷靜的季秀寧，永遠記得那個表面溫柔可愛，實際聰明能幹得甚至能救了我的季秀寧，這些都是深深值得我學習的。」

嬌嬌拉住季晚晴的手。「不要把我說得那麼好啦，如果您和我有一樣的經歷，也許您也會不同，所以姑姑，我們共同努力吧。」

「嗯，共同努力，不過，說實話，秀寧，妳的琴藝還真的需要再練啊……」

「姑姑欺負人……」

如若旁人見到這個時候的兩人，怕是要吃驚起來，曾幾何時，兩人竟然已經這般的親近。

「秀寧，妳覺得，齊放這個人怎麼樣？」笑過之後，季晚晴與嬌嬌閒聊。

嬌嬌不解季晚晴的問話，認真打量她，見她也是一派認真地看著自己，想了下，仔細地回道：「姑姑想問什麼？問他這個人怎麼樣，還是其他？」

季晚晴看她這般，一字一句說得有些緩慢。「做相公，他適合做我的相公嗎？適合做季家的女婿嗎？」

嬌嬌聽季晚晴如是說，有幾分的吃驚，她呆愣地看季晚晴，重複道：「做您的相公？」音量有幾分的拔高。

季晚晴點頭，問道：「不合適？」

嬌嬌使勁兒地平復自己的心情，言道：「那姑姑呢？姑姑覺得合適？姑姑不是不喜歡齊先生嗎？為什麼如今又要這樣問？難不成，您突然發現自己是喜歡他的？」

季晚晴看她語速越發地快，擰眉總結道：「妳不希望我和他在一起。」

嬌嬌想了下，回道：「是的，這就是我的想法，可是在說出我的觀點之前，我想知道，姑姑為什麼會想到這個問題。姑姑的眼裡並沒有愛慕，談到他也並沒有小女子的傾慕，姑姑，您是為了什麼？季家嗎？」

季晚晴點頭承認。「是的，我早已死心，自己與楚攸，那是全然的不可能，既然總是要嫁人，我在想，嫁給齊放會不會是一個很好的選擇？他自幼長於季家，對我們家裡的每一個人都好，他若是成了季家的女婿，想來會更加地幫助季家，這樣不是很好嗎？」

這下換嬌嬌冷笑了。「姑姑，難道您覺得，自己沒有獲得幸福的資格嗎？」

季晚晴垂首。

「姑姑，我不贊同您和齊放在一起，最首要的原因則是您不愛他，既然不喜歡他，與他成親必然是不會快樂，我不希望您不快樂，這是之一。之二，不管是什麼時候，不管是什麼事，我們要靠的，只有自己，旁人終究不是全然可以依靠的，今日我們看齊放百分之百可靠，那是因為，他還要依附季家。許是妳會說，依齊放的才華，離開季家會更好，可是這也要有他的用武之地，而且也是他心之所向，如若不然，一切全是白費。妳怎麼就知道，齊放娶了妳，得了季家的實權之後，還會一如往昔？」

「齊放是與我們一同長大，他不會……」

嬌嬌制止了季晚晴的言語。「男人與女人不同，女人是感情至上，男人不是。姑姑，沒有誰百分之百可靠，楚攸能夠背棄季家，齊放一樣也能，他們再好，終究不是您，季家最能依靠的，是母親，是二嬸，是您，更是祖母，斷不是一個男人。也許妳會覺得母親與二嬸是外姓人，可這又回到了話題的開始，那便是男人與女人的不同。女人感情至上，不管是母親與父親，還是二嬸與二叔，都是有著真感情，她們也有孩子，所以她們一定會維護季家。男人，真的是不同的，姑姑可以細細觀察，您會明白我說的話的。」

季晚晴認認真真地思索，許久，看嬌嬌。「我會好好想，不會莽撞。秀寧，在旁人面前，切莫表現得如今日這般，太不像個孩子了，反常即為妖，我們知曉妳，可是旁人不知曉，姑姑不希望妳被旁人鑽了空子。」

嬌嬌笑得眉眼彎彎。「我知道的，姑姑放心便可。」

不知怎地，季家的三小姐季晚晴突然就變了性子，雖然還像往日一樣略顯冷漠，但是倒少了幾分不食人間煙火的氣息，更多的時候，季三小姐都跟在二夫人的身後學習管家之道。甚至連齊放都吃驚不已，他一直以為，季晚晴的性子是很難走到這一步的，但是現在看她如此，竟是無一絲的乖違。

二夫人也是奇怪，不過想到老夫人的吩咐，秀雅的年紀已然也快要議親，如此一來，她縱忙碌，也盡心教導兩人。

其實季晚晴和季秀雅都是聰明人，聰明，如今又肯認真學，自然是突飛猛進。

看到這一點，連嬌嬌都覺得有些意外，看來人真的是需要一個刺激，只有這樣才能走向另外一個局面。

「晚晴，這幾日妳都跟著妳二嫂，可是對家中諸事有了大致瞭解？」晚膳之後，家中一干人等俱是坐在一起閒話，場面倒也溫馨。

季晚晴回道：「尚可。往日裡端是看著大嫂、二嫂忙碌，心中並不覺得有諸多事宜，這幾日跟著二嫂才知曉，原是我目光狹隘了，竟是一天都不得閒；倒是我，往日裡只顧著風花雪月，附庸風雅，竟是不能為家中分擔，如今想來，真是我的不是。」

「三妹妹說得這是什麼話，這些事都是我該做的，什麼忙不忙的，都是自家人，一家人可不說兩家話。」二夫人拉著季晚晴的手笑。

老夫人也笑。「不管怎麼樣，只要這是妳們想要的生活，一切便好，不過我倒是覺得，可盈和晚晴能夠多接觸些家中事務也好，這樣蓮玉也輕鬆些，畢竟現在致霖的身子不好，如若她能有更多的時間照顧致霖，也不失為一件好事。」

提到季致霖，二夫人正色道：「說起來確實是如此的，丫鬟即便再盡心也比不得我的。」

嬌嬌並未怎麼見過季致霖，因著他身體不好，她只是遠遠地看過幾次。

「對了，前幾日青玉丫頭倒是與我提過，要去看看致霖，不曉得她與妳說了沒有？我想著，若是往日，倒是無妨，可是如今致霖毫無知覺，這般脆弱的模樣，不見得想讓外人看見，便也婉拒了青玉。」老夫人邊喝茶邊言道。

二夫人眼中閃過一絲什麼，笑著回道：「她倒是沒和我提過呢，母親說得確有道理，這丫頭，自我成親了，竟是與我不親了，瞅瞅，對母親比對我還親熱呢，真真兒讓媳婦兒嫉妒。」

老夫人笑。「妳這利嘴，胡說什麼，青玉又不在此，可莫要這般。」

二夫人不依。「媳婦兒才沒有胡說呢。」

眾人笑成一團，二夫人再次開口。「母親，過些時日便是三妹妹的生辰，昨日齊放便問過我，家裡可曾想過排辦宴會？我當時並未想好，竟是被耽擱了，今日才記得要稟告母親，真是馬大哈，母親瞅瞅，齊放對三妹妹還真是萬分放在心上呢。」

「我年紀輕輕，有什麼可排辦的。家中如今本就是非頗多，我覺得沒有那個必要了吧？」晚晴並不需要。

「我也覺得，晚晴說得對，操辦什麼的，就算了吧，家中又未分家，便是排辦或者送禮，也不過是左手到右手，沒那個必要。親自書寫一幅字、一幅畫，或者是繡一塊繡帕，想來都是心意所在，我想著，當日晚膳略豐盛些便好。」老夫人可不興這些，她的生辰排辦是不得已而為之，晚晴自是不必如此，而且女兒是她自己的，她自是明白這個丫頭確實是並不在乎這些的。

宋氏和薛氏互相對望一眼，又看老夫人確實不似玩笑，言道：「一切都聽母親的，那我稍後便告訴齊放一聲。」

言罷，二夫人又笑了起來，打趣季晚晴。「要說齊放的心思，還真是天地可表呢。」

季晚晴面無表情。「二嫂說得這是什麼話，我與齊大哥不過是情同兄妹罷了，如您這般一說，倒是顯得好像有什麼旁的。」

二夫人被回了嘴，也不惱，只繼續笑。「一切自然要三妹妹高興才好。」

「晚晴啊，妳這性子，真該改改，妳二嫂本是打趣，然妳倒是說話衝，自家人不與妳計較，妳可切莫在外也是如此。」老夫人唸道。

「我不過是不想旁人誤會罷了。」季晚晴垂首。

「齊先生不喜歡姑姑的。」嬌嬌眨巴大眼，在一邊兒開口，惹得大家俱是看她。

「大人說話，妳個孩子插什麼嘴。」宋氏橫了嬌嬌一眼，嬌嬌瑟縮一下，露出個靦覥的笑容。

不過老夫人倒是似乎不以為然。「呦！秀寧丫頭倒是知曉誰喜歡誰，誰不喜歡誰了，好啊，那妳告訴祖母，齊先生不喜歡晚晴，又是喜歡哪個？」

眾人的視線均是放在嬌嬌的身上，嬌嬌扯了扯衣角，似乎是察覺到自己多言了，望向了宋氏。

老夫人都那般說了，又不干宋氏什麼事兒，她自然是不管的。

「妳這丫頭，祖母讓妳說了，妳又不說話了。」

嬌嬌囁嚅一下嘴角，低低開口。「齊先生喜歡姨母的。」她是跟著秀雅、秀慧的叫法。

二夫人面色稍變。「妳這丫頭，莫要胡說。」

嬌嬌迅速地抬頭看二夫人，復而低頭，不再言語。

「好了好了，秀寧還是個孩子，難免胡說，大家莫要多想，天色也不早了，大家收拾下都回去歇息吧。哦，對了，秀寧，妳今晚住在這裡吧，祖母與妳聊聊。」

嬌嬌抬頭，軟軟地應了個好。

二夫人似乎還想問什麼，終究是忍了下去。等眾人悉數離開，老夫人嚴厲道：「彩蘭妳去門口守著，秀寧，妳好好說說剛才的事。」

老夫人看著嬌嬌，問道：「妳且說說，剛才說的，究竟是何事？」

嬌嬌規矩地立在那裡，怯生生地回道：「先前、先前秀寧看見姨母和齊先生在一起敘話，姨母眼眶都紅了，齊先生、齊先生拉著她的手，說他不是不喜歡她，只是為了兩人的將來，必須要多做努力……」

兩人說話，站在門口的彩蘭當即面色一變。

「他們還說什麼了？」

嬌嬌歪頭。「齊先生說讓姨母多多忍耐，如果乖乖回京，她一定是要進宮的，只有如此，將來兩人才會有將來，旁的就再也沒有了。」

老夫人聽罷，擰眉。

「好了，此事我已知曉，妳以後莫要在他人面前多說了，我自是知曉妳向著晚晴，但是此事如若亂說，對薛二小姐也未必是件好事。」老夫人勸道。

嬌嬌點頭。「祖母，秀寧知道了，以後不會胡說了。」

「妳這丫頭，鬼靈精，以後且要注意些，知道嗎？」

「祖母放心好了。」

兩人這邊言罷，那廂彩蘭心裡卻是五味雜陳，她怎麼都沒有想到，竟是有這樣的事發生。季秀寧是個小孩子，她斷然是沒有理由說這個謊的，而且她也沒有必要在眾人面前如此。女人大抵如此，雖然是極力地相信自己的男人，但是卻又忍不住在心裡懷疑。

二夫人回房之後擰眉坐在那裡，許久都不見有什麼動作。

秀雅坐在二夫人對面，見她如此，勸慰道：「母親莫要想太多，放寬心才是，許是秀寧看錯了也未知。」

二夫人抬頭看她。「秀雅回去休息吧。」

秀雅微微搖頭。「秀慧已經送秀美回去了，秀美年紀小，秀慧會好好叮囑秀美的，母親放心便是。母親如若擔心姨母，倒不如好好和姨母談談，您為此焦慮，姨母未必知曉。」

其實在秀雅的心裡，是已經信了秀寧的話，就如同彩蘭以為的那樣，誰人都知道，季秀寧是沒有理由撒謊說這些事的。她剛才那番話，也不過是為了安撫自己的母親。

二夫人深深嘆了一口氣，言道：「母親心裡有數，妳回去吧。」

秀雅擔憂地看著自己的母親，似乎還想說什麼，二夫人制止她。「好了，妳聽話，回去吧。這些大人的事，妳莫要摻和，妳一個小姑娘，知道那麼多也沒用。」

秀雅認真地開口。「秀雅如今已然九歲，說句不害臊的，將來我也是要嫁人，說不定也是要管家的，如今為母親分擔些，許是將來也用得到。」

二夫人摸著自己大女兒的頭。「母親知道妳說這些都是胡謅，妳是不放心母親，想為母親分憂。秀雅，母親的好孩子，妳們所有人都是母親的驕傲，也是母親的依靠，在母親心裡，妳們才是最重要的。」她將自己的女兒攬進懷裡，再次嘆息一聲，她鬆開秀雅。「秀雅回去吧，這事真的不用妳摻和，母親知曉妳的好意。」

秀雅見母親確實不需要幫助，點頭答應，乖巧地離開。

待秀雅離開，二夫人面露幾分厲色。

「小姐，您也別太生氣了，喝杯茶吧。」小玲勸二夫人。

二夫人將茶飲下，看小玲。「妳說，青玉這次來，究竟為何？」

「小姐何出此言？」小玲連忙去門口檢查了一下，又四下看了看，見沒有問題才再次進門。

「青玉這丫頭，心真是越來越大了。當年她不過是十一歲便勾引致霖，我念著姊妹之情，裝作全然不知，如今致霖出事，我更是看淡了這一切；可她總以為我什麼都不知曉，竟是與母親提起要看致霖，誰人知曉她又打得什麼主意。」二夫人薛蓮玉嘆息。

小玲氣憤，不過卻也隱忍。「小姐，既然老夫人已經婉拒了，咱們也莫要多想了。」

二夫人怒。「我自是不想多想，家裡不過姊弟三人，我自是也希望他們過得好；可是妳看看青玉，她現在做的都是什麼事？口口聲聲喜歡齊放，可是喜歡齊放的同時，不忘念著致霖。還有秀寧那話，她一個小姑娘，別說過節，連見都沒見過青玉幾次，她是不可能冤枉青玉的，既然不是冤枉，那必然是她與齊放的勾纏被人看見，這次秀寧看見了，因為維護三妹妹說了出來。還有旁人呢？旁人就沒看見嗎？有多少人看見也不可知。」

小玲有一點不解。「可是秀寧小姐那麼聰明，怎麼會在大庭廣眾之下說了出來？」

二夫人言道：「剛我便說了，她那麼說，必然是為了晚晴。晚晴不喜歡齊放，自然是不想與齊放有所牽扯，今日是我失言了。別忘了，在寒山寺，秀寧可是救過晚晴的，秀寧與晚晴感情極好，今日再次說出所見也是正常。妳沒見老夫人馬上制止了她，並且留她住在主屋嗎？想來老夫人已經知道事情的真相了。」

「二小姐怎麼就不能消停些，非得讓外人都知曉她是個什麼樣子才好嗎？她這是真真兒的給您丟人，京城有名的才貌雙全的女子，卻能做出這樣的糊塗事。二小姐怎麼專門喜歡別人的男人，明知道姑爺與您鶼鰈情深，她卻故意勾引，不僅如此，還一派單純，自認為坦蕩；齊先生喜歡三小姐，如今她又故技重施，這若是讓人知曉了，對您也是個不好的影響，更是會打了老爺的臉。大家明明都知道，二小姐是想進宮的，可既然要進宮，又不能與這些男子有什麼結果，二小姐怎麼就分不清呢！小姐，既然談也不行，那不如將小姐送回去？」

二夫人看小玲。「送回去總要師出有名，她剛到幾日，我們便忙不迭地將她送回去，如此未免不好看，而且，我擔心她不肯離開。」

二夫人是真的被自己這個妹妹磨得一絲脾氣也無。

「可是小姐您想，今日秀寧小姐雖然只是說了一丁點，但是大家都必然明白幾分，而且老夫人也將她留了下來，如若不讓二小姐離開，老夫人怎麼看您？怎麼看咱們家？」

「我何嘗不知道這一切？雖說齊放與晚晴還沒有個什麼，可是季家人人都知曉，齊放對晚晴是個什麼心思，就算不說旁的，我與齊放一起長大，我如何不明白齊放的心思，但凡有晚晴在，齊放的眼神便不會離開她，他是怎麼都不會喜歡青玉的，怕是青玉的一廂情願，還不知她做了什麼不成體統的事。她如秀雅這般大的時候便開始惹是生非，外人皆是知道她溫柔嫻靜，可是他們卻不知曉，家裡為她做了多少善後，父親為她操了多少的心。小玲，妳知道嗎?我心裡苦啊!」

「小姐,我知道的,我懂您的,奴婢知曉您的難,知道您的苦,您連個說話的人都沒有。姑爺出了這樣的事兒,三個小姐又小,家中重擔皆在您的身上,您難受;可是,您要相信,一切都會過去的,姑爺會醒的,三個小姐也都會長大,她們都那麼懂事,一切都會好起來的。」

二夫人深深地吸了一口氣,緩緩言道:「會好起來的,一切都會好起來的。行了小玲,這事,我晚上再好好琢磨下,妳多安排人盯著青玉那邊些。」

「奴婢知曉。」

兩人這般的糾結,卻並不知曉,門口面色冷清的小姑娘攥緊的拳頭。

秀慧沒有想到,送秀美回來之後竟是聽到了這樣的秘辛,更是想不到,自己原本崇拜的姨母竟然是這樣一個人。姨母不顧與母親的情誼,年紀小小就勾引父親,如今又勾引齊先生,她給母親丟人,也給外祖父丟人,她如姊姊那麼大的時候便開始惹事,而家裡則是不斷地為她隱瞞。

秀慧步伐蹣跚地來到自己的房間,她坐在那裡,想著這件事的來龍去脈。

「小姐,您怎麼了?」丫鬟問道。

秀慧看她一眼,搖頭,站了起來。「我要去見祖母。」

第二十五章

嬌嬌與老夫人還未休息，嬌嬌看彩蘭雖然極力鎮定但是仍有幾分心不在焉，默默勾起嘴角。

「老夫人，秀慧小姐求見。」

老夫人不解。「哦？這丫頭怎麼過來了？快讓她進來。」

秀慧進門，規規矩矩一福。「秀慧見過祖母。」

「秀慧鮮少這麼晚了過來請安，既然來了，今晚也住在這裡吧，與秀寧一起，都陪著我老婆子說說話。」

秀慧露出淺笑。「那敢情好，我可從來沒有和祖母一起睡過。」

「二姊姊好。」嬌嬌抱著被子乖巧地坐在角落，甜甜地笑。

「彩蘭，妳去與二夫人說一聲，就說秀慧今晚住我這兒。」

「哎，奴婢這就去。」

見彩蘭出門，老夫人笑著吩咐其他人。「好了好了，妳們也都下去吧，這裡就留陳嬤嬤和許嬤嬤伺候便是。」

小丫鬟們魚貫而出。

見眾人都出去，老夫人拉著秀慧的手問道：「小丫頭過來可是有什麼事？」

秀慧抿嘴，跪下。

「妳這孩子，這是幹什麼？」

秀慧言道：「祖母，請您早早讓姨母離開。」

老夫人猜想過二夫人會來，抑或是她會做些什麼，但是卻沒有想到，來的人竟然是秀慧。她眼神微閃，言道：「秀慧可是知曉了什麼？」

不待秀慧回答，嬌嬌突然咳嗽起來。

老夫人連忙吩咐陳嬤嬤倒水。「妳這丫頭，怎地突然就咳嗽起來？」

雖是如此說，老夫人卻也明瞭，不待秀慧回話，言道：「妳這丫頭，倒也是個懂事的，這事我再想想；不過就算要妳姨母離開，也需要一個合適的時機，如若能讓她自己提出，才是最好。我會暫時安排人盯著他們兩人的，不是不相信他們，只是這都是成年男女，若是再傳出個一二，可真是對大家都得不償失了。」老夫人言道。

秀慧有些不解，呢喃。「機會……」

與此同時，在門口偷聽的彩蘭也皺眉深思起來，怕耽擱時間太長被發現，彩蘭不再偷聽，她腳步極為輕微，然卻仍是被嬌嬌察覺。

先前彩蘭在門口的時候嬌嬌也有所察覺，這也正是她咳嗽的原因，而事實是，老夫人明白了她咳嗽的意思，為了避免秀慧多言，便將話題引到了自己想要的方向。

「走了。」嬌嬌低喃。

老夫人看了嬌嬌一眼，笑道：「妳這孩子，有個什麼風吹草動也逃不過妳的眼睛。」

嬌嬌沒多說什麼，低頭淺笑。

秀慧也是個聰明的，她瞬間明白了什麼，看嬌嬌，之後又看老夫人，錯愕地問：「外面有人偷聽？」

老夫人點了點頭。

「那為什麼……」秀慧皺眉不解，不過隨即揣測。「祖母這話是故意說給外面的人聽的？」

老夫人再次點頭。

「秀慧放心，這件事，祖母定會處理好的，我不能讓她有一絲不體面的消息傳出來，要知道，不管是誰家，都丟不起這個人。」

「多謝祖母。」

「妳這傻孩子，如今與我道謝起來？不過……妳又是如何知曉此事的？」

秀慧不言語，低頭擺弄手。

老夫人見她不想說，終於不再多言。

「好了好了，妳們兩個丫頭大概也是睏了，咱們早些歇息吧。我老人家倒是沒什麼事，可妳們終究不同，明兒白天還要上學堂。」

秀慧去洗漱，嬌嬌見老夫人將那本《獨夜有知己》放在床邊，便隨手取來讀了起來。

老夫人見她看得專心，笑著搖了搖頭，待秀慧洗漱完便見祖母與秀寧皆在看季致遠的書。

「大伯是季家最有才華的人，雖然同樣摘得狀元之冠，但是父親的才學並不如大伯。」秀慧言道。

老夫人笑著將書放下。「其實有沒有才華，並不是只看一時，不管致遠還是致霖，我都更期待他們在做人的德行上品行高潔。」

秀慧、嬌嬌俱是點頭稱是。

「我將來也要像大伯和父親那樣，學富五車、才華卓絕。」秀慧認真言道，小模樣嬌俏極了。

老夫人摸了摸她的頭，嬌嬌也在一旁淺笑。

「只要秀慧願意，不管妳怎麼樣，祖母都是支持的。」

「謝謝祖母。」秀慧勾起了嘴角，看嬌嬌也將書放下，秀慧再次開口。「這本《獨夜有知己》是大伯描寫他與楚攸楚大人的友情。」

「正是呢。」嬌嬌點頭。

秀慧抿了抿嘴笑。「大伯果真是才子，大伯還寫過一首曲子，意在表述父親與大伯的感情。我記得父親說過，那首曲子與這本《獨夜有知己》最是契合，那也是我最喜愛的一首曲子。」

嬌嬌笑。「咦？我倒是不知道呢，我……」嬌嬌突然頓住了自己的話音。

「怎麼了？」秀慧看她。

嬌嬌突然想到了原來看過的諜戰劇，想到了一種可能性。「姊姊，妳能為我把曲子寫出來嗎？」

「自然是可以。」秀慧有些不解，但是還是應好。

嬌嬌看著秀慧起身寫曲譜，又看老夫人，老夫人對她微微頷首，她知道老夫人不管什麼事都一定會支持她的。

待秀慧將曲譜寫了出來，她看著曲譜，猶豫了一下，翻開了那本《獨夜有知己》，翻了許久，她擰眉，再次糾結。

老夫人看嬌嬌坐在那裡發呆，言道：「秀慧，妳先睡吧，秀寧這孩子不知又想到了什麼，甭管她。」

秀慧囁嚅了下嘴角，欲言又止，不過最終什麼也沒說。

這個深夜很多人不能安眠。

清晨。

聽著翠鳥的叫聲，秀慧輾轉醒來，見屋內的蠟燭依舊燃著，雖然門窗關著，然而仍可看出外面天色已經大亮，她連忙看身側，果然並沒有人睡過的痕跡。

再往書桌望去，嬌嬌小小的身子坐在書桌前似乎在寫著什麼，聚精會神。

她坐了起來，看嬌嬌的背影，面色晦澀難懂。

她一直以為，自己是很聰明的，可是現在他們有了秀寧。秀寧、秀寧……雖然秀慧不想承認，但是自那日秀寧一字一句地分析了劫持她們的人，她便是知道，設身處地想，自己是做不到這一點的，自己斷不能做得比她好。

老夫人見她起身又呆愣住，問道：「秀慧想什麼呢？」

「沒有什麼。」秀慧看祖母，笑了出來。

老夫人言道：「今日秀寧的事莫要說出去。秀慧，妳是個聰慧的孩子，該是知道，祖母所做的一切都是為了季家，而如今，秀寧所做的一切亦然。」

秀慧驚訝地張嘴看老夫人，許久，點頭，認真答道：「秀慧知道了，雖然秀慧暫時不能做什麼，但是我也會為季家努力。祖母……」秀慧抱住了老夫人。

「好孩子，妳們都是好孩子……」

兩人這般說話，嬌嬌的心思卻並未放到這邊，她看著自己手中的兩樣東西，將毛筆放下，回身，淺淺的梨渦若隱若現，笑得快活。

「祖母，我找到規律了，果真是如此。」

老夫人怔住，許久，錯愕地問她。「真的找到規律了？」

嬌嬌重重地點頭。

秀慧不明白嬌嬌說什麼，但是大體也明白一、兩分。

老夫人深深地吸了一口氣，吩咐陳嬤嬤。「妳伺候秀慧丫頭梳洗回房，告訴大家，今早各自在房間用膳吧。」

「是。」

老夫人並不希望秀慧知曉此事，她也是個懂事的姑娘，並不多言，收拾妥當便是離開。

「祖母……」嬌嬌有幾分遲疑。

老夫人搖頭。「無妨的，秀慧丫頭不是那小心眼之人，她明白，不讓她知道是在保護她。」

嬌嬌點頭。

「妳發現了什麼？」

「祖母，我們或許真的誤解楚攸了。」嬌嬌認真地看老夫人。

此言一出，老夫人震了一下，隨即開口。「快說說。」

「原來，這兩樣真的是互相佐證的，就如同我們之前看過的諜戰劇啊，它們倆是相輔相成的，一個是密碼本，一個是解密用的。我們從第一個小節開始看，五七二四，六三，四二。這是第四十二頁，第六行，第三個字。第五行，第七個字，第二個字，第四個字，依次往下類推……我已經全部都推演過了，也確認基本沒有什麼問題，這首曲子配合父親這本書，恰能得到一個地點和一句話。」

說到這裡，嬌嬌停頓一下，一字一句慢慢言道：「京城五里外青霞鎮廣寧寺，無論家中何人解出，煩請告知楚攸。」

老夫人喃喃。「京城五里外青霞鎮廣寧寺？楚攸、致遠，你們究竟在搞什麼鬼？」

「楚攸貌似一直在找一樣東西，想來這也是他這次來季家的原因。如今看來，父親是想將這樣東西藏匿的地點告知楚攸的，也正是因此，我覺得，他們的反目，十之八九是作戲。」

老夫人看著嬌嬌，許久，眼眶紅了起來。

「祖母……」

老夫人呢喃。「這些孩子真是大了，大到心大了，他們倆到底在胡來什麼……」

嬌嬌握住老夫人的手。「祖母別難過，不管楚攸和父親做了什麼，他們都是您帶大的，您該相信他們的人品。也許父親發現了什麼，又對自己的處境有所擔憂了，所以才做了這一切。」

老夫人點頭贊同。「說得有道理，不過……」老夫人看著書和琴譜。「透過誰交給楚攸呢？」

嬌嬌笑了。「那您是要將此事告訴楚攸？」

「秀寧既然笑了，便是有主意了。」老夫人最欣賞嬌嬌這一點。

嬌嬌點頭，擺了擺小手，老夫人附耳過去。

聽完她的話，無奈地搖了搖頭。「果然是個機靈鬼。」

嬌嬌巧笑倩兮。「既然他們要裝，既然父親死了楚攸都要這樣表現，那麼便說明這事還沒有完結，仍是要打起十二分的精神小心，既然如此，那麼我們何不助他一臂之力呢。雖然楚攸這個人我不太喜歡，覺得他陰沈沈的，但是看父親都能信任他，那麼便說明，這個人不是我們以為的那樣，他還是有幾分可信。」

老夫人讚賞地看著嬌嬌。「我老了，季家能用得上的人又太少，有秀寧在，我真是覺得有了一分底氣，也多了一分希望。秀寧，但願妳不要怪姨媽處處只為季家，妳們每一個人都是我的親人，妳們每一個人在我心目中的分量都是一樣的。」
「我知道的，季家的每一個人都是我的親人，一切不都是天意嗎？如果不是祖母的收留，我今日還不知會如何。」
「即便沒有我，秀寧也會過得很好。有些人過得好不好，從來不是因為旁人，而是因為她自己的心態。」老夫人真心言道。
嬌嬌俏皮地挽住老夫人的胳膊。「祖母，您就別誇我了，我會驕傲的哦。咱們都好好地為了自己，為了季家的每一個人，我們不可以出紕漏。」

深夜。
季晚晴坐在院子裡賞月，不多時，就見嬌嬌端著茶具到來。
「不知姑姑是否歡迎秀寧不請而來？」她笑意盈盈。
季晚晴勾起嘴角。「歡迎之至。」
嬌嬌熟練地為季晚晴沏茶，季晚晴只微笑看她，許久，言道：「嬌嬌的茶藝功夫在不經意間已然長進許多。」
「因為喜歡啊。」嬌嬌小小的梨渦又露了出來。
「嬌嬌似乎喜歡很多的事，喜歡讀書、喜歡茶道、喜歡寫字、喜歡彈琴，好像就沒有妳不喜歡的。」
嬌嬌搖頭。「我不喜歡刺繡啊。」見季晚晴看她，再次言道：「不過雖然不喜歡，但是我又覺得，學學也挺好，也許，過一段時間我又喜歡了呢，我可不想許多年後讓自己後悔，覺得自己沒有好好地學習。」

「秀寧說得極有道理，我小時便不喜茶道，覺得太過無趣，可是大了之後卻又不是一樣的想法了。母親說，只要想，何時都不算完，但我總覺得縱也是有心撿起來，可是那分心境已然不同了。」季晚晴感慨。

嬌嬌不贊同。「我覺得祖母說得對，只要想，何時都不晚。您可以現在學啊，這其實與心境無關的，姑姑可不要作繭自縛。」

季晚晴歪頭。「待我好好想想。」

「姑姑，再過些時日天氣就要涼下來了，我們過幾天稟告老夫人去郊遊吧？」她眼神裡充滿了期待。

季晚晴看她那副樣子，笑。「怎麼？妳想去玩？」

「上次出去，覺得風景很好呢。」嬌嬌有些孩子氣地撓頭。

「好，這事我去問母親，咱們大家一起出去轉轉。」

「嗯，好！」嬌嬌眼神微閃，露出大大的笑臉。

季晚晴問了老夫人，提議出去郊遊，老夫人想到自己前些日子的承諾，欣然應允；然許是換季的關係，近來老夫人有些咳嗽，因此也並不跟著，大夫人、二夫人自是要忙家裡事務，同樣是脫不開身，如此看來，竟是季晚晴帶著一干孩子一同前去。

「晚晴，讓齊放陪著你們一起吧，也多些照應，我讓徐達多安排些人護衛妳們，想來也是無礙的。」老夫人安排。

「好的，母親，我知道了。」

薛青玉聽聞季晚晴要帶幾個孩子出去郊遊，自然也是要一同前去，季晚晴欣然答應，二夫人卻是憂心忡忡，為此，老夫人專門見了二夫人，之後二夫人倒是放寬心來。

臨出行前夜，老夫人召見徐達。「明兒出門好好地看顧好大家，他們之中無一人會武，一切都要靠你們護衛，雖然不至於有什麼事，但是近來我心緒不寧，咱們還是小心為上，你只須按照我交代的便可。」

徐達應允。「徐達知道，老夫人放心便是。」

老夫人搖頭。「有些事，你斟酌行事。」

徐達回道：「是。可是我們直接將薛二小姐送走，也未必不可以啊。」

老夫人再搖頭，沒有多說什麼。許久，開口。「徐達，許多事情，你還要多學學、多看看。」

徐達縱然不解，仍是點頭應是。

老夫人知曉他並不明白一切，其實如若不是秀寧點撥，她想來也不見得會如此想；雖然不知曉秀寧的推斷有幾分正確，但是既然有這個可能性，她就不能不多想。一旦薛大儒是真的在算計他們季家，所有季家有才學的孩子都是薛大儒故意誤導教歪，那麼今日貿然地讓薛青玉回去，倒是不妥當了，他們必須做到表面上的和諧。

可是在內心的潛意識裡，她又不希望這一切都是真的，畢竟他們一起風風雨雨了這麼多年，交情深厚，如若讓她這般否定薛大儒這個人，她是如何都做不到的；而且，如今看來，楚攸既然是沒有問題的，那麼她心中倒是放心幾分，最起碼，不是每一個人都被教歪，也許，薛大儒不是真的在算計她。

雖有些煩悶，但是老夫人終究是不動聲色。

她與秀寧計劃了這一切雖然有些麻煩，但是麻煩也有麻煩的好處，最起碼，在表面上是沒有問題的。而且，老夫人希望這次計劃能夠真的讓每一個人都成長起來。

「徐達，這次的計劃要小心，切不可露出一點馬腳，如今看來，這些人中，竟是你最沒有心機，我希望你能夠謹慎開來。」老夫人不放心地叮囑。

徐達抱拳。「屬下明白。」

第二十六章

秋日的景色別具一格，看著有些微黃的樹葉，潺潺的溪流，季家一干人等俱是欣喜。

這次出門的人除了季晚晴、齊放、薛青玉之外便是幾個孩子，徐達雖然也在其中，但是卻承擔了護衛的責任，並未上前加入。自然，大家也已經習慣了徐達這般的木訥和拘謹嚴肅，因此並未強人所難。

幾個丫鬟將周圍簡單地布置一番，眾人俱是坐下。

「這江南的景色果然是極好的，在京中可少見這般山清水秀的高雅之地。」薛青玉言道。

「不管是江南還是京城，總是各有特色的，若是論起繁華，這裡又遠不如京城了，端看妳是更加欣賞什麼。」季晚晴笑言。

薛青玉上下打量季晚晴，用帕子掩嘴笑。「那倒是的，不過我覺得頂奇怪呢，晚晴的性子，真心變了好多，往日裡妳可是最喜這樣的湖光山色，厭煩那些庸俗，如今竟也變了。」

季晚晴望向遠處的船隻，開口。「也許我們堅持的，並不是全對，換一個視角看一切，似乎更能發現一片廣闊的天地。有時候你所以為的庸俗，恰是人之根本；而我們所以為的高潔，也不過是一場笑話。當然，凡事也並非非此即彼，更多的是融匯。」

「晚晴果然見地不同。」薛青玉笑，不過嬌嬌卻覺得，這笑容未達眼底。

薛青玉這人便是這樣，時時刻刻都在微笑，戴著一副溫柔嫻淑的面具，然人的眼睛卻是最不會騙人的，她的眼裡更多的是冰冷和狠戾，若說真心的笑容，大抵沒有。

季晚晴自謙。「青玉就別誇獎我了，不過是年紀大了，有些感悟罷了，我若是像青玉這般，自然也無須想太多。」

「妳們都是當世才女，說得更是深有道理，然我們今日出來便是遊玩，可不能講太多沈重的話題。」齊放笑言。

「姑姑，我們一會兒能去划船嗎？」子魚興致勃勃。

季晚晴望了一眼湖水，搖頭拒絕。「不行哦，咱們都在岸邊好不好？你們都太小，且不會泅水，如此一來，太不安全。」

子魚有些失落地踢石頭。

嬌嬌見狀過來拉他。「子魚，我們玩遊戲好不好？划船什麼的太沒有意思了，等你長大了，你學了划船，然後親自划船載著姊姊，好不好？」

子魚抿嘴笑，乖巧點頭。「好，姊姊要等我長大哦。」

「嗯。」

看著兩人友愛的情景，薛青玉笑言。「小少爺與秀寧小姐感情真好。」

季晚晴點頭。「秀寧性格溫和，與誰人都相處得來，子魚更是喜歡她，許是真是前世便修來的姊弟緣分。」

薛青玉聽了季晚晴如是說，一樣的笑，心裡卻不以為然，如若真的那麼喜歡，為什麼要認為養女，她與季子魚也不過是只差兩歲，完全可以當成媳婦兒的，季家果真都是虛偽之人。

季晚晴見大家坐在那裡閒話，孩子們倒是略顯無趣了些，因此便提出玩個遊戲。

雖然是來了郊外郊遊，但是齊放倒也不忘教育幾個孩子，因此便提出了對對子。對這一點，嬌嬌自認為是不行的，對了幾次，果然她都是敗下陣來，看她連連落敗，連季晚晴都笑了起來。

「我以為秀寧什麼都會呢！」

嬌嬌默寒……

「我又不是超人，怎麼可能什麼都會，對對子，我實在是不在行，幸好，我不用去科舉，不然真是一片慘澹。」嬌嬌笑。

「超人？」眾人不解看她。

嬌嬌點頭。「超人，就是超級厲害的人啊。」她知道自己失言了，不過倒是不表現得異常，反而是輕輕鬆鬆地圓了過來。

「超級厲害的人，等我長大了，我就要變成超級厲害的人。」小子魚叫。

嬌嬌笑。

「秀寧會的已經很多了，如此看來都已經是季家當仁不讓的小才女。」薛青玉笑言，話裡有著淡淡的挑撥之意，往日裡外都是謠傳，季家最聰慧的孩子便是季秀慧，如今多了一個季秀寧，她就不信，這秀慧姑娘沒有什麼旁的想法。

嬌嬌臉蛋微紅，不過卻也不卑不亢。「姨母可真是抬舉秀寧了，秀寧哪裡算是什麼小才女，若真是說起了才女，那季家可真是太多了，祖母是，母親是，二嬸是，姑姑也是，算起來，我倒是季家最不起眼的小丫頭了。」

看她應對得極為老練，薛青玉有些吃驚，不過她也表現得自然。「瞧瞧這小嘴甜的，我說大家怎麼都這般喜歡妳呢，如今看來，果然是如此，要是我，我也喜歡妳呢，真是個乖巧的甜姊兒。」

「好了好了，青玉，妳也別誇獎她了，妳再誇她，她可是該驕傲了。」季晚晴也笑。

「秀寧是比許多孩子都聰慧許多，不過她年紀尚小，還要多多學習才是。」齊放打圓場。

「姊姊，那邊有許多好看的花，我過去摘給妳吧。」子魚站了起來，指著遠處一片紫色的花言道。

嬌嬌遠遠望去，就見一片紫色，雖不知是什麼花，但是遠看竟是有幾分像薰衣草，不曉得這個架空的社會會不會有薰衣草。

她看向了季晚晴。「姑姑，我可以和子魚一起過去看看嗎？」

季晚晴笑著點頭。「自然可以，我讓徐達派四個人陪你們一起過去，免得發生什麼意外。」

「謝謝姑姑。」嬌嬌拉著子魚，就要離開。

秀美歪著腦袋哼了一聲。「姑姑，我也要去。」

子魚睨她。「人家要去，妳也要去，跟人學哦！」

秀美不樂意了。「那裡又不是你的地方，難不成只准你去，不准我去嗎？我又不和你一起去，我也要和我的姊姊一起去。姊姊，咱們也去吧？我給姊姊摘。」她期待地看自己的姊姊，又回頭瞪視子魚。

見兩個小不點兒又開始鬧彆扭，秀雅笑著言道：「好好，姊姊陪妳一起。姑姑，我們幾個一起過去吧，他們幾個年紀也小，我過去自然還能多照顧些。」

季晚晴一聽，同意，不過轉身叮囑徐達。「你帶幾個人跟過去吧，這邊也是無妨的。」

徐達回道：「是。這樣，我留下五人，其他人都跟過去。」

徐達此行共帶了十人護衛小隊，如此一來，倒是分成了兩隊，徐達沒有留下，對他來說，自然是幾個小主子更加重要，而且……

幾個孩子同時離開，嬌嬌看一眼徐達，她自然是知道老夫人的計劃，只希望，每個人都能把握住自己應有的機會。

嬌嬌笑容燦爛，一臉活潑天真。

季晚晴見眾人走遠，與身邊的薛青玉言道：「曾幾何時，他們都這麼大了。」

薛青玉微笑。「晚晴怎麼突然說起這個？不過說起來也確實是的，我們也不過是半年沒見，再看他們，倒是覺得有些長高了呢。」

「可不是嗎？」

「我這把年紀都未感慨，妳們倒是感慨起來，這世間當真是沒有道理可講了。」齊放展開扇子，笑了起來。

薛青玉嬌俏回道：「齊大哥可莫要如此講，男子與女子怎麼相同？男子如今正是壯年，而女子則是不同，哪家女子還能蹉跎到你那個年紀的？便是外人不說，自家人怕是也不會答應。」

說到這裡，許是想到了季晚晴，薛青玉有些不好意思，看著季晚晴。「晚、晚晴，我、我沒有別的意思……哎呀，晚晴，妳是知道我的為人的。」

季晚晴反倒是沒有太在意的樣子。「沒關係，我知道妳的；再說了，對我來說，這又不算什麼，現在季家內憂外患，我也沒有心思想那許多，我以前確實是太任性了，倒是不如現在。如今這樣也好，左右母親是隨我的，如果嫁人，我怕是也不能留在季家，倒不如這般，便是一輩子不嫁人也是好的，最起碼，我能為季家做些什麼，更能為大家分憂。」

這兩個人都是季晚晴所信任的人，因此她倒是也並不忌諱將自己的想法說出來，也許，等她說出了一切，齊放也能真正的解脫。

齊放聽她這般說，臉色不變，只是笑。

薛青玉似乎是明白了季晚晴的心思，也看齊放，之後便是看著季晚晴笑言。「晚晴，我最是佩服妳這一點，我便是關在籠子裡的金絲雀，一絲自己的意思都不能有；妳卻不同，妳家全心地支持妳，妳更是個有主意的，妳可以不顧旁人的眼光，也許，走到最後妳才是最對的。」

三人正在說話，還不待旁人說得更多，卻見全副武裝的幾個黑衣人踩著河梯飛馳而過。

「什麼人！」徐達的護衛迅速反應，同時迅速地發出了信號。

「我們不是濫殺無辜之人，我們只要季晚晴的性命。」黑衣人頭領開口，之後立刻行動，一時間，雙方激戰起來。

黑衣人一劍刺向季晚晴，然還不待她有反應，護衛飛快地擋過，之後衝了上去。

黑衣人並沒有很多，然季家這邊終究是處於劣勢，除了護衛，其他人都是不會武功的，一時間季家受傷的人便多了起來。

徐達那邊聽到信號，眼色微閃，吩咐剩餘的人。「剛才來的時候我檢查過，那邊有個小山洞，你們馬上帶著幾個小主子藏起來，我回去支援，不管如何，你們都不能出來，要記得你們的任務。」說罷，馬上往回趕。

「姊姊，出什麼事了？」子魚握住嬌嬌的手。

「沒事，我們安安靜靜地躲起來，要相信他們會沒事的。」嬌嬌馬上拉住子魚。

「大姊姊，咱們都是小孩子，幫不上忙還拖累人，快些躲起來吧。」

「嗯，妳說得對。」

不多時，幾人就迅速地躲了起來，五名護衛也分成了三隊，一人在外面稍遠放哨，兩人守在洞口，另外兩人則是在山洞裡守衛。

這個時候秀美也不吵嚷了，有些害怕地蜷縮在秀慧的身邊，擔憂地抿著嘴。過了一會兒，又看子魚。這裡就是他倆最小，她強打精神問道：「子魚，你怕嗎？」

子魚擔憂地緊緊抿著嘴，似乎是想到了曾經被人綁架那幾日的生活，又想到了那個同樣讓兩人逃走的小山洞，他緊緊地攥住了拳頭，偎在了嬌嬌的身邊。「姊姊，壞人會被打走，對不對？」

雖然沒有看到那邊的情形，但是他們已經遠遠地看到了那邊的不對勁。

嬌嬌點頭。「沒事的，不會有事，我們這麼多人，自然會沒事的，等一會兒他們就會回來了。」

「秀寧說得對，你們都不要怕，不會有事。」秀雅握住自己兩個妹妹的手。

這邊幾個小不點兒都擔憂得不得了。

那邊倒是打得激烈，黑衣人的目標很明確，那就是季晚晴，他們對季晚晴下手是招招致命，雖提出並不會傷害其他人，但是對其他人一樣沒有手下留情。

齊放一手拉著季晚晴，一手拉著薛青玉，閃躲得極為狼狽。

因著齊放一直拉著兩人，反倒讓薛青玉的處境更加危險了幾分。

薛青玉心中這個惱恨。「齊大哥，你別管我了，他們的目標是晚晴，你快帶晚晴走，快帶她走。」

「不行，妳一個弱女子，我怎麼放心得下。」

「啊……」三人慌忙閃過一劍，卻被另外一劍劃過，薛青玉胳膊被劃了一下，雖是不嚴重，但是也開始流血。

薛青玉面色瞬間變得驚慌。「我流血了，我流血了……」

「青玉，妳要不要緊，妳……」齊放面色也難看起來，這些人看來一點都不打算放過他們。

「你放開，齊放，你放開我，我才不會陪著季晚晴一起死，人家要殺的是季晚晴，關我什麼事，關我什麼事！放開我……」薛青玉大喊，使勁地掙脫。

不只是季晚晴，便是齊放都震驚地看著薛青玉，其實齊放確實是故意拉著她的，為的也是為季晚晴多一層的保障，關鍵時刻可以將她推出去，倒是不想，薛青玉的真面目也不見得好到哪兒去。

「我讓你放開，放開！」看齊放不肯放手，薛青玉狠狠地拉著他的胳膊咬了一口，齊放吃痛放開。「晚晴，妳別怪我，我也沒有辦法，我不會陪著妳死。」在危險之下，薛青玉不再偽裝。

「小心……」三人正在糾纏，就見黑衣人再次刺了過來。

恰巧徐達趕到，一劍擋過，將幾人護在身後，吩咐。「兩人護住小姐，三人與我反擊。」

許是徐達來了讓這些護衛更有底氣，一時間局勢竟是好了些許。

看著眾人廝殺，齊放發現徐達並沒有把其他的護衛帶回來，仔細想想也是，那邊有五個小主子，他不會不多考慮，可這樣難免更加地難脫困。

雖然徐達回來情況好了許多，但是黑衣人倒是比原來的目標更明確了些，招招是對著季晚晴而去，齊放與季晚晴站在一起，自然也受了些輕傷。

「啊……」眼看著護衛季晚晴的兩人俱是受傷倒下，齊放也被劃了一下，他吃痛地放手，隨即再次握住季晚晴的手。

「齊大哥，你先走吧。」季晚晴推他。

「我不能不管妳。」齊放看著季晚晴，一臉的深情不悔。

「晚晴，不管什麼時候，我都不會不管妳，在我心裡，妳比什麼都重要，包括我的生命。」

「這個時候不要說這些了，是我連累了你們。」季晚晴還是很堅強的。

也就在兩人說話那一瞬間，離齊放最近的黑衣人狠狠地刺了過來。

齊放與季晚晴站在一起，他若是躲開，那劍必然刺中季晚晴，然在那涉及到自己生命的一刻，齊放想不起自己剛才才說過的話，霍地鬆開了自己的手，向旁邊倒去，躲開了劍氣，那劍直刺向季晚晴……

「小姐……」千鈞一髮之際，徐達快速地飛身擋在了劍前，劍狠狠地刺進了徐達的肩膀。

「徐達……」

徐達並沒有回應季晚晴的喊聲，雖然中了一劍，但是卻仍是硬撐著再次衝了上去，並吩咐其他人。「保護小姐！」

雖然季家的人手不多又處於劣勢，但是見大部分的人都已受傷，季晚晴也不顧自己的安危，撿起一把劍反抗起來，雖不得要領，但是也能夠抵擋一陣，就在情況越來越危急的時候，增援總算到來，這些人也是季家的護衛，正是看到了先前的信號趕來的。

黑衣人見情勢不好，訓練有素地撤退。

倘若真是留了心，必然能夠發現一絲的不對勁，然這裡的人經歷了這場變故，全都極為忐忑擔心，若說是真的留意黑衣人，那倒是沒有的。

徐達並未戀戰，自然，這裡更大的原因是因著他已然受傷，他不敢耽擱，連忙吩咐人將受傷的人都送回季家，而他則是馬上帶人去將幾位小主子帶回。

護衛見徐達去而復返，知曉已然無事，連忙進山洞稟報。

「幾位小姐，徐隊長回來了，看來已經無事。」

聽到這一點，幾人都是高興至極。

「太好了！不過不知道姑姑他們怎麼樣了，我們快走吧。」秀雅連忙將幾個小不點兒拉起來。

秀美歪頭看秀雅。「姊姊，我們沒事了，對不對？」

「對，妳們不要擔心。」

「哇……」秀美聽到沒事，哇哇大哭起來，這段時間她一直都是緊繃著神經，如今聽到無事了，當即哭了出來，她怎麼都想不到，自己竟然會遇到這樣的事。

「別哭、別哭，沒事了、沒事了。」秀雅將妹妹擁在懷中安撫著。

子魚見狀也緊緊地攥著嬌嬌的手，小嘴兒癟啊癟，不過最終並沒有哭出來，他堅強得緊。

嬌嬌感受到他的緊張，低身摸他的頭安撫。「子魚是個男子漢，等回去了，咱們一起學武好不好？那樣咱們再也不用怕壞人了。」

「好，姊姊，咱們習武。」這兩次的事都在子魚心裡留下了痕跡。

嬌嬌看他認真的模樣，抿嘴，雖然不知道這麼做對不對，但是嬌嬌相信，子魚這個孩子不會有問題的。

「我、我、我也要學，要學……」秀美抽泣著跟著言道。

秀雅笑應。「好，秀美也學，以後秀美保護姊姊。」

「好，我會保護姊姊，我會為姊姊打走所有的壞人。」

「屬下見過幾位小姐、少爺。」徐達在洞口請示。

秀雅拉著幾個弟弟、妹妹出來，臉上並沒有太多的慌亂，她鎮定又大器。「徐叔叔，可是無事了？姑姑他們可好？」

徐達身上沾了許多的血，他一抱拳回道：「三小姐、薛小姐、齊先生都已經被送了回去，小傷是有，但是並無大礙，您儘可放心。」

「徐叔叔，那邊的壞人被抓住了嗎？」秀慧在一旁霍地開口。

徐達搖頭。「啟稟秀慧小姐，並未。因著咱們受傷的人比較多，支援來得又有些遲，因此並未成功抓捕他們。我們現在出發？」

秀雅點頭。「好，大家心裡都擔心得緊，還是快些回去吧。」

徐達一揮手，眾人便被護衛接上馬車。

許是經過了些許的驚嚇，孩子們都靜靜的，並不多言。嬌嬌擰眉似乎想著什麼，秀慧坐的位置最靠近簾子，馬車走到一半，她突然掀開簾子，就見徐達的肩膀已經纏上了一些布條，不過可見，只是簡單的處理，甚至都沒有耽誤行程。抿了抿嘴，她沒有說什麼，只是看著徐達的背影，許久，放下簾子，低頭不言語。

「怎麼了？」秀雅問道。

秀慧抬頭看秀雅一眼，隨即再次掀開簾子。「徐叔叔，你的傷要不要緊？」

徐達聽到秀慧的問話，回頭看她，回道：「多謝秀慧小姐關心，屬下無事。」

秀慧小臉兒嚴肅地點頭，隨即將自己的簾子放下，她板著臉不再說話，嬌嬌打量她，秀慧察覺到她的眼神，抬頭看她問道：「秀寧看什麼？」

嬌嬌笑。「二姊姊，沒事的，我們都會沒事的，祖母一定會將所有一切都處理好。」

秀慧看著嬌嬌，深深凝視。

「怎麼了？可是我臉髒了？」

秀慧歪頭，似乎是想了想，她突然露出一個笑容，那笑容燦爛極了。

「原來如此。」

「什麼？」嬌嬌疑惑地看著秀慧。

「妳可是有什麼發現？」秀雅也有些疑惑。

秀慧搖頭，笑容掩都掩不住。「沒有，我沒有什麼發現，我突然覺得，也許這樣也挺好。」

她這麼一說，嬌嬌不置可否地挑眉，秀雅則是更迷糊了。

「妳這丫頭，說話不清不楚的，到底有什麼事？妳這般，弄得我更好奇了。」秀雅滿臉不解地說道。

秀慧玩著手上的絲帕，不再多言。

「妳呀！」見她這樣，秀雅嘆息。

嬌嬌拉了拉子魚的衣襟，與秀雅開口。「大姊姊，許是二姊姊想到旁的事了也不一定，妳莫要想得太多，放心吧，我們大家都安全了啊。」

秀雅點頭。

不過是說話間，幾人就已經趕回了季家，看著大門口的眾人，幾個小的都有些激動，丫鬟伺候著幾人下轎，嬌嬌看大夫人與二夫人的表情，知曉二人是極為擔心的。

五個孩子俱是給長輩請安。

「快起來吧，讓我看看，你們有沒有受傷。」大夫人這就要檢查幾個孩子有沒有受傷。

「母親，我們沒事的，我們躲起來了，根本沒有碰到什麼人。」子魚清脆地開口。

大夫人聽了這話，再看幾個孩子，雖是衣著有些凌亂，但是確實不見一絲的傷痕，心中總算是放下幾分。

「母親，姑姑怎麼樣了？我們沒有和姑姑在一起，因此並不知曉當時的情況，如此更是不放心姑姑。」秀雅言道，雖不知道具體的情況，但是總是更加掛念自家人的。

二夫人嘆息，不過眼裡也有幾分的慶幸。「妳姑姑他們都受了些傷，不過還好，問題不是很大。好了，你們幾個也嚇壞了吧，別在這裡待著了，快些進屋休息休息，我讓廚房給你們煮了壓驚的湯。來，快些進屋，你們祖母都等急了。」

待來到主屋，子魚與秀美皆是跑到了老夫人的身邊，兩人一左一右地拉著老夫人，揚著小臉兒，擔憂害怕顯而易見。

老夫人拍著兩人的背，哄道：「無事了，一切都過去了，別怕。我看看，我看看受傷沒有……」

一番忙亂之後，幾人俱是坐下。

子魚左看右看，似乎在找什麼，老夫人見狀，知曉他必然是掛心晚晴，欣慰地笑。「你姑姑沒事，她有些小傷，我讓她回去好好休息了，你放心便是。你們齊先生也受傷了，這課業倒是要停幾日了，不過如此也好，想來你們也是嚇到了，這樣倒是可以多出幾天好好休息一下。」

「是，我們知道了。」幾個孩子清脆地回答。

「既然你們幾個沒事，我也就放心了。行了，你們都把這壓驚的湯喝下，看你們這衣服亂的，喝完回去好好收拾一下，休息一會兒，待晚膳的時候過來，我吩咐廚房做些你們喜歡的吃食。」老夫人言罷，陳嬤嬤連忙伺候幾個小主子離開，而嬌嬌等人也並未待在這裡，順勢出門。

因著家裡出了大事，大夫人和二夫人俱是留在老夫人房裡商量事情，因此幾個小的跟著嬤嬤回房。待嬌嬌將子魚送回房之後回到自己的房間，就見秀慧站在那裡，似乎是在等她。

嬌嬌並不意外秀慧會在這裡等她，她巧笑倩兮。「二姊姊要進來坐會兒嗎？」

秀慧認真地看著嬌嬌，點頭。

待進門，秀慧迫不及待地吩咐自己的丫鬟。「妳出去吧，我有事要和三妹妹說。」

嬌嬌鮮少見秀慧如此急躁，不過也跟著吩咐彩玉和鈴蘭下去，一時間，這房間內只有她們姊妹兩人。

「二姊姊有什麼事情嗎？」

秀慧看嬌嬌熟練地為自己沏茶，言道：「為什麼？」

「什麼為什麼？」嬌嬌沒有一絲的停頓，繼續著自己的動作。「二姊姊喜歡什麼茶？紅茶還是綠茶呢？嗯，如今已是秋日，還是喝些紅茶吧，暖胃，前些日子老夫人給了我一些正山小種，味道很是獨特呢。」

嬌嬌自言自語，秀慧的思緒卻並不在此。

「這一切都是一個局，對嗎？」秀慧緊緊地盯著嬌嬌，但是卻又不見她有一絲的異常反應。其實，如此看來，沒有異常，倒是最大的異常了。

一個七歲的小女孩，剛剛面臨一場刺殺，雖然這場刺殺沒有確實地發生在他們面前，但是正常人，哪裡不會心有餘悸；可是她，你看她的樣子，恍若這件事從來沒有發生過。

「二姊姊的想像力未免也太豐富了些，再說這些事情，我一個小姑娘怎麼可能知道呢？」嬌嬌將茶倒好，比了一個請的姿勢。

秀慧倒也沒有拒絕，品了一口，復而放下。

嬌嬌嘟唇。「二姊姊完全沒有細細品味。」

秀慧言道：「我現在哪有心思喝茶，我很想知……」說到這裡，秀慧的話戛然而止，她再次看嬌嬌，許久，垂首，不再言語。

「二姊姊，妳怎麼了？」

秀慧抬頭。「是啊，我為什麼非要知道這一切呢？果然是作繭自縛、庸人自擾了。秀寧，打擾了，如果給妳造成了困擾，我很抱歉，不過我想，妳應該不會覺得這是困擾吧，妳壓根兒就沒有當一回事。」說到這裡，秀慧竟然有幾分笑意。

嬌嬌點頭。「我自然是不會當成一回事的。二姊姊那麼聰明，必然能夠將所有事情理順清楚，可是，我們都是小孩子，小孩子管那麼多又有什麼用呢？我們只須好好生活、好好學習、好好地成長便好；那許多大人之間的算計和糾葛，我們沒有能力處理，我們要相信，我們的長輩都很能幹，他們吃的鹽比我們走的路還多，我們無須自作主張、自以為聰明。」

嬌嬌說到這些，已然是在點撥秀慧了，其實秀慧確實聰明，但是年紀小小便是有顆七竅玲瓏心，難免有些過於自傲，可是即便是再能幹，孩子就是孩子。如若不是穿越之人有顆少年老成的心，那麼嬌嬌認為，還是快快樂樂、簡簡單單、偶爾有些小聰明地長大才是最好。甚至，那是她嚮往，卻不曾擁有過的。

她說完之後繼續擺弄茶壺，秀慧卻已然在仔細思索了，想了許久，秀慧終於釋懷。

「謝謝妳，秀寧。」

嬌嬌笑著將兩手交握問道：「那，秀慧姊姊為什麼要謝我呢？」

秀慧笑。「這件事不尋常，我既然都能發現，妳自然更能發現；甚至說，也許，這事妳本就是知曉的。可是知曉一切卻仍是按照腳本在演戲，那便是說明，妳認為，祖母有足夠的能力處理這一切，在這一點上，我不如妳。其實如此看來，我還是不聰明，以後若是誰再說我是季家最聰明的小姑娘，我定然是要反駁的，最聰明的，明明是我的秀寧妹妹。雖然我很嫉妒，但是，這是不可否認的事實。」

嬌嬌笑著搖頭。「好啦，姊姊，妳可不要再說了。」

秀慧拉住了嬌嬌的手，認真言道：「秀寧是季家的一分子，我們都會為季家努力，對不對？」

嬌嬌看秀慧，她也不過是個孩子，卻要為了季家操心，嬌嬌反握住秀慧的手，也認真點頭道：「我會的……」

第二十七章

主屋。

季晚晴包紮好傷口，也簡單地休息了一會兒便回了主屋，見兩個嫂子都在，她微微一福，算是打了招呼。

「三妹妹快起來，妳還傷著，不好好休養，怎麼就這麼起來了？」二夫人連忙去扶。

「多謝二嫂的關心，我沒事的，不過是些小傷，算不得什麼。」季晚晴坐在了老夫人的身邊。

老夫人拉著自己小女兒的手，嘆息。「晚晴，妳這倔強的丫頭，剛不是交代過讓妳休息了嗎？今日之事，母親自會處理妥當，妳不好好休息，過來是作甚。」

季晚晴搖頭。「我想，當時沒有抓到任何人，我是當事人，許可以提供一些細節。」

老夫人看她。「當時現場那麼多人，混亂得很，妳可是發現了什麼？」說話間，眼神閃爍一下，不過在場的人卻並未發現這一點。

季晚晴搖頭。「若說具體的事情，我並未有什麼發現，但是我想仔細描述一下現場的情況，這樣大家還能多個思路。」自從上次兩人被劫持，嬌嬌臨危不亂的處理方式給了季晚晴很大的啟迪。

「有個思路自然是好，但是晚晴，在做娘的心裡，自己孩子的安危才是最重要的，妳且先休息著，我怎麼都不能放心妳的身子。老二媳婦，妳也別待在這裡了，去看看青玉丫頭吧，想來她也嚇壞了，好端端的，竟是就能發生這樣的事，她必然是怕極了，妳好好安慰著她些。」

二夫人點頭。「媳婦兒知道了，我這就過去。不過這丫頭，唉！只求三妹妹不要太過怨恨青玉。」二夫人嘆息，現場那麼多人，大家都見到了薛青玉的作為，她這做姊姊的，也是覺得丟人極了。

季晚晴聽了二夫人的話，正色道：「二嫂多言了，這事本就是我牽連了她，當是我求著青玉妹妹不要怨恨我才是，如何能夠談到是我怨恨她，這點我是萬萬擔不起的。」

老夫人聽了這話也是點頭。「晚晴說得對，蓮玉，妳也莫要想得太多，這事本就是咱們季家的錯，她本是過來遊玩，竟是遇到了這樣的事，一個年紀輕輕的小姑娘，驚嚇之餘做些反常之事也未必不可能，妳可莫要用聖人的標準來要求涉世不深的小姑娘。」

見老夫人也是這樣說，二夫人一聲嘆息，開口。「媳婦兒，唉，媳婦兒多謝大家的豁達，我也無須說太多了，我這就過去看她。這丫頭，唉！」

二夫人焦慮地離開，老夫人又看大夫人。「可盈，許是做母親的不該說這樣的話，但是我是知曉妳對我的尊敬的，也知道，這話如若我不說，旁人更是不敢提出個一二。」

大夫人看老夫人，言語誠懇。「娘有什麼儘管直言便是，您知曉的，您是我最敬重的人。」

老夫人擺擺手，將她拉到自己的身邊，看著季晚晴與宋氏，認真言道：「我希望妳們能夠多承擔些家裡的事務，娘知道妳們都不喜歡這些，可是如今家裡的情況妳們也清楚，如若妳們不多幫忙，能信得過的人真的不多，難不成我們要讓幾個孩子來處理事宜？說句不好聽的，現在人人都覬覦我們家這塊肥肉，我不能不多加防範啊。妳們看，我們以為可以信得過的人，又有幾人是真的信得過的呢？生死患難之時才可以看出一個人的品行，不只是薛青玉，難道齊放妳們還沒看明白嗎？」

想到齊放當時的作為，季晚晴很是傷心，不管是齊放還是薛青玉當時的行為，其實都深深地傷了季晚晴的心，雖然她嘴裡說著不在乎、沒有關係，可是人不是動物，縱然理智上知曉這樣也沒有什麼，但是心裡是真的難過的，難過自己的朋友在關鍵的時候放棄了自己。

「母親，我知道的，我會多為季家考慮。」

大夫人宋氏也點頭應是。

老夫人繼續言道：「可盈，我知道妳自幼也是嬌養大的，沒有經歷過這些，更是知曉妳在心裡對蓮玉有一絲的隔閡；可是妳要明白，蓮玉與致遠，他們當時沒有在一起，既然蓮玉嫁給了致霖，那麼他們就是真的放下了。致遠的性子便是不說，妳也該清楚，如若他不是真心喜歡妳，即便妳是天上的仙女，他也不會娶妳，妳其實完全不須多想。如今致遠不在了，致霖又成了這個樣子，妳們兩個其實都是苦命人，互相之間又有什麼可爭執的呢。幾個孩子都是這般的小，便是不為了旁的，也要為了孩子多多考量啊。季家不是我們的，其實，說到底，季家終究要留給這些孩子們，妳們懂嗎？

「晚晴，也許我這般說，妳會覺得有些失落，可是這是事實，也是妳該承擔起來的責任。妳在我們與妳兩個哥哥的羽翼下生活了這麼久，誰都不曾要求過妳要如何，但是現在，季家走到了現在這一步，季家需要妳們使出自己的力氣。」

聽了老夫人這番交心的話，兩個人認真地點頭。

「母親，我做得到。我知道，致遠與蓮玉沒有什麼。這些日子，我沈浸在失去致遠的悲傷裡不能自拔，逝者已逝，我知道，您的傷心不亞於我，也該是我們承擔起自己該承擔的責任的時候了。其實我知道，我比弟妹更加適合管理季家，二弟如今還在昏迷，弟妹是該將更多的時間放在二弟身上的。」大夫人也不是不知道具體的情形，如若不是今日之事為契機，想來她也走不出這一步，如今看來，壞事總是有些好的地方。

見自己的大嫂這麼說，季晚晴也連忙開口。「母親放心，我會做到最好，以季家女兒的名義起誓。」

老夫人見兩人如此，終於放下心來。「妳們這樣，我也覺得分外地喜悅，也許這次的刺殺真的不是一件壞事，最起碼，它能讓妳們每一個人都走出新的一步，還有就是，看清楚一些人的本質。也許我說這個話有失偏頗，本就是咱們連累人家，如今倒是要怪人家不幫我們，未免顯得有些小家子氣；可是我只是希望妳們能透過此事看見另外一個視角，那便是，不是所有的人都值得相信，表面上對妳好的人，也不見得是真的對妳好。」

「我知道了。母親，我其實很看不起這樣的自己，剛才我與二嫂說的那些話，心裡卻並非如此想的，我是不是真的很虛偽、很討厭？」季晚晴將頭靠在老夫人的肩膀上，與母親說著自己心中隱秘的委屈與自省。

老夫人拍了拍她的手，認真言道：「妳永遠不能用對待家人的要求去要求自己的朋友，在生死攸關的時刻，他們做這些也都是本能反應，這些不代表他們不把妳當朋友，或者說不喜歡妳，只不過，妳在他們心目中的位置還沒有高到一定的程度。」

「可是徐達平常默不作聲，卻能夠在關鍵時刻衝出來為我擋上那一刀，我知道，自己這麼想有些不對，可是卻控制不住自己的想法。齊放口口聲聲說是喜歡我的，結果關鍵時刻只顧自己逃命；徐達甚至連話都沒有多和我說幾句，卻可以為了我不要性命，我真的不知道，也看不明白了。」

「徐達這樣，只能說明他忠心，他對季家的忠誠超過了自己的性命；至於齊放，每個人的性子不同，妳不能因為他更愛自己就怨恨他。也許，妳會發現不管是他還是薛青玉，他們都是兩面人，可兩面人也不代表不能夠成為朋友，咱們只要多加防備便好。也許妳會覺得，母親今日說得有些混亂，其實，這也是因為理智與感情是相左的兩樣東西，在理智上，我是想告訴妳，他們不管做什麼都是對的，畢竟，他們只是更愛自己；可是在感情上，我又覺得，他們在關鍵時刻沒有幫助我的晚晴，讓我很難接受。妳看，母親也是這般虛偽的一個人，人真是很矛盾的動物，對不對？」

老夫人這手拉著女兒，另一手拉著兒媳，絲毫不忌諱將自己不大度的一面展露出來。

「我們終究都是凡人。」宋氏淡淡地嘆息。

老夫人苦笑言道：「是啊，我們終究都是凡人。」

三人這廂敘話，就見陳嬤嬤匆忙進門稟告。

「老夫人，齊先生來了，跪在門外。」
老夫人挑眉。「他受了傷，不好好在屋裡休養，這是幹什麼？」
「齊先生什麼都不肯說，只在那裡跪著。」
老夫人嘆息看季晚晴。「妳去勸慰他一下吧。」
季晚晴吃驚地看老夫人，老夫人卻對她頷首。「晚晴，有些事，解鈴還須繫鈴人。他今日這般，不管是出自旁的目的還是真的對妳愧疚，都是需要妳去解開。」
季晚晴擰眉看了老夫人一會兒，點頭出門。
大夫人見季晚晴出門，言道：「其實齊放的行為已經算不得是獨自逃命了，我們都知曉，齊放明知道晚晴在他身後，他卻那樣，根本就沒有在意過晚晴的性命，他的閃躲其實就是將晚晴至於險地。母親，妳知曉我為什麼一直與齊放交情淺淡嗎？」
老夫人倒是不想一向衝動略微跋扈的宋氏會說出這樣的話。「為何？」
宋氏目光中有幾分迷茫，她彷彿看著遙遠的回憶。「致遠曾經與我說過，齊放，不見得如表面所見。」
老夫人認真地看宋氏。「致遠說過這樣的話？」
宋氏點頭，露出一絲笑容，那是想到自己丈夫的模樣。
「是啊，他這麼說過，致遠很喜歡靜靜地坐在書房裡看書或者是寫寫畫畫，我就在他旁邊看些市井繪本，他從來都不覺得我那樣是拉低了他的身分，反而會在休息的時候與我交流一番。記得……那是我看過的一本關於負情的故事，養子終究是錯付了小姐。那時我便說，齊放那般戀慕晚晴，倒是有幾分像書中人物，只是齊放不似書中人物般寡情。當時致遠卻說，齊放不見得如表面所見。順勢的，我們又談到了楚攸。母親想來是知道的吧？那時楚攸曾經與我家提過親，只是父親以我年紀比他大為由拒絕了，後來我不曉得，是不是我的存在也間接地造成了致遠與楚攸的矛盾。」

老夫人默默地聽著，並未插話。

「我是個藏不住事的性子，這麼想了，便是問了致遠。致遠當時微笑著告訴我，他與楚攸，這一輩子，永遠不可能反目，人生如戲。所以，便是致遠出事，我懷疑過許多許多人，甚至包括我自己的父親，卻沒有懷疑過楚攸，我只是疑惑他為什麼不肯為致遠揪出兇手。我是致遠的枕邊人，雖然算不得是他志趣高雅的知己，但是卻也是真心相愛的親人，我不敢說自己百分之百瞭解致遠，但是卻滿心地戀慕自己的相公。所以，我相信他的判斷、他的每一句話。」

老夫人這時真的是有幾分吃驚了，她看著宋可盈。「這也就是妳每每看到楚攸便有幾分反常的原因？」

宋可盈苦笑。「我以為，自己隱藏得很好，我每每看了楚攸便有幾分不自在，不是因為尷尬，而是因為我怕洩漏自己的情緒，怕將他們的事洩漏。」

老夫人搖頭。「我身邊這些小輩之中，最不會掩飾自己的有兩人，一人是徐達，一人是妳。徐達面無表情，妳則是受激便張揚跋扈，如此而來，倒是能掩蓋幾分真性情，如若不是這般，怕是旁人會更容易看透你們。」

大夫人默默流淚。「看不看透我們又有何關係，我只希望，自己不要耽誤了致遠的事，我知曉母親一直都沒有放棄追查這事，我更是相信，母親會為我們找到真正的兇手，為致遠也為致霖討回一個公道。」

老夫人將宋氏攬在了自己的懷裡，拍了拍她的肩膀。「我會，也許需要很久，可是不管多久，我都不會讓自己的兒子含恨而終。就算我不在了，可盈，妳要相信我，把這件事交給秀寧，秀寧會處理得好，她會為我們找到那個人，她會將季家發揚光大。」

宋氏錯愕地看著老夫人。

「許是妳還不明白我今日的話，但是可盈，妳要記得，假以時日，秀寧能為季家做的，會超乎你們每一個人。在我心裡，秀寧是另外一個致遠，她雖然沒有致遠聰明，但是她先天的優勢是你們任何人都無法比擬的，包括致遠。」

宋氏認真地看老夫人，之後堅定地點頭。

季晚晴站在門外，看著跪在那裡的齊放，不言不語。

齊放並沒有說任何的話，只是那麼跪著，秋日的陽光還是一樣的烈，縱然已經是傍晚，仍舊是讓他虛晃了幾下。

「齊放，你為什麼要這樣？快起來吧。」季晚晴終於開口。

齊放並沒有看她，只平淡無波地回道：「這些都是我應得的。」

「你遇刺沒有出事，難不成現在還要自殘不成？身體髮膚，受之父母，你如此又是何苦，我並沒有怪你。」季晚晴也是神色憔悴。

齊放依舊不看季晚晴。「我的父母，便是老夫人和老爺，如今在最關鍵的時刻，我終究是個貪生怕死之人，這是對我自己的贖罪。」

「我說了，自己沒有怪你。」

「妳怪不怪我並不重要，重要的是我錯了。晚晴……」齊放終於抬頭看她，他的嘴唇乾澀，臉上的悲傷也顯而易見。「也許，在我自己躲開劍氣的那一刻，我已經再也沒有資格與妳說喜歡了，可是，晚晴，我不希望，不希望我心目中的母親也怨恨我。晚晴，妳不會明白的，不會明白的……」

季晚晴坐在了臺階上，與齊放平視。「齊放，你真的喜歡我嗎？」

「妳不信？」齊放錯愕，隨即苦笑。「是啊，我能夠在關鍵時刻放棄妳，我又怎麼能是真的愛妳呢？」

季晚晴搖頭，站了起來。「齊大哥，秀寧曾經說過，我喜歡楚攸，也許並非真的喜歡楚攸這個人，而是喜歡那種喜歡一個人的感覺，我不自覺地把楚攸美化成了一個我心目中的形象，我求而不得，所以越發地覺得自己深愛。今日，我也把同樣的話告訴你，我並不肯定她說得有沒有道理，但是我想，也許她說得對，我們都太過活在幻想之中……」

言罷，季晚晴起身離開……

有些事，並非旁人來勸就有用，還是要看自己的心態。

知曉季晚晴並沒有勸動齊放就離開，老夫人嘆息一聲。

「起來吧，不管你做了什麼，你都是我的孩子。」老夫人一語雙關。齊放不肯動。

老夫人見他沒有反應，沒有再勸，轉而回屋。

院子裡的人熙熙攘攘，然齊放卻紋絲不動。大家都不明白，齊放究竟在堅持什麼，老夫人都已經原諒了他，三小姐也原諒了他，生死關頭，許是這麼做有些不妥，但是也未必就是錯的；可他卻不肯動，只在那裡跪著，任何人勸也都沒有用。

深夜，月黑風高。

似乎老天在這個時候也要落井下石一下，竟是狂風大作起來，眼看就要下雨。

「老夫人，齊放身上有傷，如若真是淋了雨，想來會更嚴重。」陳嬤嬤言道。

老夫人點頭，她自是知曉這一點的，不過，她卻也有自己的想法。齊放這個時候鑽了牛角尖，她看得出來，這個時候不管她說什麼，齊放都會堅持己見，這便是執念。

陳嬤嬤的話音剛落不久，就見外面果然是下起雨來，雨勢來得又急又猛，齊放跪在院中，搖搖欲墜。

老夫人透過窗戶看著外面的情景，擺了擺手，附耳對陳嬤嬤說了什麼，不多時，陳嬤嬤撐傘出門，她並沒有來到齊放的身邊，反而是越了過去，不多時又去而復返。

彩蘭站在門口，看著齊放越發地撐不住，拳頭緊緊地攥住，不知究竟該如何是好，她不知道，這是不是齊放的另外一個苦肉計，所以她不敢，不敢破壞……

齊放跪在門口，任由大雨不斷地沖刷著自己的身體，他搖晃得厲害，嘴唇已經白得不成樣子，彷彿隨時就要暈倒，也就在這時，一把雨傘遮住了他的頭頂，齊放回頭，竟是一個他最意想不到的人——季秀寧。

「秀寧小姐？」齊放有些疑惑，大抵上，被自己的學生看見自己這般狼狽的樣子，都不是那麼讓人愉悅的一件事，不過這個時候的齊放卻沒有更多的反應，只一眼之後便繼續跪著。「小姐無須管我。」

嬌嬌撐著傘站在齊放的身後，恰好能為他遮住大雨。

「尋常人淋了這樣的大雨都要生病，你身上還有傷，如若真的感染，怕是連性命都不見得能夠保住，縱然你是在使苦肉計，也要有命看結果。」嬌嬌嗓音清冷，完全不似往日裡那般的嬌憨。

齊放霍地回頭看她。「妳以為我是在使苦肉計？」

「難道不是嗎？」嬌嬌似笑非笑地看齊放。

齊放這個時候反而是認真地審視起嬌嬌來，他充滿了警戒。「妳一直都在偽裝，今日這般才是妳的真面目？」

聽了這話，嬌嬌不置可否，她看著齊放，言道：「我的真面目是什麼？齊先生，你是我的老師，都說什麼樣的老師教出什麼樣的學生，你若是這般的虛偽小人，你又怎麼指望我志向高潔呢？哦對，齊先生一定也沒有被自己的老師教好，想來，薛大儒也不是什麼有德之人，如若不然，他的學生，如你，如楚攸，如寧元浩，為何沒有一個是好人？他的女兒，如薛二小姐，為何那般地人前人後兩重天？瞅瞅，還自稱大家，自稱大儒，果然是極為可笑的一件事。」

齊放緊緊地攥起了拳頭。「妳可以侮辱我，卻不能侮辱我的老師，當今聖上都讚賞的有才之人，在妳一個小女孩眼裡，卻是虛偽之人？秀寧小姐，我雖然算不得一個好的老師，也不算是一個品格高潔之人，但是我自認為，教你們的都是儒家之道、孔孟之道，我並未教歪妳，妳今日又為何如此？」

秀寧用腳尖劃地，並不看齊放，只是輕聲言道：「你雖未教壞我，但是有一句話，叫做言傳身教。」

齊放冷笑。「欲加之罪，何患無辭。如若沒有今日，妳還是會這麼說嗎？」

嬌嬌也冷笑。「齊先生，你知道嗎，我第一次見你的時候，覺得你就像畫中的仙人一樣，後來看你處處都好，我便生出幾分的不舒服，沒有人是完美的；如此一來，我又生出了幾分的疑惑，我觀察了你，越觀察，我越覺得，你在偽裝，即便你偽裝得很好，但是你不能掩蓋你眼中的貪婪。季家收養了我，老夫人待我極好，子魚把我當成親姊姊，我不會讓季家有一個壞人隱藏，所以，我把你的異常告訴了老夫人。」

齊放錯愕地看著嬌嬌，他沒有想到，事情會這樣發展。

「妳、妳、妳說什麼……」齊放顫抖著嘴角，看嬌嬌。

「我說，老夫人早就知道你是什麼樣的人，而且，她們在心底原諒了你，所以你完全不用在這個時候惺惺作態。」

「我沒有，我不是假裝，不是惺惺作態，是真的難過，真的覺得自己錯了。」齊放聲音越發地大了起來，然嬌嬌卻只是看他，彷彿在看一個胡鬧的孩子。

齊放喊了幾聲，驚覺自己的失態，隨即癱軟在地。

「妳現在又為什麼要來告訴我這些呢？是嘲笑？是摧毀我的信念，抑或者是其他？」

嬌嬌看他虛弱的模樣，言道：「都不是，我沒那麼無聊，我只是來告訴你，不需要惺惺作態，如果你真的想用苦肉計讓她們心軟，沒有那個必要。如果你是真的知道錯了，更沒有那個必要，因為，之前她們都原諒了你，所以，她們希望你好好的；如果你感染了，死了，那麼傷心的只會是看著你長大的老夫人，而不是對你投懷送抱的薛青玉。」

嬌嬌的聲音不大，但是每一句話都像一把刀子，總是要戳一下齊放的心。

齊放看著嬌嬌，認真打量，許久，他艱難地開口。「妳、妳真的只有七歲嗎？」

嬌嬌笑。「我為什麼不能只有七歲？日子過得不艱辛，難免便要多花些心思。能夠被老夫人收養，能夠來到季家是我的幸運，我可以心思多，我可以算計別人，但是齊先生，我不會算計季家。齊先生，不管你是真心還是假意，都沒有必要在這個時候折騰自己吧？」

齊放垂首，似乎是陷入了沈思，過了好一會兒，他抬起蒼白的臉，看著一直看著他的嬌嬌，突然就笑了起來。「雖然妳言語惡毒，但是倒是真心勸我。」

嬌嬌冷笑。「我不過是受人之託罷了，老夫人不希望看你就這麼死掉，所以她希望我能勸你，可是我一個小姑娘又能怎麼勸呢？我想，倒不如告訴你實情，讓你知道，她們其實是原諒了你的。」

齊放看嬌嬌沒有再說話。

「你看，每個人都有陰暗的一面，我也有，你也有，許多人都有；可是，我可以問心無愧地對天地發誓，便是我有一萬種心思，可是我不害人，我全心全意為了季家著想，動物尚且知道感恩，人若是連動物都不如，那真是不該存在於這個世間了。齊先生，我原本剛認識你的時候很尊敬你，也很崇拜你，就說現在，我也沒覺得你就是個壞人，可是，如若你真的就要這樣順著自己內心險惡的一面走下去，怕是就要害人害己了。」嬌嬌這話說得倒是語重心長起來。

「走到最後，我當真還不如一個只七歲的女孩？」齊放呢喃。

嬌嬌言道：「其實在許多方面，我們都是一樣的，我們同樣被季家收養，也許你會覺得季家的孩子得到的更好，自己如何如何，可是你要知道，人家沒有這個義務對你好，既然幫了你，不見得希望有人感恩，可沒要成心養一頭白眼狼。你可以貪慕錢財，可以希望過更好的日子，但是如果算計自己的恩人，那真是豬狗不如了。

「哦，這話也不能這麼說，論起來，人許多的時候還當真是不如豬狗，豬能夠為人奉獻自己的生命以供人的口腹之欲，狗最是忠誠護主，而許多許多的人既不能奉獻自己，也不能忠誠待人。如若你想過更好的生活，你可以通過付出得到，例如，楚攸。雖然我不見得欣賞他的作為，最起碼，他還是憑著自己的陰險狠毒走到了如今的高位，比起偽君子，真小人倒是更令人欣賞些。」

聽了嬌嬌的話，齊放哈哈大笑。「楚攸是真小人，我是偽君子，果真如此，果真如此……」

屋內的人雖然不知道兩人說了什麼，但是眼見著齊放越發地不太對勁，彩蘭心焦得無以復加，自從秀寧小姐撐著傘為齊放擋雨，他就不正常起來，彩蘭捏著帕子，左右為難。

老夫人看出彩蘭的不對勁，嘆息言道：「彩蘭，妳多大了？」

彩蘭心驚地回身，稟道：「回老夫人，奴婢十八了。」

老夫人點頭。「十八了，真是不小了啊，是我忽略了，妳這般的女孩，大抵上也該春心萌動了。」

彩蘭錯愕，結結巴巴言道：「彩蘭、彩蘭願意一輩子伺候老夫人。」

老夫人笑著搖頭。「不，我不需要，彩蘭，我把妳許給齊放可好？」

彩蘭一慌，馬上跪下。「老夫人，老夫人，您、您說什麼，彩蘭願意一輩子伺候老夫人。」

「彩蘭，妳喜歡齊放，我知道的，我更是知曉你們之間的事情，往日那些亂七八糟，我不想再提，你們都是我看著長大的，只要你們兩人同意，我可以為你們安排成婚。」

「不是的，老夫人，一切都不是這樣的，我與齊先生是清白的，您可不要誤信一些小人的讒言啊！我的身分，怎麼可能配得上齊先生，便是我往日裡對他有些好感，可是斷不是您以為的那般，斷不是啊！」彩蘭跪在老夫人的身前，哭泣。

見她仍是執迷不悟，不肯多言，老夫人看著窗外沒有停歇的大雨，不再言語。

而這時齊放真算得上是搖搖欲墜了，如若不是嬌嬌為他擋雨，想來會更加地嚴重。

「我是當真喜歡晚晴的，我從小就喜歡她，可是在最關鍵的時刻，我沒有救她。妳永遠不會知曉，我有多麼地怨恨自己，怨恨自己沒有救晚晴，怨恨自己貪生怕死，更怨恨自己辜負了老夫人的養育。我是喜愛錢財，可是誰人不喜愛呢，只有經歷過苦日子的人才明白其中的艱辛，我就算是有所算計，但是也絕對不會害季家的人，這些妳們根本就不懂，根本就不懂。」

「我是不懂的，齊先生，讓我一個小孩子懂這些，未免也有些可笑；可是，祖母懂，她明知道你的真面目還原諒你、寬容你，當做沒有這件事，那是因為，她是真的把你當成她自己的兒子。她已經失去了很多親人了，如果你再這樣，她與多死一個兒子有什麼區別。」嬌嬌語氣有所緩和。

她將一隻手搭在齊放的肩上，認真言道：「齊先生，人都有善與惡的兩面，沒有人是聖人，所以，我們只須好好地控制住自己不好的那一面，儘量做一個好人，我們也許算不得是永遠不害人的老好人，可是只要一切都對得起天地良心，那就無愧於心。也許你曾經做錯過一些事，但是知錯能改，善莫大焉，老夫人打從心底原諒你，您還是我們學富五車、溫文爾雅的齊先生。」

齊放囁嚅嘴角。「老夫人她、她會原諒我嗎？」

這話竟是有幾分的脆弱，嬌嬌點頭。「會，原本她就會。老夫人最重情義，這一點你早就知道，不是嗎？英家曾經策劃了綁架子魚，也曾經算計了晚晴姑姑，可是即便這樣，老夫人也並沒有將他們徹底收拾掉，這不是婦人之仁，而是對親人的最後一絲容忍。對你，這個她兒子一樣的人，她一樣是會盡自己最大的能力寬容你，如果你死了，你以為誰會傷心？不管是誰，都是一時而已，甚至有的人還會拍手稱快，唯一真心難過且至死方休的，只有那個把你當成兒子的老人。齊先生，你的造詣如此高，難不成真的需要我一個孩子來點撥嗎？我說的，你怕是早就在心底深處想到過吧，只是現在，你因為各種各樣的原因不敢承認。起來吧，老夫人在等你。」嬌嬌說完，作勢要扶齊放。

這次齊放沒有堅持，他搖晃了一下，差點將嬌嬌帶倒，不過倒是真的站了起來，他站了起來，嬌嬌的傘自然是派不上用場。

「進去吧，老夫人在等你。」嬌嬌重申。

齊放認認真真地看著嬌嬌，終於開口。「季秀寧，謝謝妳！」

嬌嬌微微露出笑容，那笑容有幾分恬淡，與往日裡不甚相同。

「齊先生，這一切，都是我該做的，不是為你，我為的，也是真心待我，將我當成親人的祖母。」

兩人視線碰在一起，齊放似乎明白了什麼，頷首，轉而虛弱地往主屋走去。

嬌嬌看他進了屋，轉身離開。

第二十八章

雨一直沒有停，沒有人聽到嬌嬌與齊放說了什麼，但是很奇怪，齊放真的被她勸動了，這點出乎大家的意料之外，更是不曉得老夫人唱的究竟是哪齣戲。

見嬌嬌回來，彩玉連忙上前。「小姐身子都濕了，熱水已經為您備好了，您快些梳洗一番吧，泡泡澡，也暖和暖和。」先前小姐出門她們就擔心小姐淋雨，如今看來，果然是都濕了。

嬌嬌點頭應好。雖然她有傘，但是因著照顧齊放，她自己倒是濕了不少。

「鈴蘭，薑茶準備好了嗎？一會兒小姐洗好，端給小姐去祛寒。」

「是。」

嬌嬌不顧兩人的言語，逕自進了浴室洗浴，將自己深深地埋進水裡，嬌嬌吐出幾個小泡泡。

彩玉見狀，忍不住。「小姐也太調皮了，這水可不乾淨，您真是，真是……哎，真是個調皮的孩子。」

嬌嬌捏著自己的鼻子在水裡閉氣，過了許久，她霍地衝出水面，看彩玉，笑得歡快。「不破不立，老夫人果然是老夫人。」

彩玉有些不解，然嬌嬌卻不再多言，反而是玩起水來，一派的歡樂。

與此同時，齊放與彩蘭同時跪在老夫人的身前，都不言語。

老夫人嘆息，問道兩人。「你們何苦如此？既然你們沒有做出真正傷害季家的事，我是不會埋怨你們的；就算是你們真的做出這樣的事，你們都是我的孩子，我也會對你們抱有最大的寬容。也許你們現在還不能明白，但是將來隨著年紀的增長，你們也有了自己的孩子，大抵上，便可以理解我這樣的心思了。」

「放兒錯了，自會以自己的方式補償老夫人，可是，娶彩蘭，不行。」

彩蘭錯愕地看著齊放，她怎麼都沒有想到齊放會說出這樣的話。「齊放，你……」剛才她不同意，那是因為摸不清老夫人的心思，如今兩人已經在一起，而且也似乎真的沒有秘密了，齊放還這般說，彩蘭覺得不能承受。

「我並非真心，雖然也有幾分感情，但是既然沒有真心，娶了她便是害了她。這一輩子，我只喜歡晚晴妹妹，許是妳們不信，但是沒有關係，沒有關係了，不管她嫁給誰，便是一輩子不嫁，我也守在季家，為她守著季家……」

「你、你、你說什麼？齊放，你說什麼？」彩蘭哭泣。

齊放並沒有抬頭，只跪在那裡。「彩蘭，是我負妳，可是，我真的不能娶妳。那些山盟海誓，都是騙妳的，騙妳幫我。我自是有幾分喜歡妳，可是，那不是愛。彩蘭，對不起，對不起……」

「你不愛我，你利用我，你騙我，齊放，你騙得我好苦，你騙得我好苦啊……可笑，真是太可笑了，太可笑了……」彩蘭邊哭邊笑，整個人歇斯底里。

老夫人見兩人這般，嘆息言道：「齊放，你毀了彩蘭，你知道嗎？」

齊放低頭不語。「如若真的嫁了我，她會更加地後悔，因為，我沒有真心。」

「你這孩子，彩蘭已經將自己給了你，你若是真的不想娶她，為何要那樣做，你有沒有想過，這樣對彩蘭公平嗎？她以後如何是好？」

「齊放願受懲罰。」

「這本就不是懲罰不懲罰的事，你……」

「不要說了。」彩蘭突然大聲，她看著齊放，許久，臉上的淚止不住，又看老夫人，磕頭。「就如之前彩蘭說得那般，讓彩蘭一輩子伺候老夫人吧。」

「可彩蘭，妳……」她已然付出了自己的貞潔，在這個年代，如若不嫁齊放，她還有什麼出路可言，難不成真的要一輩子單身一人？

「我願意一個人，一個人就一個人吧。齊放，你我二人……」彩蘭看齊放蒼白的臉龐，一字一句冷冰冰地言道：「恩斷義絕。」

這日大抵是季家比較多災多難的一日，本來是好意地出去遊玩，結果碰到了刺殺季晚晴的刺客，不僅大家都受了輕傷，連帶的，還牽扯出些其他的事情。

雖然老夫人不准大家多言，可是誰人不知曉，齊先生在關鍵時刻沒有顧及三小姐的生命安危，而薛二小姐更是個貪生怕死的兩面人，那般的溫柔，都是偽裝。如此一來，當真讓人覺得可笑，也不禁讓人感慨萬分，雖然禁得住人的言語，但是卻禁不住人的思想，更是禁不住人的心。

刺客的事，齊放更傾向於英家，畢竟，最恨季晚晴的，當屬英家的幾人，可是如此說來又並沒有什麼證據。

至於老夫人，她既然原諒了齊放，便沒有再多說，只著令幾人多加休息，本就受了傷，再多加操勞是怎麼都不行的，特別是齊放，他不僅受了傷，還淋了雨，次日更是發起燒來，一度非常危險，如今老夫人只命他多加休息，這樣一來，齊放倒是終日不出房。

薛青玉雖然也是受傷，但是她住在季家倒是分外地尷尬起來，便是誰人都不說，但是大家的眼神足以能夠讓她覺得不舒服。二夫人沒有再提讓她離開的事，也沒提那日的刺殺，可是她越是不說，薛青玉越是疑神疑鬼。

憤恨地將手中的湯碗放下，薛青玉怒極。「小桃，妳說，這次的事到底是怎麼回事？我無辜地受了牽連，他們倒還一副我做錯了的模樣，我做錯了什麼，我什麼也沒有做錯，錯的都是他們，如果不是季晚晴無緣無故地得罪了人，怎麼會有這樣的情況發生？」

小桃連忙言道：「小姐說得對，不過小姐，這事奴婢看著，八成是英家的人所為。」

現在但凡有些腦筋的人，都會這樣想。

「我覺得也是極有可能的，可是妳說我們都和英家聯絡不上，可見季家對英家看管得嚴密，如若真是他們做的，人是如何派出來的？」

「奴婢也正是費解這一點，但是您想著，那些殺手對其他人並不算是心狠手辣，獨獨對季晚晴下狠手，那便說明，這恩怨不涉及季家，只單獨對季晚晴一人。當初英俊卿勾搭季晚晴出事，說不定，最有可能的，便是英家的報復，您看現在的英家，也不過是只能溫飽而已，還幾乎跟坐牢一樣，若說他們不恨，絕不可能。」

「話雖如此說，但是我總覺得哪裡不對勁。混蛋，該死的混蛋，如若讓我找到那些下手的人，我非生剝了他們的皮。混蛋混蛋！如若不是那日的事情，我今日如何需要面對這一切？妳沒看他們一個個看我的眼神，當真是讓我氣極，我無辜受累，倒是讓人說起閒話。」

其實大家的介懷並非是不滿她薛青玉關鍵時刻不管季晚晴，而是因著她是一個雙面人，但是薛青玉自然是不會這麼理解。

小桃自然也感覺到了季家下人的異常，可是若說人家不守禮，還真的沒有，今日這樣，真是讓人心裡分外地堵得慌。

「小姐，今日這樣的情形，我們便是留下，也不見得有什麼起色，季家的人對我們想來也是多了幾分的隔閡，倒不如，咱們離開這裡回京吧？」小桃建議。

薛青玉怒。「我來了，還未讓英蓮青受到一絲的懲罰就走，未免太過便宜她了。」

「可是小姐您想啊，季家現在風雨飄搖，內憂外患，我們有什麼可擔心的呢？便是咱們什麼都不做，您看那狼子野心的齊放，隨時準備咬人一口的英家，神秘狠毒的楚攸，還有許多旁的我們不知道的問題，他們季家哪裡是能夠消停的？您看，季家這麼多的問題，咱們只須坐山觀虎鬥便可，犯不著自己冒險。」

「英蓮青這個該死的老女人，那麼大把年紀了，卻要勾著我爹，她叫英蓮青，我和姊姊一個叫蓮玉、一個叫青玉，分明是拆了她的名字取的，如此果真讓人氣惱，我怎麼能夠放過她。我娘心底已然對她恨極，不過卻仍是念著交情不肯出手，姊姊又是個被感情沖昏頭腦不知四六的，我如若不讓她家破人亡，難消我心頭之恨。」薛青玉將帕子捏成一團，眼裡的恨意清晰可見。

小桃一直跟著薛青玉，自然知曉這一切，然她也有自己的想法。「小姐說得都對，可是您想啊，凡事何必一定要咱們自己動手呢？您心中是有恨，但是這恨總不能左右了您的生活，如若因著憎恨而讓自己過得不好，便是得不償失了。半年後就要大選了，咱們犯不著為了這些小事在這裡糾纏，不僅壞了您的名聲，還耽誤了您的學習。您不是要進宮嗎？只要您進了宮，得了寵，說不定皇太后都是您的，到時候一個小小的季家，還不是瞬間就踩死，您可不能本末倒置啊，孰輕孰重，小姐該是好好想想。」

聽小桃這般的勸誡，薛青玉終於定下了心神，仔細思索了許久，薛青玉點頭，似乎有幾分明瞭。「妳這麼說，確實是有道理的。」

「正是啊，皇上如今身體正好，去年朱貴妃還生了一個小公主呢，您想啊，如若您進宮生個小皇子，只消皇上好好寵著，不過是十多年，您那時也正值好時候，可是有可能成為天底下最尊貴的女人呢。大小姐自幼和季家的人一起長大，她看不清楚那些更深的道理，也看不出夫人的憎惡，可是小姐，您便是看出了，也不能由著自己的性子啊。奴婢知曉您聰慧，但是咱們更該把心思放在重要的地方，這些小仇，委實算不得什麼。

「而且您看，英蓮青又哪裡得了好？一個兒子死了，一個兒子變成活死人，身邊養大的孩子俱是狼子野心，季家內憂外患，她累都要累死了，咱們有什麼可惱恨的？一下子把她弄死，倒是讓她痛快了，倒不如讓她一直操勞，心力交瘁，這樣看著更是快活呢！再說了，誰知道那刺殺季晚晴的人會不會再次行刺，咱們離開了，倒是也安全。」

小桃是個極為陰毒的丫鬟，這般說完，薛青玉果然是露出了笑容。

「小桃說得對，這刺客的事，還真是說不清楚，我們住著，未必安全。好了，既然如此，那妳去請阿姊過來，就說我要回京多練習些琴棋書畫，如此一來對進宮也是很有幫助的。」

「正是呢，小姐英明。」

「不過說起來，季秀寧到底與齊放說了什麼呢？我可是聽說了，齊放是季秀寧給勸起來的。」話鋒一轉，薛青玉想到了這件事。

小桃陰沈沈地笑。「不管說了什麼，又有什麼關係呢，她現在還是個孩子，又能成什麼大的氣候？齊放就是季家的一顆毒瘤，咱們不須多說，老夫人越是信任他，這事，越是有趣呢。待到他日這顆毒瘤徹底化膿，季家還不完蛋。我就說，小姐，咱們其實是無須自己動手的。」

薛青玉點頭。「妳這話我愛聽，只希望，他們做的，能夠盡如我意。」

主僕二人陰險地笑了出來。

薛青玉提出離開，二夫人心裡真是一塊大石頭落了地，她是真心地不希望自己的妹妹留在季家，原本就知道青玉不太著調，但是這次看來，豈止是不著調，竟是越發地胡來。她本是想著，怎樣才能讓青玉自己提出離開，然老夫人卻勸她，一切順其自然，倒是也無妨的。今日看來，真是一語成讖。

青玉自己能夠提出離開，真是大喜。

薛青玉也並沒有耽擱，她收拾起來很快，加上傷勢已經幾乎痊癒，便沒有繼續留在季家，老夫人雖然嘴上仍是對她幾多挽留，但是在眾人心裡，這已然與來的時候截然不同了。

看著遠去的馬車，二夫人舒了口氣，不論是她，秀慧也是一樣。

她看著自己姨母離開的身影，抿嘴不再言語，過了許久，她回頭看站在自己身側的嬌嬌，嬌嬌微微垂首，勾著嘴角，單純得很，可是越是這樣，秀慧越是覺得，秀寧是個深不可測的小姑娘。

這次的事，她又參與了多少？

薛青玉終於離開，不管是因為什麼，總算是走了。嬌嬌心裡很是高興，她希望季家安全，既然短期內不能和薛家有什麼矛盾衝突，倒不如讓薛青玉自己提出離開。

如此一來，真是皆大歡喜。

青煙裊裊的室內。

老夫人坐在軟榻上品茶，嬌嬌動作流暢。看嬌嬌的動作，老夫人言道：「這嶗山綠茶果然不錯，我最是喜歡這股豆香。」

嬌嬌笑言。「那是因為我泡得好。」

「不害臊的小丫頭，哪有這般誇獎自己的。」老夫人吐槽。

嬌嬌揚頭。「人因自信而美麗。」

這般一說，連旁邊的陳嬤嬤都忍不住笑了出來。

「這個鬼靈精。」老夫人笑道，隨即吩咐陳嬤嬤出去忙。

室內只有二人，兩人靜靜品茶，許久，老夫人言道：「倒算是盡如人意。」

嬌嬌點頭。「先前的時候我總覺得這事有些危險，但是如今看來，果然是一舉數得。」

老夫人將茶杯放下，看著茶壺略泛起的熱氣，言道：「我自是也覺得危險，但是相比而言，我更加相信自己對事物的掌控力，而且，徐達的能力是看得見的，我希望得到自己想要的結果，這樣自是最好。」

嬌嬌雖也贊成，不過卻還有自己的不放心。「那您覺得，齊放真的悔改了嗎？」

「妳不信？」

嬌嬌搖頭。「也並非不信，只是心裡幾多忐忑。人不是機器，是最不容易算計的，許是這一刻，他是覺得自己錯了，可是長久以來呢？待到晚晴姑姑嫁給了旁人，或者是子魚長大繼承了家業，您說齊先生還會像今日這般嗎？我不知道，更是不敢肯定。」

老夫人微笑。「確實，人心最難掌控，可是，我之前便和妳說過，用得好，即便他有貳心，我們也能借力打力，何須想得過多呢？如今讓許多事情都爆發出來，每個人的所作所為都全然地顯現在我們眼裡，這樣不是很好嗎？相比於齊放，我倒是覺得，彩蘭的表現更加出乎意料之外，可是，我更願意相信，他們是好的。」

「雖然您相信他們，但是您卻也會多放心思。」嬌嬌言道。

老夫人點頭稱是。

「這便是我的作風，我會以最大的善意來揣測一個人，但是該有的防範，我會有。」

嬌嬌再為老夫人斟一杯茶，言道：「祖母做的，值得我們學習。」

老夫人搖頭。「我老了，許多事情不能布置得盡善盡美，如若不是有秀寧在一旁幫忙，怕是還會有許多的漏洞，但是如今這樣已然很好，假以時日，我相信秀寧一定會超過我。至於這次，我真的很滿意，我要的就是這樣的結果，薛青玉以為我季家內憂外患，滿意離開；晚晴和可盈會認真地為了季家分擔責任；齊放不能再在晚晴面前端著真情不悔的樣子，更有甚者，他也被拆穿了本來的面目，一切都讓我滿意；連幾個孩子都更加地堅強起來了。如果只是略一布局就能得到這樣的結果，我們為什麼不用這最小的付出得到最大的收益呢？」

「我知道，您是擔心的。」嬌嬌將手放在老夫人的手上。

老夫人看嬌嬌，面容慈祥。「是，我是擔心，可是我相信徐達，相信自己對事情的掌控，也相信妳。我知道，妳一定會想辦法把幾個孩子帶開。」

嬌嬌微笑。「其實我們也並非萬無一失，依徐達的武藝竟然沒有抓到一個黑衣人，這本身就是破綻。祖母，您知道嗎？其實秀慧是有些懷疑的，不過還好，她是個聰明的孩子，她不會多言的。」

「慧極必傷，秀寧，秀慧那裡，還要妳多留心，她終究是年紀小。」

「我知曉。」

老夫人起身，來到室內的蒲團邊，跪下，將佛珠攥在了自己的手裡。「該走的走，該留的留，該破的破，如今看來，我們季家是時候沈寂下去了。」

嬌嬌來到她身邊，一樣的跪下，言道：「適時的沈寂對季家才是最好的，這樣不僅可以更好地迷惑自己的敵人，也能休養生息，韜光養晦，假以時日，我們有了更大的能力，這樣才能更好地做事。季致遠不能白死，季致霖不能白傷，季家所有的悲傷都會過去，我相信，秀雅、秀慧、秀美、子魚，甚至我，都會為季家付出最大的努力。我一定會把季致遠沒做完的事情做好，因為，他是我尊敬的父親，也是我實打實的表弟。」

老夫人偏頭看嬌嬌，嬌嬌並未看她，只對著佛像彎下了身子。

「我會努力！」

第二十九章

六年後。

春暖花開，如今正是最好的時節，氣候適宜，花紅柳綠。

江南別具一格的庭院裡，一名淡紫色裙裝的少女正在翻土，身邊的丫鬟苦著臉，一直在碎碎唸地勸慰，不過看樣子，少女完全是左耳聽右耳出，不以為然。

「姊姊……」一聲清脆的叫喊聲響起。

小丫鬟回身望去，見是自家的小公子，露出笑容，微微一福。

少女將手中的工具放下，歪頭看自己的弟弟。「子魚今日比尋常倒是早了半個時辰。」

這名少女，正是嬌嬌。

「今日季英堂那邊有些旁的事，左右課程已經完結，先生便要我們回來溫習。」這小小少年，正是曾經說話奶聲奶氣的小子魚。

韶光荏苒，當初的小孩子已然長大，嬌嬌出落得亭亭玉立，玲瓏有致的身段、精緻的眉眼、偶然一笑那小梨渦，當真是個標致的人兒。

嬌嬌笑著看子魚。「既然是回來溫習，那你怎麼又跑到這裡了呢？哦，我知道了，你偷懶。」

子魚急急反駁。「姊姊休要冤枉我，我才沒有，我不過是今日有些課程沒有弄明白，先生又著急著走，我想著，過來請教姊姊也是一樣的。」

「是嗎？」嬌嬌睨他。

「姊姊怎麼可以不相信我。」她話音勾得長長的，惹得子魚直跺腳。

見小少爺被自家小姐逗得有幾分惱怒，鈴蘭在一邊捂嘴跟著笑。

這時子魚也豁然明白過來，嘟唇抱怨。「原來姊姊是在欺負我，嗚嗚，我好傷心……」

他倒是越發地會耍寶。嬌嬌笑，拍了拍身上的泥土。「好了，你這樣子，像個戲子似的，真是不好看。」

「我哪裡不好看了，姊姊怎麼可以這樣，我真是欲哭無淚，我真是……」

「好了好了，快些把你的書本拿出來吧，你再這樣，我可不理你了，我正忙著呢。」嬌嬌言道。

子魚看著這塊光禿禿的土地，感慨。「姊姊又在試驗什麼？」他已然習慣姊姊奇奇怪怪的想法了。

嬌嬌笑。「你不是不感興趣嗎？」

子魚倒是認真點頭，他確實是不感興趣的。

看他這般的老實，嬌嬌更是笑。

略整理了一下，兩人坐到亭子裡，子魚翻開了自己的書，朗朗唸道，嬌嬌則是安然地坐在一旁靜靜地聽，間或子魚有什麼不解之處，提了出來，嬌嬌總要細細講解一番，只希望他能理解，許是這麼多年姊弟兩人形成的默契，只消嬌嬌一講，子魚便是明白了幾分。

過了許久，子魚舒心地將書放下，看嬌嬌。「姊姊講得比先生還好，怪不得先生不肯教妳了。」

嬌嬌勾了勾嘴角，不再多言。

嬌嬌如今十三，在兩年前，也就是她十一歲的時候，她與秀雅、秀慧同時放棄了課程，秀雅是因為已屆十三，男女大防，不妥當了，而秀寧和秀慧則是齊先生提出來的，他自是覺得，這兩個孩子也無須教得太多了。畢竟，她們無須參加科舉，再加上又有極好的見地和滿腹的才華，那麼多學下去，只是虛度荒廢自己的時間而已，如此一來，仨人俱是離開了學堂。

齊放依舊在季家教書，依舊掌管著季英堂，這幾年他從來不肯涉及季家的其他產業，而老夫人也並沒有提到這一點。老夫人曾經與嬌嬌說過，既然他能夠放棄那些齷齪的心思，那便是好的，她沒有必要用那些富貴來試探齊放，其實，人是最禁不起試探的，她也不希望自己失望，所以，倒不如什麼也不做，如此一來，也好。

嬌嬌仔細想來，覺得事情確實如此。

「姊姊，昨兒我聽到小廚房的人議論，說是大姊姊要議親了，是嗎？」子魚好奇地問道。他這麼大了，自然是知曉議親的意思。

嬌嬌並沒有直接回答。「這些事你跟著瞎問什麼，待到該你知道的時候，你必然會知道。」

子魚撇嘴。「姊姊莫要把我當成小孩子，我什麼都知道的。」

嬌嬌看他一副「我很懂，你快考我」的模樣，忍不住笑了出來。

「那子魚知道什麼呢？你知道這些又有什麼用呢？大姊姊是要議親了，可是這議親不是買大白菜，不是什麼人都可以的。所以，祖母和母親、二嬸都會認真地考量這人的人品，如此一來，倒也不是一朝一夕就能有結果。」

聽了嬌嬌的話，子魚嘆息。

「小小年紀，你又嘆息什麼？」嬌嬌戳他的肩膀。

子魚皺眉。「大姊姊都十五了，如若這還不能盡快有好的結果，怕是又要耽擱些時日。」

「可是誰在你面前說了什麼？」嬌嬌不置可否地挑眉。

子魚左右看了看，知曉無人，便是開口。「我偷聽的，他們都說姑姑是老女人嫁不出去，還說大姊姊十五了都沒有議親，妳說如果大姊姊再這麼耽擱下去，可怎麼辦？我知道的，姑姑沒有成親，已然是影響了大姊姊的婚事，咱們家女孩多，如若大姊姊的事再耽擱一次，那麼二姊姊、妳、秀美小妹，怕是都要受些牽連呢。」

嬌嬌聽子魚如是說，知曉這必然不是他會說的話，子魚沒有這麼多的心思，也想不到這些。

「你說的這些，都是誰告訴你的？我知道，這必然不是你自己想到的。」

子魚梗著脖子。「為什麼不能是我自己想到的？」

嬌嬌淡淡地開口言道：「因為你是我弟弟。」

子魚瞬間啞火（注），他低低地說道：「是舅舅告訴我的。」

前些日子小世子宋俊寧過來住了幾天，後來又匆匆忙忙地離開，嬌嬌只見了他一面，不過子魚倒是成日地與他混在一起，想必便是那個時候說的。

靠！

「莫要聽你舅舅胡說，這端是你們男人的想法罷了；再說姑姑是老女人嫁不出這樣的話，到底是哪個混蛋傳的？看我不去打爛他的臉。」嬌嬌細細地詳看子魚，見他有幾分尷尬，頓時明白過來，什麼偷聽到的，怕是這話也是他的「好舅舅」說的吧？

「姊姊妳真暴力。」

嬌嬌溫婉地笑。「你可以隨時找家中的任何一個人詢問，便可知我是否是暴力之人。」

「那是姊姊會偽裝。」子魚言道。

嬌嬌失笑。「我哪裡會偽裝了，子魚可是沒有證據的哦。」

「姊姊怎麼可以耍無賴？」子魚氣餒地趴在圓桌之上。

兩姊弟正在這邊閒聊，就聽丫鬟過來稟告，老夫人要見秀寧，聽聞此言，嬌嬌點頭應是，之後便與子魚告辭，自她們不再上課之後，老夫人便將家裡的一些事務交給了她們三人。如今外頭誰人不知，這季家最是詭異，沒有男子當家，倒是女子悉數摻和了家中的事務。

因著季家這般情況，眼見著季家似乎也沒有翻身的可能了，原本對季家禮遇有加的人也

注：啞火，比喻該說話時不說話。

越發地疏遠起來，老夫人倒是並不太當成一回事，該有的禮數依舊是有，該走動的，也並非完全沒有走動，但是確實是少了許多。

季家似乎無法翻身，季家的三小姐季晚晴二十三歲「高齡」嫁不出去，季家沒有男人撐腰，甚至季家對英家的捨棄，這一切都讓江寧此地的高門大戶略微看低了季家。

其實季家的每一個人都知曉這一點，不過，大體上，他們是不在乎的，困境之中才可看清人心，而該與季家交好的人家，並未因此斷了聯繫。

傍晚。

嬌嬌站在窗前，看著烏雲壓頂，將手中的字帖放下。

「彩玉，妳備傘，我要去書樓找幾本書看看。」

彩玉連忙應是，雖然現在還未下雨，但是總歸有備無患。

與管事翠姨打了招呼，嬌嬌逕自上樓，如今她算是來季家書樓最頻繁的人了，甚至每本書的位置都知之甚詳。

命彩玉在外等著，嬌嬌將油燈燃起，開始翻選自己需要的書籍，將自己喜歡的挑揀出來，嬌嬌便準備離開，然而這個時候，她突然感覺到一絲異樣，不待反應，就聽熟悉的聲音響起——

「又見面了。」

即便是很多年不見，嬌嬌卻清楚記得這個聲音的主人——楚攸。

而那個時候，兩人也是在書樓這般相遇。

「六年不見，楚叔叔依然行為不端，果然有些人的年紀是沒有長在身上的。」

楚攸笑著將手放下。「哦？小姑娘，下一句怕是就要罵人了吧？」上下打量已經成長的小小少女，楚攸杵著下巴言道：「果然是秀麗水靈了許多。」

嬌嬌也順勢地打量起楚攸，這六年似乎並沒有在他的身上留下什麼痕跡，他依舊如許多年前一樣，妖豔、詭異；若是再強說有什麼變化，那大抵便是他的氣質，他身上的氣質更加地陰鬱了些。

「楚叔叔倒像是深山裡修煉成精的妖精了，一絲變化也無。」嬌嬌挑眉言道。

楚攸並沒有止住笑意。「妖精，通常是形容女子的，秀寧小姐用詞有誤，季家女子可不該犯這種錯誤。」

嬌嬌其實心裡滿奇怪的，並不曾聽聞楚攸來到了江寧，可是他卻又實實在在地出現在這裡，怎麼能不讓人心驚呢？而且，他怎麼會又出現在這藏書閣，委實是讓人覺得有幾分奇怪。

「楚叔叔如今位高權重，已然是天家身邊的紅人，如此這般，您還是要行些宵小之事，說出來，果真讓人覺得費解呢！」嬌嬌抱著書往後退了幾步，倒不是說害怕楚攸，只是她更喜歡與這樣的人保持一個所謂的安全距離。

楚攸看她這般，心情依舊很好。

「我竟是覺得，恍若回到了許多年前呢，秀寧小姐那時還是幾歲的小丫頭，可是卻可以在瞬間知曉我是誰。」

「難不成楚叔叔是在與我回憶往昔？」

「自然是不，我只感慨，果然三歲看老，當日就覺得秀寧小姐心眼多，今日看著，那分心機不減當年，真是……季家的大幸。」後面一句，楚攸放慢了語氣。

嬌嬌不瞭解他這次所為何來，開門見山。「我也不與楚叔叔在這裡繞圈子，不知楚叔叔這次來，又有何指教呢？」

楚攸擺弄手上的玉扳指，嬌嬌看他動作，顰眉，楚攸有個習慣，在沈思的時候便是喜歡擺弄東西。

「楚叔叔不會在想著，怎麼編瞎話吧？」

楚攸停下自己的動作，看嬌嬌，見她將視線放在自己的手上，笑得妖孽。「我捏死妳，就跟捏死一隻螞蟻一樣簡單，有什麼必要對妳編瞎話呢？小姑娘家家的，這麼敏感多疑可不好，小心將來嫁不出去哦！」

嬌嬌腹誹——話說，你這麼陰沈沈地說這樣的話真的好嗎？如若她真的是一般的小姑娘，八成要被嚇到了，有時候，穿越女的出現還真是很有必要的。

「楚叔叔與季家交好，我自然是不擔心的。」嬌嬌笑言。

窗外天色漸漸黑了下來，嬌嬌望向窗外。「不知楚叔叔還有事嗎？如若沒事，秀寧就告退了，眼看著就要下雨，我可不想變成落湯雞呢。」

楚攸細細看著嬌嬌，她並不似尋常女子那般，反而是將髮束完全地束起，就猶如小時候一樣，若是看背影，倒像是個纖細的男孩，但是近看之下又可見其精緻秀美。一身淺灰色的罩衫，髮髻高高束起，優美的頸項顯露在外，雙眼亮亮的，有著幾分小女孩的狡黠，可是他又知道，這季秀寧絕對不是看起來那般無害。

楚攸笑了一下。

彩玉在門外似乎聽到屋內的幾分響響，問道：「小姐，可是有什麼問題嗎？」

嬌嬌似笑非笑地看著楚攸，回道：「並無。」

楚攸看她。「晚上我去找妳。」

說話間，楚攸在她面前打了一個響指，嬌嬌反射性地閉眼，待她再睜開眼，竟然就不見了楚攸的身影，嬌嬌皺眉，這個老混蛋，玩的是什麼把戲？

抱書下樓，嬌嬌簡單登記一番便回房，在回去的途中，果然是下起了雨，彩玉將雨傘撐開，嬌嬌遙想六年前那日的書樓相遇，竟是生出幾分恍然，有些事，總是會反覆出現的，想到這裡，她又笑著搖了搖頭。

楚攸晚上要來找她？這樣真的好嗎？不過不管是好還是不好，嬌嬌都沒有更多的反應，她的意志並不能造成楚攸行為的轉移，既然這樣，她又何苦呢，倒不如就這樣吧。

知曉晚上楚攸可能會來，嬌嬌洗漱之後便在米白色的罩衣外面披了一件大紅的披風。因著季致遠的過世，季家並沒有為她添置什麼特別鮮豔的衣服，待孝期結束，嬌嬌倒是也不張羅鮮豔的衣裳，她本就不是頂喜歡，相比而言，她更是喜歡深色，有個灰塵什麼的，也是不明顯。

這件大紅的披風還是老夫人堅持要為她準備的，她皮膚白皙，紅色更是襯得她人格外地好看。

嬌嬌倒是沒想太多，只考慮也不能穿得太少，嬌嬌坐在書桌旁看書，整個人恬靜淡然。

「秀寧小姐可是在等在下？」突兀的男聲響起，嬌嬌回身看楚攸，見他恍若謫仙。

「我好像已經不是小女孩了吧？楚叔叔如此行為，委實不妥。」

大半夜的來人家未婚女子的房間，楚攸還真是大膽。

楚攸倒是不以為然。「既然行得正，坐得直，何苦在乎那些？」

嬌嬌看他。「您是男子，自然是不必擔心，我是女子，怎麼能夠一樣。便是我自己不在乎，也要為了季家考量，我不能給季家丟人。」

楚攸勾起嘴角，笑得妖孽，他來到書桌前翻看嬌嬌的書籍，恍然想起當年，笑問：「不知當初的地點，是如何找到的？我曾經看過《獨夜有知己》的拓本，並沒有什麼線索。」

嬌嬌抬頭看他，見他眼裡有些許認真，略作遲疑，笑。「楚叔叔應該去問老夫人啊，問我，我又哪裡知道呢？當年我不過是七歲的女孩，便是今日，我怕是也不能知道那許多的秘辛。」

楚攸聽了她的話挑眉。「秀寧小姐還真是太過自謙了，旁人許是不知道妳是什麼樣的人，會被迷惑，但是我卻不是。初次見妳，我就覺得，妳這丫頭絕不是看起來那般簡單，後來經過相處，我真是大開眼界。季秀寧，當年我便想著，再修練幾年，妳怕是會超越老夫人，今日看著，果然如此。」

「楚叔叔，您到底要幹麼？」嬌嬌皺眉。

楚攸坐下，細細看著嬌嬌的香閨，這裡雖然是女子的居所，但是只消這麼一眼，便是能覺察，這必然是個好學的姑娘。楚攸走到嬌嬌練字的桌子前，看那許許多多已然寫過的紙張，信手拿起一張。

看了許久，言道：「秀寧小姐的字跡若說是季致遠的字，足以以假亂真。」

電光石火間，嬌嬌明白了什麼，她站了起來。「您想讓我做什麼？模仿季致遠的字跡？」

楚攸怔了一下，隨即笑得更是開懷。「我就說妳聰明過人，妳很聰明，確實，我這次來，確實是來找妳，我希望，妳能幫我一個忙，為我寫封密信。」

嬌嬌壓下心中的迷惑不解，淡然開口。「如果我不幫忙呢？我就是我，寫得再像，也不是季致遠的字，如果您是為了騙人，我是不會幫您的。」

楚攸將手中的東西放下，拿起嬌嬌的毛筆，輕輕蘸了幾下墨汁，在白紙上寫起字來，不再言語。嬌嬌見他不多說，也不走，心裡思緒翻轉，不過她倒是也能沈得住氣，看楚攸在那裡寫字，自己便是繼續看書。

「我與季致遠並未反目，當年那場反目，不過是演戲而已。他蟄伏在四王爺身邊，只是為了更好地與我配合；而此事，季致霖一樣知曉。致遠找到了四王爺的一份名冊，這份名冊詳細記錄著四王爺一黨的所有人，不僅如此，四王爺為了掌控自己的人，也將他們的把柄全都書寫在一份秘密的冊子上。可是就在致遠找到了那份名冊之後，他們就意外地出事了。致遠出事，名冊根本來不及交給我，我不斷來季家尋找的，就是那份名冊。可要說是四王爺發現致遠拿了名冊，可能性也不大，若真是如此，他斷不會如今日這般沒有對季家下手，所以，一切都充滿了濃濃的謎團和詭異。」

楚攸低聲開口，彷彿自言自語，又彷彿是在告訴嬌嬌。

「你們交予我的地址，正是名冊存放的所在地。我想，既然你們能將地址告訴我，便是說明，我有讓你們相信的東西。」

嬌嬌並沒有動作，只是靜靜地聽。

「我已經拿到了名冊，只是現在還不是拿出來的時候，不過現如今京裡出現了幾件怪事，我想，我們的人裡也出現了問題，一封假的季致遠密信，想來更能激起千層浪。我要的，便是將水攪混，季秀寧，妳願意幫我嗎？」

「一個隨隨便便就能將自己主意告訴別人的人，我並不認為這人會多有城府，沒有城府，談爭奪皇位，談報仇，不是很可笑嗎？」嬌嬌並未抬頭，只是淡淡言道。她這話說得有幾分的難聽，但是卻也是實話。

「我從來不做沒有把握的事。」楚攸並未停筆，依舊寫著。

嬌嬌笑了起來，將手中的書放下。「怎麼？如若我不答應，楚叔叔是不是就要殺了我呢？」

楚攸見她嬌俏地望著自己，笑了一下。「那倒是不會，雖然我沒什麼好名聲，但是也不必殺妳一個小姑娘。」

嬌嬌見他這般笑容，恍惚了一下，他真好看啊；不過……可惜了，這副容貌沒有生在女子身上。嬌嬌笑言。「不殺我，難不成要娶了我？」

楚攸聽聞此言，挑眉。「小小年紀，倒是不知羞，我自是知曉妳心悅於我、期望嫁我，然我倒是對一個小娃娃不太感興趣。」

嬌嬌錯愕，隨即伸手指他，有些失態。「我、我心悅你？我說楚大人，楚攸楚大人，您真的是這麼想的嗎？」

楚攸笑，低頭繼續寫字。「難道不是嗎？」

嬌嬌深深地吸了幾口氣，真是氣炸有沒有！

「雖然不知道楚叔叔是從哪裡得來的這個感覺，但是我真是覺得楚叔叔有些想多了。如若您成親早，大抵上女兒都該我這麼大了吧？十五歲的鴻溝，總不是玩笑。自然，您感覺良好、受盡恭維不覺得，可是實實在在地來說，相對於我而言，您真是太老太老了。」

嬌嬌這話說得也是夠刺傷人的，不過她深深覺得，楚攸這人的性子，只有和他這麼說話才是最合適。

果不其然，楚攸並不惱，反而一味地笑，然這笑容裡耐人尋味的東西太多了。

嬌嬌撇嘴，繼續看書。

「小女孩就是小女孩，禁不住逗弄。」

嬌嬌看了眼蠟燭，問道：「您什麼時候離開？我想休息了。」

楚攸也繼續自己的動作。「妳答應。」

我擦，這人怎麼回事啊！嬌嬌心裡腹誹，不過面上倒是沒有什麼特殊的表現。

「我幫了您，我又能得到什麼。而且，父親已經過世很多年了，如今您又要重起波瀾，就沒有想過，會給我們季家帶來什麼困擾嗎？楚攸，做人不能這麼自私的。」

楚攸看嬌嬌認真地談這件事，也拿出了認真談的姿態。「季秀寧，那妳就沒有想過，季家會這麼沈寂一輩子嗎？老夫人是真的希望季家沈寂一輩子嗎？不是，我們都知道不是，可是如若是指望季子魚，平心而論，妳覺得這可能嗎？他天資有限，根本達不到季致遠、季致霖的高度，相比而言，季家的女孩倒是能更上一層樓；可是，女子終究是女子，終是要嫁人的，如若將已經不在的季致遠樹立到一個高度，一個季家在本朝他人無人企及的高度，這樣不是很好嗎？妳幫我，我們做得到。」

嬌嬌垂首，低言。「我做不了主，如若真是這樣，我希望，您能與祖母談。」

楚攸笑言。「我自會與季老夫人談，可是談之前，我還是希望聽一下妳的想法。季秀寧，我鮮少對人感興趣，妳是其中之一。」

「那我該覺得榮幸之至？」嬌嬌用手指劃著桌面。

「妳很像致遠，小小年紀，心思便不少，所以對妳，我多了幾分的信任，更是希望能夠聽到妳的意見。」

楚攸負手來到窗邊，並不擔心被旁人看見，將窗戶開了一個縫隙，看烏雲密布的天空、瓢潑不停的大雨，他低言。「人生的際遇，總是很奇怪，一個小孤女，卻聰慧異常、多智近妖。季秀寧，慧極必傷，妳能夠走到今日，老夫人功不可沒。」

嬌嬌看他深沈的表情，回道：「聰慧異常、多智近妖，楚叔叔，您確定您是在形容我嗎？我承認，比起一般的同齡人，我是多了幾分心思，可是到您形容的程度，似乎沒有吧？」

楚攸沒有回頭，只是言道：「沒有，不代表妳做不到。老夫人讓妳的生活極為安逸，也正是因此，妳身上沒有那種必勝的鬥志，因此妳不需要做許多事。如若妳拿出真正的實力，想來我們也不見得是妳的對手，對於看不清楚實力的人，我通常都是採取兩種做法，如若是能夠站在同一陣線的人，我一定要拉攏，如果不是，那麼我一定會儘早剷除，免留後顧之憂。」

「您這般可不太好。」嬌嬌低語。

楚攸低笑。「不好嗎？我倒是覺得沒有。」

嬌嬌看他，認真言道：「即便是站在統一陣線，你也不見得會信任人。」

楚攸並沒有回話，仍是那般站立著。

見他如此，嬌嬌突然就生出幾分厭煩，她又為什麼要在這裡和這樣一個人討論這麼複雜的問題呢？

想來想去，竟是有幾分庸人自擾。

「楚叔叔，我睏了，要睡了，如若您覺得沒有關係，那便繼續待在這裡吧，我倒是不太在乎，左右在這點上，我還是相信您的人品的；至於另外的事，我做不了主，您且與祖母談吧，如若祖母同意，我必然是會幫您，如若不然，那麼再見，抑或者是再也不要見。」

言罷，嬌嬌打了個瞌睡，逕自往床榻走去。

楚攸回身看她，見她果真是沒當回事，直接將披風脫下，然後鑽進了被窩。

呃……

「雖然外界流傳甚廣，說我是天家的男寵，可是，那也不代表我就不喜歡女人，妳這樣，倒真是無所顧忌。」楚攸的話音裡聽不出個喜怒。

嬌嬌閉上了眼睛。「煩勞您走的時候將蠟燭熄滅。」

楚攸往床榻而來，走到近邊，停下腳步。「《獨夜有知己》的秘密是怎麼找到的？」

「幹麼？」嬌嬌並沒有睜開眼睛。

「呵。」

「還記得父親寫給叔父的那首曲子嗎？第一小節……」嬌嬌語氣平和地告知楚攸，之後不再說話。

楚攸擰眉，突然笑了出來。「原來竟是如此，若是我找，大抵是真的找不到吧，致遠果然心思重；然，這世上總有這樣的奇怪之事，他的布局，竟陰差陽錯地讓他的養女解了開，真是天意。」

「天意就是，我睏了。」許是睏倦的關係，嬌嬌的嗓音有幾分的嬌軟。

楚攸看她，竟是低下了頭，嬌嬌瞬間心跳加速，有幾分忐忑擔憂，不過她拚的也就是這分淡然，她就不信了，楚攸真會對她做什麼。

果不其然，楚攸只是將被子向上拉了拉，倒像是哄孩子一般言道：「囡囡乖，早些睡吧。」

嬌嬌沒有多言，她感覺得到，楚攸熄了蠟燭，之後消失在房間。

不過這個時候她竟是也沒有睡意了，她一直在想楚攸的那幾句話，雖然他大多數的時候都是在提如何算計別人，但是嬌嬌還是從他的話裡聽到了幾個重點，楚攸有一個姊姊，聽楚攸的口氣，這人……很可能已經不在了，還有便是，楚攸極有可能是京城人士。江寧隸屬江南，楚攸是在江寧長大，他不過是成年之後才去了京城，可是這句囡囡，她之前看書的時候曾經和老夫人言道過方言習慣的問題，當時記得老夫人告訴過她，京城人士，最是喜歡將女孩子稱作囡囡，特別是小女孩。

其實語言習慣是最難改變的，而楚攸不經意間的話更像是他的本能，他叫她……囡囡。也許，這是他小時候的環境影響。

嬌嬌翻來覆去，楚攸，真是謎一樣的人。

第三十章

翌日。

老夫人命陳嬤嬤過來請嬌嬌，嬌嬌自是知曉，這必然是因為楚攸的事，果不其然，待嬌嬌進門，就見楚攸正坐在老夫人對面品茶。嬌嬌微微一福，巧笑嫣然。

「秀寧快坐吧。」老夫人微笑言道。

嬌嬌乖巧地坐到兩人對面。「幾年不見，楚叔叔風采依舊。」

楚攸動作頓了一下，看了眼嬌嬌，之後看向老夫人。「我沒有說錯吧？」

老夫人含笑瞪了嬌嬌一眼。「妳這丫頭，不是昨天才見過他嗎？」

想來，楚攸已經說過了這件事，嬌嬌並不尷尬，只繼續笑。「昨天見過歸見過，我是淑女，自然要有體面的開場白。」

噗！楚攸一口茶水噴了出來。

老夫人也笑容可掬。「妳這丫頭，年紀越大，倒是越頑皮起來。」

「祖母莫要取笑人家。」

「行了，妳這丫頭啊，真是個不著調的。楚攸，說起來，秀寧還是年紀小，你莫要見笑。」

楚攸勾起嘴角。「這說得都是什麼話，我與季家也算是淵源頗深，秀寧小姐如我姪女一般，既然是一家人，我又如何能見笑與她呢。」

說得比唱得還好聽啊！嬌嬌捏著帕子，沒有多言，只是掛著得體精緻的笑容。

「一家人便要有一家人的樣子，楚大人連夜趕來，怕是別人也未必沒有放在心上吧，我自然是可以幫你，但是我要保證自家人不會被牽連。你也看到了，如今季家可不比當初了。」老夫人低首摸索著茶杯，輕聲言語。

楚攸倒是也不含糊。「雖然有一絲風險，但是老夫人也該明白，這季家已然沈寂多年，眾人不見得會往季家這邊想，便是想到了，季家一干女眷，並非楚攸看不起女人，只是，大體風俗便是如此，誰會在乎一個女人的能力，既然如此，更是不會拿季家開刀。」

老夫人看嬌嬌，嬌嬌似乎明白老夫人的意思，淺笑抬頭言道：「可是這一切都是楚大人一個人的揣測啊，既然是揣測，便是什麼都有可能。我們季家，要的是一個實實在在的保證，而並非您所謂的揣測。」

「原來，秀寧小姐倒是可以替老夫人作主了，怪不得老夫人如此喜愛秀寧小姐。」

嬌嬌挑眉，這廝說話果然是讓人不喜，若不是她已然習慣，怕是要被他氣個半死。

「楚大人這話倒是有些言重了，並非能否作主，只是秀寧全心全意為了季家好，這點老夫人是知曉的，也正是因此，老夫人才會如此地放任秀寧，更有甚者，是默認秀寧如是說。楚大人怕是刑部待久了，並不瞭解人與人之間這種全心的信任。」

「我最是喜歡秀寧小姐這伶牙俐齒，不過之前還楚叔叔地叫，現在又變成了楚大人，妳還真是翻臉無情。」

「若說到翻臉無情，楚大人敢稱第一，怕是沒人敢稱第二了。」嬌嬌閒閒開口。

兩人一來一往，倒是誰都不肯吃虧，老夫人看著兩人這般，有些什麼感覺一閃而過，不過這感覺也是轉瞬即逝，快到讓老夫人根本抓不住。

「楚攸，你與一個孩子計較什麼，不過秀寧所言，恰是我想要說的，你只須告訴我，我們能夠現實看得到的東西才是正途。」

楚攸看這一老一小，言道：「我安排人負責保護你們，妳們看，這樣如何？」

「治標不治本。」嬌嬌想都不想回道。

楚攸似笑非笑。「想來也是，我的人手，不見得有老夫人的人好用。」

調侃之後，楚攸正色道：「這件事與季家一丁點的關係也沒有，如此可以嗎？」

老夫人看楚攸認真的表情，不言不語。

「季致遠和季致霖所乘坐的馬車被人動了手腳，但是動手的人非常高竿，我刑部的人反覆調查才察覺這一絲的反常，可是如此精細的活計，更似意外，而非人為，又綜合各種外在因素，最後判定為意外。之後我總覺得事情不會如此簡單，又去檢查了幾次，說起來，也是天意，正是因為庫房漏雨，馬車被淋濕，我才聞到了一絲淡淡的幽香，這點我已然找人探尋過，是一種產自邊疆的藥膏，這種藥膏，無色無味，但是只要淋雨，就會散發淡淡幾不可聞的香氣。這種香氣對人無害，可是卻容易使動物受到干擾，特別是馬，馬若是聞到這種味道，很容易變得焦躁，這藥膏結合先前的發現，因此我斷定，這是人為。」

老夫人看楚攸，捏著帕子的手幾乎泛出了青筋，嘴角囁嚅很久，終於開口。「致遠、致霖，果真，果真不是意外……」

雖然早就有此揣測，也從片面間接地知道了此事，可是，這一切都沒有身在刑部的楚攸確實說出疑點更具有震撼力，那是確確實實的知曉，而非揣測。

即便楚攸說出這些是為了更好地拉攏她們，可是老夫人知道，自己做不到無動於衷。

「你之前不肯說出這些疑點，是為了可以在關鍵的時刻拿捏我季家。楚攸，致遠當你是知己，你是否也是如此？看他含冤而死，你是否又真的能夠無動於衷？」老夫人的話裡淬著冰。

老夫人傷心，她看著楚攸，並非要一個什麼說法，只是對楚攸這個人又多了幾分別樣的理解。

楚攸自然是知道老夫人的看法，不過他這人向來如此。「說出來，妳們又能做什麼呢？難道妳們會比身在刑部的我資源更多嗎？妳們還不是什麼也做不到。我與季致遠的交情如何不在於我說了什麼，也不在乎我利用這段關係做了什麼，我只知道，我會為他找到兇手，為他報仇，這就足夠了。」

其實楚攸並不是一個會對旁人解釋的人，可是偏偏，這個人是季老夫人，即便是他再冷漠無情，可是對於曾經救他於危難並且養大他的季老夫人，他還是開口了。

老夫人看著楚攸的眼睛，他的眼神堅定，若說這個時候他說的是謊話，老夫人是怎麼都不信的。一聲嘆息，老夫人終於鬆口。「秀寧，妳幫他寫吧。」

嬌嬌乖巧地點頭，不過也提出自己的疑問。「我寫得再像，終究不是父親的字，而且我模仿父親的字，許多人都是知曉的。」

楚攸冷笑。「越是人人知曉，越是無妨，有些人只是心裡有鬼罷了；再說了，我讓妳寫的東西，本就不是妳會知道的，如此一來，還有什麼可擔心的呢？」

「並非擔心，卻有疑問罷了。」

「說起來也是，秀寧小姐的膽子一向很大，這點楚某確有體會。」楚攸不似剛才的認真，再次調笑起來。

「好了，你們二人也別在這裡耍花腔了，秀寧，既然祖母應允了此事，此事便交由妳處理。祖母知道妳是一個聰明的孩子，更是知曉孰輕孰重，楚攸這人……」老夫人停頓一下，看楚攸一眼，之後毫不避諱言道：「楚攸這人心思不可捉摸，縱使他說得都是真心話，現在為了一己之私也未必不會算計我們，妳且要處處小心他。」

當著人家的面這麼明晃晃地說，也真的只有老夫人才能做到了。

不過嬌嬌卻仍是一本正經地回道：「祖母，我知道了。」

楚攸也是一副不以為意的樣子，這房間內，除了這三人，便是老夫人最為信任的陳嬤嬤，陳嬤嬤默默地為幾人添茶，什麼也不肯多說，可縱使並不多言，心裡也是幾多感慨。

這麼多年留在老夫人身邊，她確實經歷了許多，可是要如這幾個人一般，果然是還差些道行。

老夫人命陳嬤嬤取來了紙筆，又命她去外面守著。

楚攸也不耽擱。「我說妳寫。」

嬌嬌失笑。「楚大人，許是您真是身居高位久了，連刑部的看家本領都不記得了。」

楚攸挑眉，有幾分的疑惑，不明白嬌嬌要說什麼。

嬌嬌揚起了手中的紙，略微一晃，楚攸瞬間明瞭。

「倒是我大意了，確實，季致遠已經死了將近七年，拿一張這樣的紙張寫字，的確是太大的破綻；不過，秀寧小姪女，妳對這些倒是精通。」

嬌嬌不以為意，言道：「既然要做，自然是要做得像，不只是紙，還有墨。」

老夫人點頭，之後喚了陳嬤嬤將庫房內的陳年紙墨拿出來。再次準備妥當，嬌嬌看楚攸，楚攸語調冷靜，然聽到他要寫的內容，嬌嬌有一瞬間的驚訝，但是這分驚訝並沒有持續很久，她只是略一思索便是低頭書寫起來。

楚攸聲音清朗，嬌嬌恬靜認真，老夫人看著兩人的表現，之前閃過的感覺再次顯現。不過這次老夫人倒是抓住了這感覺，然她又被自己的想法嚇了一跳，再仔細看兩人，她顰眉，之後搖了搖頭。

楚攸停下聲音，嬌嬌也落筆。

「好了。」

「紙張筆墨縱然是舊的，可是給我的感覺仍是有幾分新。」楚攸言道，其實他已然想到了方法，如是說，不過是想知道季秀寧的反應。

嬌嬌覺得楚攸是一個謎，可是對於楚攸來說，她又何嘗不是一個謎？

「您很著急用這個嗎？」

楚攸言道：「回京之後才會用，大抵也是七、八日吧。」

嬌嬌微笑。「如此便好，不過我想，楚大人應該也知道怎麼做吧？」雖然知道楚攸這麼做不過是想看她的反應，嬌嬌還是如實地將自己的想法說了出來。「很多種方法，煙燻或者在紙上刷一層淡茶水，之後在太陽下曝曬，雖然很慢，但是效果很好。自然這一切都要掌握火候，我想，楚大人應該不會有問題的吧？」

楚攸讚賞地點頭。「不知秀寧小姪女有沒有興趣來刑部任職呢？」

嬌嬌似笑非笑。「楚大人真是這麼想的嗎？」

「我為什麼不能這麼想？若說我刑部人手確實不少，但是如秀寧小姪女這般的，真是不多，如若有妳的指點，刑部還有什麼處理不了的大案。」

嬌嬌將紙張拿了起來，看著自己的字跡，言道：「雕蟲小技罷了，怎麼還值得楚大人讚賞。想來，刑部這樣的人有得是，就是不知楚大人如此試探我，所為何事？」

楚攸接過她手中的紙，言道：「既然知道我是故意的，還要說出來，小姪女倒是也有意思。」

「我這人性子好，楚叔叔怎麼著也是長輩，我自是不能太過傷您的面子。」

楚攸不置可否地挑眉。「倒是不知道，小姪女這般地善解人意，不過這次你們季家的人情，我楚攸記下了，多謝老夫人和小姪女的幫忙。」

「瑞親王是皇上的親弟弟，要扳倒他，似乎不是一封信就可以的吧？」嬌嬌終究是年輕，有些沈不住氣。

楚攸點頭。「我自然知道這一點，不過許多個疑點彙集在一起，我就不信，皇上還能容忍。妳以為，這麼多年來我什麼也沒做？小姪女，說起來，如若不是妳那精彩的分析，我怕是還不知曉，原來這事，瑞親王也有分。」

想到六年前那場劫持，懷遠大師的死，嬌嬌其實是有幾分疑惑的，不過這個時候倒也不是詢問楚攸的好時機，她抿了抿嘴，什麼都沒有說。

楚攸將紙收好，起身準備離開。「我一直在想，當初妳是如何在《獨夜有知己》裡找到了秘密，雖然這件事延遲了六年，但是並未使我的好奇心打消。小姪女倒是個颯爽的性子，竟是毫不猶豫地告訴了我，這一點，我要再謝小姪女。」

「謝我倒是不必了，您知曉自己該做什麼就行。」嬌嬌冷靜地道。

楚攸認真言道：「我自是知曉，我與妳們一樣想知道那個兇手究竟是誰，又所為何事。」

季老夫人嘆息一聲，看向了屋內的香盒，那其中散發著淡淡的幽香，而這香味正是季致遠最喜歡的味道。

「季秀寧，妳願意和我站在同一陣營嗎？就如同當初的致遠。」

「我真是覺得奇怪，楚大人，您怎麼就認準我了，陰魂不散的。」嬌嬌言道。

楚攸低頭擺弄桌子上的筆墨，言道：「我這不是知人善用嗎？觀察力這麼好，腦子又清明，我自然是要多爭取，妳大抵是不知曉，如若讓我看見這麼大的肥肉反而不占這個便宜，大概我是晚上都要睡不著的。」

他這話將老夫人和嬌嬌都逗笑了。

不過笑夠了，嬌嬌便虎著臉。「我這樣的妙齡少女，您卻要說我是肥肉。祖母，您看這人，剛才還讓我叫他楚叔叔，可是轉眼呢，便是將我形容成肥肉，這樣的人，當真是讓人厭煩，怪不得要年屆三十了還是孤家寡人一個，怕是完全沒人能夠受得了這樣的人吧？」

楚攸勾起笑容。「我這般讓人厭煩，自然是孤家寡人一個，但我瞅著有些妙齡少女嫁人大抵也難，心眼這般多，哪個男人能受得了呢？」

嬌嬌微微揚頭。「我上得廳堂、下得廚房，就不勞滿心算計的人操心了。」

楚攸無語望天。

「你們倒是像一對歡喜冤家。」老夫人由衷感慨。

嬌嬌與楚攸對視一眼，雙雙抖了一下，各自別開了眼。

「有件事我也很想知道，妳為什麼知道鳳仙兒是我的人？還敢透過她將消息交給我，真是大膽。」楚攸問出多年疑惑。

嬌嬌想到那時的情況，笑了起來，小傲嬌地揚頭。「其實也不是很難呀，我在寒山寺有看到你們在一起。您看，老天都十分幫我呢！」

楚攸並沒有繼續追問，笑著抱了下拳。「老夫人，楚攸還有重要的事情在身，來江寧也並不希望旁人知曉，如此一來，倒是不能在此耽擱了，告辭。」

老夫人點頭。

若說往日裡楚攸性格乖張，陰晴不定，那麼今日的楚攸便是多了幾分的人氣。嬌嬌倒是不想，這六年來他竟有此變化，不過總的來說，這人如何變，總是與她無關的。

其實嬌嬌不明白也沒有想到的是，楚攸並沒有變，只不過，在他的心裡，季老夫人和季秀寧讓他多了幾分信任，也正是因著這一絲的信任，他多了幾分的「人氣」。

而他所謂的這分信任，也並非是因為她們將藏名冊的地點告知於他，而是基於同樣的利益，或者是，仇恨。

楚攸離開，老夫人與嬌嬌繼續品茶，楚攸原本在季家的時候就有習武，然卻並不特別出色，今日看著，竟也算是高手，如此想來，當年必然是他隱藏實力了。聽老夫人如此言道，嬌嬌卻也有不同的見地。

「我倒是覺得，這也未必就是全部，許是他有其他更厲害的人教過也不一定，我總覺得，不管什麼事，都並非一天養成，楚攸這人身上的謎團頗多。」

老夫人點頭。「我自是想過這一點，不過現在糾纏在楚攸身上的謎團，倒是沒有太大的必要，總的來說，他並非我們敵人，我的重心，不放在這上面。」

嬌嬌認真點頭。「京城那邊的祝掌櫃傳來消息，說是天家近來對瑞親王有很大的意見，已經接連訓斥三次了。」

嬌嬌摩挲著茶杯，許是旁人沒發現，但是老夫人卻是知曉的，嬌嬌每每在思考的時候便會有這樣的小動作。

「妳懷疑這事？」

嬌嬌點頭。「我不知曉楚攸布置到哪一步了，但是我總是覺得，這事不見得這麼簡單。」

不曉得祖母發現沒有，當今聖上是個什麼性子的人，雖不說是個明君，可是也算是個心思縝密之人，他鮮少會在朝堂之上喝斥誰，這次這麼大張旗鼓的，我總覺得不太妥當。」

「如若真的有問題，妳又為何剛才不與楚攸說出來？妳寫的信，本就是間接地佐證瑞親王有問題。」

「試水溫。祖母，您有沒有覺得，這麼多年來，聖上對楚攸格外地信任？咱們不管是從各方面管道得到的消息都能看出這一點，我一直很奇怪，聖上那般多疑的一個人，為什麼會信任楚攸？別說男寵之類的話，我從來都不相信楚攸是聖上的男寵。我總是在想，是什麼樣的原因，能讓皇上信任楚攸，楚攸的風評並不好，在尊師重道的今天，他背棄季家、漠視恩師，這樣的品性，偏偏讓皇上信任了；如若楚攸和瑞親王對上，您說，鹿死誰手？而且，您覺不覺得，原本八皇子並非皇位的有力競爭者之一，恰是因為楚攸的幫助，他才越發地勢強。楚攸與八皇子如何結成這麼密不可分的同盟關係的？」嬌嬌也有自己的想法，楚攸的出發點可能是幫助八皇子奪取皇位，而她的出發點則是季家。

老夫人讚許地看著嬌嬌。「有時候，天分真是不看年紀。人人都道秀寧聰慧，然我卻覺得，許多事上，妳思考得並不周全，可是妳天生的洞察力強加上縝密的邏輯思維，才是妳做事圓滿的關鍵。」

「祖母莫要誇獎我了，我們只消等待便是。」

老夫人笑著搖頭。「妳這小丫頭，連楚攸也算計，妳雖是真心幫他，卻也有自己的私心，不曉得楚攸若是知道，妳也在試探天家對他的態度，會不會恨不得吃了妳？」

「左右我們是幫他了啊！」嬌嬌俏皮地吐了下舌頭。
「妳呀。」

第三十一章

深夜。

「啊……」一聲突兀又尖銳的叫聲響起，刺耳的聲音彷彿一下子便讓人墜入冰窖。

聽到聲音，嬌嬌霍地坐起，雖不知發生了什麼，但是如此尖銳的叫聲卻仍讓人心驚。

拿起放在枕邊的簪子，簡單地將披散的髮挽起，她迅速地起身穿衣，同時喚道：「彩玉……」

彩玉和鈴蘭自然也是聽到了那聲尖叫，連忙披了衣服進門。

「可是出什麼事了？」

「回小姐，奴婢也並不知曉，奴婢這就出去看看。」

嬌嬌搖頭，將厚厚的衣袍裹好，初春的深夜還是格外地寒涼。待主僕三人出門，就見不只她們，旁人也一樣慌忙地跑出來，大家俱是往聲音的來源那邊望去，那正是季晚晴的房間。

嬌嬌立時就往季晚晴的房間走，就在這時，看見徐達正抱著渾身是血的季晚晴出來。

「快找大夫……」

一時間，場面混亂起來，季家自來到江寧雖也有些風波，但是大體都是安逸的，如此這般，委實讓人震驚。

「都給我鎮定些，你們去別院請齊先生，快，齊放醫術還是可以相信的。另外，彩青，妳去請朱大夫和於大夫。」大夫人在這個時候倒是穩住了心神，連忙吩咐下去。

又看一眼並不能幫上忙的人，喝斥。「都回屋去，莫要在這兒添亂。」

嬌嬌吩咐身邊的兩個婢女。「妳們先回房去，我自己過去看看。」

並不知曉到底發生了什麼，嬌嬌連忙過去。

老夫人年紀大，出門也慢些，看見這樣的季晚晴，整個人搖晃了一下，險些暈倒，二夫人見狀連忙上前扶住她。

「先將晚晴抱進來，快叫大夫。」老夫人說話已經有幾分的顫抖了。

齊放趕到得很快，看到這樣的季晚晴，他幾乎心膽俱碎，可是縱使如此，仍是衝上前為她診斷。老夫人見眾人都圍著，也不像樣，將小輩都攆到外室。

內室只留齊放、徐達和大夫人、二夫人。

季晚晴心臟的位置中了一劍，如今已然昏迷。

齊放仔細檢查，將藥箱打開趕緊處置傷口。「傷口太深了，這是要置晚晴於死地啊。」

屋內眾人幾乎屏住了呼吸，看著齊放為季晚晴處置，而不多時，大夫人先前找的兩位大夫也趕到，三人一同會診；而外室，幾個小輩都不言不語，他們不清楚發生了什麼，可是季晚晴滿身是血的樣子也足以使他們震撼。

眾人俱是擔憂地望著室內，只盼著季晚晴能夠無事。

屋內還未全然處理好，就見大夫人出門，嬌嬌幾人馬上站了起來。

大夫人逕自對秀雅吩咐。「妳帶著秀慧、秀寧去將晚晴的房間好好看顧著，然後將院子裡的人都召集起來，不要放過任何蛛絲馬跡，看看誰有沒有發現什麼異常。」

三個丫頭俱是認真應道是。

大夫人吩咐之後便馬上進門，想來季晚晴還是沒有脫離危險的，縱然心焦，可是她們並不能等在這裡，也許馬上去季晚晴的房間才是最重要的。

「秀寧，妳心思細，負責仔細檢查一下姑姑的房間，另外看顧起來；秀慧我們兩人將所有人都召集起來，看看有沒有什麼旁的異常。」秀雅吩咐兩個妹妹。

嬌嬌差人喚來了彩玉和鈴蘭，季晚晴的房間她再熟悉不過，房門是半掩著的，這正是之前徐達抱著季晚晴出來的時候沒關所致。

此時天色已經有些放亮，可嬌嬌依舊是燃著大大的蠟燭，輕輕將門推開，一股濃重的血腥味撲面而來。

彩玉和鈴蘭跟在嬌嬌的身後，都擰眉。

「彩玉，妳將房內的蠟燭燃上。」本就是亮堂，如此一來，更是燈火通明，嬌嬌四下打量，只見這地下一灘血跡，想到季晚晴，嬌嬌有幾分心疼。

「妳們不要亂動室內的東西。」嬌嬌吩咐之後便開始四下查看，看已經鋪好躺過的床鋪，嬌嬌猜測，這事應該是突然發生的，最起碼，季晚晴是已經正常休息了的。

再看室內，地面清晰可見的一排泥土腳印，前天晚上下著瓢潑大雨，昨天白天又是陰天，因著這個原因，地面一直都頗為泥濘，若是從外面著急而入，必然會沾有泥土，可現在只有一排，便有些令人意外了；徐達是護院，他如若聽到叫聲，必然最先進來，事實似乎也正是如此，這一排腳印，看起來更像是徐達的，那麼刺傷晚晴姑姑的人呢？他並沒有踩外面泥濘的泥土路，反而是走長廊的臺階過來的，這似乎不似外人所為，抑或者，此人是高手，踏瓦而過，且不被護院察覺。

嬌嬌又細細地看了下，屋內所有東西的擺設也沒有一絲變化。

秀慧從外面進來，問道：「秀寧，可有什麼發覺？」

她搖了搖頭。「並沒有，不過進來的人，走的是臺階，抑或者是高手。」

說起臺階，不得不提季家的格局，當初老夫人設計這庭院的時候便是已然想到了這一點，因此這圓形的庭院門口也是連接著一道長長的環形長廊，可如若人是從長廊上過來，也是特別容易被人發現的。

秀慧擰眉，去窗戶檢查一番，並沒有什麼異樣。

這屋內幾乎沒有什麼線索，唯一可證的，便是這麼一點。

「行了，這裡暫且讓人看好，大姊姊已然將下人們都集中到了院子裡，我們過去吧。」秀慧言道。

嬌嬌點頭，跟了過去，不過也只走了幾步，嬌嬌便停下了。

「怎麼了？」秀慧回頭看她。

嬌嬌言道：「我倒是覺得，將人都聚集起來盤問並不太好。」

「為什麼？」

「晚晴姑姑還沒醒，我們不知道具體發生了什麼，如若他們在盤問的時候胡說八道，現在人多嘴雜，難免傳了出去，以後對晚晴姑姑不是更加不妥嗎？」嬌嬌顰眉看人。

秀慧怔了一下，隨即似乎有些明白。

「可是人已經被聚集起來了。」

「聚集又如何，暫且讓他們等著，我們先回去看姑姑，姑姑沒事了，我們再談其他，現在不管做什麼都不得體。如今姑姑怎麼樣我們都不知曉，也不知道具體情況是什麼樣子，就亂哄哄地要找線索，雖然我們確實希望為姑姑找到兇手，但是如今已然不是最佳時機了；倒不如暫且如此，把他們聚集起來也好，隨他們心中如何揣測，總好過私下議論。」

秀慧覺得秀寧這主意也是一般，但是確實好過馬上盤問。

兩人將秀雅喊了回來，三人一商量，復而回到了主屋的外室，秀美、子魚呆呆地坐在那裡，看起來是有些驚嚇到的樣子。

看三個姊姊回來，子魚連忙問道：「可有線索？」

秀雅搖頭。「人已經聚集起來了，我們暫且不盤問，等姑姑好些再說。」

子魚連忙點頭，秀美迷茫地看秀雅。「大姊，姑姑會不會有事？」

秀美已然十一，俏麗靈透的樣子，可是如今眼中卻滿是迷茫。

「不會。」秀雅斬釘截鐵地道。

時間靜悄悄地流過……

也不知又是過了多久，就在眾人心中越發徬徨之際，就見陳嬤嬤掀開了簾子，家中長輩魚貫而出。
「姑姑如何？」子魚心焦，連忙問道。
「天可憐見，暫時無事了。」老夫人的嗓子已然沙啞，女兒出事，做母親的最是煎熬。
陳嬤嬤扶老夫人坐到榻上，眾人一時間沈默起來。
許久，老夫人看向了徐達。「徐達，究竟是怎麼回事？」
「我巡視的時候聽到尖叫就趕了過去，我動作極為迅速，可是卻沒有發現任何人，只見三小姐倒在血泊裡，而地上，有一片樹葉，我抱三小姐的時候撿了起來。」徐達將之前放在袖中的樹葉拿了出來，這樹葉並非季家所有，季家並沒有這個品種的樹木。
秀慧看那樹葉，言道：「這是紅楓，不過這個時候仍還是綠的而已，咱們江寧只有寒山寺的後山有一片紅楓林。」
寒山寺？嬌嬌想到了懷遠大師和瑞親王。
「你們巡視的時間是如何界定？如果有人透過長廊進入姑姑的房間，會不會被發現？」嬌嬌問道。
「如若那人武藝極好，應該是不會被發現的，如果是一般的丫鬟，可能性不大，要知道，自六年前出過事，家中便加強了防衛，特別是內院，時間經常變換且人手頗密。」徐達覺得不太可能。
齊放聽到六年前，想到了那次針對季晚晴的刺殺。「會不會是六年前要殺晚晴的人再次下手？」

二夫人點頭。「這也是有可能的，當時沒有成功，那人便沈寂了下來，如今終於找到了機會。」

「不可能。」老夫人看幾人，搖了搖頭。

「當年的人，不可能來刺殺晚晴的。」

呃？眾人不解。當年的事不是沒有查到兇手是誰嗎？如今老夫人怎麼就敢肯定不是那夥人？

嬌嬌和徐達自然都知道事情的真相，不過這個時候，兩人俱是低頭，並不多言，他們都知曉，老夫人會處理得很好。

果不其然，老夫人抬頭。「當初那件事引起了那麼多連鎖反應，其實我已經調查到真相了，只不過真相不便公諸於眾，因此沒有告知你們，這事，絕對不是六年前那夥人所為。」

老夫人如此一說，大家便猜想到了英家，也只有如此，老夫人才會隱瞞吧，到底是有血緣關係的，未必做得到不管不顧。這也正是老夫人要的結果。

「那究竟會是何人？」

嬌嬌突然抬頭。「姑姑的傷口是什麼樣子？」

看齊放正要回答，嬌嬌伸手截住了他的話。「姑姑的傷口，不是一般的劍傷，傷口極為細小，是薄如蟬翼的軟劍，對嗎？」

嬌嬌此言一出，齊放與兩個大夫俱是驚訝地看她。

齊放更是結巴。「妳、妳、妳怎麼知道？」他這個反應便是告訴大家，嬌嬌說對了。

嬌嬌看老夫人，咬唇。「祖母，我想，我大概有懷疑的對象了。」

老夫人面色一變，揮手。「可盈、蓮玉，秀寧妳們三個留下，其他人都出去吧。」

不多時，屋內便只剩這幾人。

老夫人看向了嬌嬌。「秀寧，妳說說，妳懷疑誰？」

「瑞親王。」嬌嬌神情認真。

「什麼！」縱使是大夫人也驚訝不已。

老夫人緩了一下心神，言道：「為什麼？」

嬌嬌走到桌邊，拿起徐達放在桌上的樹葉。「這就是原因。當年我們在寒山寺被殺害懷遠大師的黑衣人劫持，那個黑衣人對寒山寺極為熟悉，並且在山頂利用滑翔翼離開，經過我的種種描述，小世子和楚攸認定那人是瑞親王。雖然不知曉瑞親王來殺姑姑的原因，可是您想，武功高強到可以不被人發現，身上又有這個樹葉，我原本便是懷疑瑞親王應該在那附近居住，還有那個劍傷，當時瑞親王的劍就讓我記憶深刻，所以我猜測，有可能是瑞親王，當然，我這也是完全沒有根據的。不過，我們倒是可以找一下線索。」

「怎麼找線索？」大夫人問道。

「檢查寒山寺的後山。」

「如若真的能查到，當初楚攸他們怎麼可能無功而返？他身邊的可俱是刑部的高手。」

大夫人提出自己的意見，她覺得這個可能性不大，好端端的，瑞親王為什麼要殺晚晴？

嬌嬌看宋氏。「母親，其實楚攸有一個地方沒有檢查過的。」

道。

「呃？」

所有人都看向了嬌嬌，有些不明白了。

「我也是剛才突然想到的，別忘了，瑞親王是怎麼逃走的，他有滑翔翼啊。」嬌嬌言道。

「妳是說谷底。」老夫人恍然大悟。

「正是。」

「可是我們怎麼下去呢？」

「一定有我們不知道的路。如果找不到，其實製作一個滑翔翼雖然難，但是也不是完全不可能完成的，只是費時間。」嬌嬌其實是知道滑翔翼的原理和製作流程的，只不過她從來沒有試過，不敢肯定試驗多少次才能夠成功；可是她知道，這個東西可以完全不借助先進的工藝。

說起這個，倒是要感謝她孤兒院一起長大的好朋友了。大抵因為都是孤兒的關係，那丫頭總是希望能夠穿越，然後擁有新的人生和親情，因此沈迷於各種穿越，每日在網上搜攻略、搜技能，努力學習，只盼有一天能夠真的穿越。連帶的，嬌嬌也跟著知道了不少奇葩資訊。

大夫人和二夫人都對嬌嬌的話錯愕不已。

「妳會做？」

「我沒有試過，但是我知道原理，可以一試。」

老夫人認真開口。「我們就算到了谷底，瑞親王要是不在那裡呢？如果在，我們更是沒有證據。不過現階段，我們也沒有旁的辦法，只能暫時如此兵分兩路，一路人馬去寒山寺後山找下谷底的道路，另外秀寧在家研究滑翔翼，看看有沒有機會下去查看。」

「我們知道了。」

「季家究竟著了什麼魔，為何就不能安安穩穩。」老夫人嘆息。看眾人憂心，老夫人擺手。「妳們倆下去吧，秀寧，妳陪我老婆子坐會兒。」

「是。」

屋內只餘老夫人與秀寧二人，老夫人問道：「秀寧，妳說，這次的禍端，有沒有可能是楚攸帶來的？」

嬌嬌認真思索一番，搖頭。「我覺得不是。如果是他，那麼出事的不該是晚晴姑姑。楚攸與我接觸最多，要殺也該殺我，而且瑞親王與楚攸關係不好，他不是更該先去狙殺落單的楚攸嗎？」

老夫人點頭。「我心裡隱隱有些懷疑，又覺得不可能，妳這一說，倒是一樣的心思。」

「祖母，咱們家裡該加強戒備了，如若生意上得罪人，也不該殺姑姑，我總覺得，這事裡有著蹊蹺；還有那個瑞親王，這人行事也挺奇怪的。」

「妳怎地就能在第一時間想到了瑞親王呢？」

「大抵是寒山寺那次給我的印象太深了，所以一看到樹葉，我便想到了當時瑞親王操作滑翔翼逃走的事，那時也是帶起一片這樣的葉子，想到這個，我便又想到了軟劍。」

第三十二章

「駕，駕——」

飛揚的塵土伴著激烈的馬蹄聲，年紀不過十三、四歲的少女護著身前的男孩策馬疾馳，縱然她不斷地鞭打，可馬兒力量終是有限，如若不是他們身下這匹正是當世聞名的汗血寶馬，怕是他們已然被身後的諸多黑衣人追上。

在他們身後不遠處，是無數的屍體，而這些人，都是因他們而死，而仍倖存的幾人，也不斷地減少，正被追擊的黑衣人所斬殺。

大概是追了這麼久仍不得所願，又看兩人不肯投降，黑衣人的首領只一思索就想到了一個方法。

「放箭。」一聲渾厚的男子聲音響起，下的卻是這樣的死令。

「啊……」

數箭齊發，少女閃躲不及，也無從閃躲。

「唔……」少女一口血咳在男孩的肩膀上。

「大姊，妳中箭了。」男孩並沒有回頭，語氣裡有一絲淒涼，不過卻並沒有哭，該流的淚，早已流盡，如今，他有的只是對罪魁禍首的滔天恨意。

「沒關係，就是死，我們也不能落在他們手裡，我們一起死，一起死。」少女早就料到了這樣的結果。是啊，他們是沒有能力抗衡這些魔鬼的，如今，也不過是垂死掙扎罷了；可是就算是死，也不會投降，這是他們林家的氣節。

他們永遠記得父親的話，記得家裡那一片血腥。

「駕……駕……」縱使中箭，少女依舊強撐。

然而黑衣人太多了，而護衛他們的死士也被悉數殺盡，那不計其數的圍追堵截終究是將這對姊弟逼至斷崖。姊弟倆被眾人圍住，前方便是斷崖，已經沒有了前路，少女奮力將前奔的馬兒勒住，轉回身子，兩人俱是直視這些黑衣人。

這時再看這對孩子的容貌，都是人中龍鳳，特別是少女，整個人秀美絕俗，剪水雙瞳、桃腮杏臉、粉妝玉琢，不過十三、四歲的年紀便已是傾城之姿，男孩亦是如此。

「你們已經逃不掉了。」之前渾厚的男聲響起，說出的話卻有幾分的得意。

即便是他們所有人都身著黑衣且蒙著面，可是只聽聲音，她也分辨得出他們每一個人。

四皇子，他是四皇子。

「林雨，你們林家的人已經死光了，難道妳就不給你們林家留一個根嗎？只要妳肯過來，我們可以放過妳弟弟，你們無路可退了。」男子語氣裡有一分勸誡。

「你們根本不會放過我的，我怎麼可能相信你們。我爹傻，相信你們這些魔鬼，可是如果我們林家上百口的性命還不能讓我看透你們，那我林雨真是有眼無珠了！我們姊弟倆可以一起死，但是卻絕對不會相信你們當中的任何一個人。」少女唾道。因為中箭，她已然臉色蒼白，可是仍是恨恨地盯著眼前這些人，彷彿要將他們的身影牢牢地記在心裡。

「妳父母幫助妳姑母用巫蠱之術構陷他人，妳父親意圖造反，這一切又豈會告訴妳一個孩子，妳過來，只要妳肯親自指證妳母親和姑母，那麼我們便放了妳弟弟，你們林家唯一的血脈，難道妳不想為你們林家留一條根嗎？」

嘴角噙著沁寒的笑容，林雨掃視一眼眾人，低頭與男孩說道：「小弟，你看好，你看好這些人，就是這些人害了咱們的親人，往後只要有機會，只要有一丁點的機會，你就一定要為咱們的族人報仇，為爹娘報仇，也為姑姑報仇。你要讓他們生不如死，讓他們切身的感受一下失去親人的痛苦，小弟，你聽到了嗎？我告訴你，他們都是最該死的……」

「啊……」楚攸驚叫坐起，他全身已然濕透，目光毫無焦距地看著進入室內那一縷陽光，面無表情地起身。

楚攸打開了窗戶，陽光照射進室內，他擋了一下，覺得有幾分刺眼。

多久了，多久沒有夢到大姊了，他曾經無數次夢到了跳崖的經過，但是大抵上，他只會夢見自己，夢見自己一個人疲於奔命地逃跑，卻沒有夢見大姊。

抹了一把臉，楚攸不敢想之後發生那些事，如果說有什麼是他所怕的，那麼便是這件事了。這麼多年來，他不敢想起大姊，捂住臉，楚攸癱坐在地下。

推門聲響起，渾厚的男聲問道：「你在幹什麼？」

楚攸抬頭，看見來人，絲毫都不驚訝，他目光複雜。「我夢見大姊了。」

這男子比楚攸年長幾歲，劍眉星眼，看起來是毫無威脅的如玉公子模樣。

將楚攸扶起，男子認真言道：「總有一天，該死的死，該下地獄的下地獄。」

「是，他們是該下地獄，可是現在，我要做的，是加快送他們下地獄的步伐。」楚攸面色冷清起來，恢復了過來，他不贊同地看向了男子。「你不該來此。」

男子笑著搖頭。「我們本就是一黨，我與你接觸，又有什麼不妥呢？」

此男子不是旁人，正是當今八皇子宋俊宇。

「自是沒有什麼不妥當，不過現在正是計劃的關鍵之時，錯一步則亂全盤，你萬不能掉以輕心。」

八皇子點頭。「我也知曉，不過有些事，我必須當面和你說。」

「可是出了什麼大事？」楚攸打起精神。

八皇子點頭。「楚攸，你還記得嗎，兩年前開始，有人在不斷地調查虞夢。」

「我自是知曉這件事，不過當時我們不是懷疑是你姊姊做的嗎？證據也都說明是她，當時我們也掐斷了任何可能的線索。」八皇子的姊姊，正是寧元浩的娘子二公主。

八皇子皺眉。「確實是的，不過現在我懷疑，是有人在利用二姊的手調查虞夢，而他要知道的，是虞夢和林家的關係。我懷疑，那人已經知道了虞夢和林家的關係。」

楚攸動作一頓，看八皇子。「何出此言？」

「當時我利用職務的便利已經燒掉了所有關於虞夢的資料，咱們也掐斷了當時所以為的任何管道，可是楚攸，這天底下，沒有什麼是一絲破綻也無的。」

楚攸冷笑。「既然能利用二公主的管道調查，必然不是一般人，怕又是你那些狼心狗肺的兄弟吧？不過就算查到虞夢與林家有關係又怎麼樣呢？她莫名其妙地死了，你以為我真的相信她是自殺嗎？這事恐怕與二公主脫不了關係。寧元浩負了她，卻還要她承擔這樣的後果，我能隱忍到今日，不過是顧全大局，我不能讓我身邊這些人死得不明不白，待到大仇得報，他們所有人都下去陪葬吧。」楚攸陰狠地說道。

「我要說的正是這一點。」

楚攸有些不解。

「那個人在為虞夢報仇。」

「你說什麼？」楚攸這下子真是錯愕了。

「那個人在為虞夢報仇，他在為你三姊報仇。」八皇子認真言道。「就在你離京的第二天，二姊中毒了，更為蹊蹺的是，這事是在宮中發生的，二姊在宮裡用膳的時候中毒，因著父皇擔憂此事是針對他，二姊不過是做了替罪羊，因此不允許消息外洩；如今二姊還昏迷不醒，因為這次的事有可能涉及到刺駕，父皇不允許任何人調查，連刑部都沒有介入。」

「既然懷疑是刺駕，那麼又為什麼是替虞夢報仇？」

「季晚晴也出事了。」

「季晚晴？不可能，我前日還去了季家……」楚攸停下自己的話。

「她是我走後出事的？」

八皇子點頭。「你在季家埋的暗線傳遞出來的，因著你這些日子行蹤不定，李蘊便告知了我，這也正是我過來的原因。」楚攸在某一程度上是不會相信任何人的，但是，這個任何人之中，不包括八皇子宋俊宇，這一點楚攸的心腹都深深知曉。

「還有誰？」

「當初與虞夢爭奪寧元浩的二公主、說了謊話的季晚晴、還有帶走虞夢，卻背叛林家的徐四，他們全都出事了。二公主中毒昏迷不醒，季晚晴遇刺昏迷不醒，徐四死了。我們找了徐四八年都沒有找到，可是這個人找到了，並且殺了徐四。我檢查過徐四的屍體，一劍斃命，乾淨俐落。不單是這樣，如若真是涉及到虞夢，我尚且會認為，是只為她，可是不是，昨日，蔣尚書在家中中毒，如今與二公主一樣，俱是昏迷不醒，要知道，蔣尚書的背信棄義，信口誣陷，也是造成悲劇的原因之一。」

楚攸拳頭緊緊地攥起，聽到這個消息，他站了起來，聽到有人在為他家的人報仇，他竟是覺得有幾分激動。

說不清是什麼樣的感覺，其實他又何嘗不知曉，他的三個姊姊已經全都死了。大姊死在了他的面前，身中數箭卻為他爭取了逃走的時間，二姊被火燒死，三姊也因所謂「自殺」死了，他的親人，如今只有一個宋俊宇了，誰會為他們家報仇？

「表哥，你說，那個人會是誰？」

誰人都想不到，看似八竿子打不著的楚攸與八皇子，竟然是表兄弟。

八皇子搖頭。「我也不清楚，不過我想，父皇應該會很快召你回京。我知曉近來你在琢磨構陷瑞親王的事，但是要扳倒瑞親王也並非一朝一夕，如若父親讓你徹查蔣尚書之事，我倒是建議，你先調查這個，許是能找到一些蛛絲馬跡。」

楚攸沈吟。「我已經說服了季秀寧寫信，如果將這封信交上去，瑞親王雖未必會被扳倒，但是元氣大傷倒是一定。他整日的看你我不順眼，在許多事上也竭盡阻攔之能事，我們如此，不是搬去一塊更大的絆腳石嗎？」

八皇子聽了這話，不再言語，似乎猶豫起來。

「我只怕，你太過激進，交上去惹父皇懷疑，你該知道父皇是如何多疑的一個人，如若不多疑，我母妃、舅舅、舅媽，你們一家人又何至於……」說到這裡八皇子停下了話音，嘆息。

楚攸也認真思索起此事來，他不經意地望向了窗外，窗外翠鳥鳴啼、露珠晶瑩，看起來是那麼的美好，他低頭，恍然便想到一個少女。

似乎想到了什麼，楚攸霍地抬頭。「季晚晴也出事了？」

八皇子點頭，有些不明所以。

楚攸笑了起來，雖笑容未達眼底，但是卻笑得有幾分深意。「如若你剛才所提的所有人出事都是同一個人做的，那麼，想來我應該會很快地知道兇手是誰。」

「為什麼？」八皇子不解。

「天機……不可洩漏。」楚攸笑得更神秘了。

「鮮少看你如此。」八皇子失笑。

楚攸點頭。「我想，我有了一個最好的幫手。」

不知怎地，他竟是不想將秀寧小姪女的事說出來，那麼聰慧的小娃娃，他一個人知道她的能幹就好。

「季秀寧？」八皇子言道。

「你都知道，還要問我？」楚攸笑得張狂。

「難不成你還真信了懷遠大師的話，認定你們兩個是有緣人？」八皇子搖起摺扇。

「這和有緣人什麼的沒有關係，我相信她的能力，一如你相信我。」

八皇子挑眉。「你可不是容易給人這麼高評價的。」

「那是因為，我之前沒有碰到季秀寧。季晚晴出事，她不會坐視不理的，她們兩個感情很好，當初她們同時被瑞親王劫持，季秀寧甚至提出先放季晚晴走。而且，表哥，說起來也許你不相信，我總是隱隱有種感覺，季秀寧與季家絕對不是毫無關係的。」

八皇子言道：「可是你不是已經調查很多次了嗎？」

楚攸點頭。「確實是的，不過我總是相信，還有什麼是我不知道的。你知道嗎？老夫人將她在京中的產業交給了季秀寧處理，不是她的女兒季晚晴，也不是大夫人、二夫人，更不是穩重的季秀雅或者聰明的季秀慧，而是一個小養女，她交給了季秀寧。這本身不是說明了很多問題嗎？」

曾經在季家待了許多年的楚攸知曉，季家在京城的胭脂鋪不算是最賺錢的，但是卻是人人都想不到的聚寶盆，那兒專做有錢人的生意，那些官家太太、富家小姐俱是其中常客，而女人又是最守不住秘密的，如果說那兒是一個消息的集散地，也不為過。

後來楚攸又觀察了老夫人交給嬌嬌的另外一項產業，茶樓。這茶樓也不是最賺錢的，可是卻是文人雅士最喜歡待的地方，消息自然也是更多。季家在下一盤大棋，雖然還沒明白季家究竟是要幹什麼，只是單單地為兩個兒子尋找真相抑或者是其他，楚攸都對老夫人很是欽佩。

老夫人能將自己最有盤算的兩項產業交給季秀寧，不是足以說明很多嗎？

「你這麼一說，確實是的。」八皇子深思起來。

兩人這廂議論秀寧，那邊正在研究滑翔翼的嬌嬌噴嚏不斷。「媽的，誰在念叨我！」

昏迷了四天之後，季晚晴終於醒了過來，可是她也不知道那個刺傷她的人是誰，說起來，也是季晚晴命大，若是那人刺得再稍微偏離一分，大抵上就會要了她的性命。

季家的人並沒有在寒山寺的後山找到去山下的小路，而下人們也沒有什麼可以提供的消息，不過滑翔翼的事嬌嬌倒是研究出幾分眉目來。

嬌嬌無數次的感慨，有一個熱衷於穿越的朋友是多麼地重要。

「啟稟秀寧小姐，三小姐要見您。」丫鬟過來稟報。

嬌嬌點頭，將手中的圖紙放下，她不斷地試驗畫圖，總算是有了進展。

「我知道了，這就過去。」嬌嬌連忙收拾妥當出門，晚晴姑姑早晨才醒來，他們都不敢過於打擾晚晴姑姑的休息，因此只是稍作探視便離開。

嬌嬌穿過長長的長廊來到季晚晴的房間，如今季晚晴已然是在自己的房間休養。

「姑姑……」嬌嬌軟軟地喊道。

季晚晴微微側過身子，看向了嬌嬌，虛弱地說：「來……」

嬌嬌乖巧地坐在床邊，其實這幾天季晚晴昏迷，完全不曉得季家是個什麼狀態，季家已經有了一個醒不過來的季致霖，如若季晚晴再不醒，那麼她甚至不知道，祖母如何能夠挺得過來。

「姑姑感覺怎麼樣？您千萬要小心，可碰不得傷口。」

「沒關係，我會小心的。」季晚晴虛弱地笑。

嬌嬌將被子掖好，言道：「姑姑這個時候最該好好休息，至於旁的，無須操心。」

季晚晴將手伸出被子，握住了嬌嬌的手，雖然虛弱，不過倒還是有幾分精神的。

「妳且放心便是，我自然不會拿自己的身子開玩笑的。秀寧，活著，真好。」

言罷，季晚晴立時紅了眼眶，嬌嬌想到季晚晴今次的磨難，也跟著難受。「姑姑，一切都會過去的，我們以後都會好好保護妳的。」

看嬌嬌也是強自忍耐，季晚晴再次開口。「那夜刺殺我的人，極有可能是瑞親王。」

嬌嬌沒有想到，季晚晴竟是知道誰是兇手，她反手握住季晚晴。「姑姑可是有什麼證據？」

晚晴搖頭，扯出一抹笑容。「之前人多，我不方便說，畢竟，咱們什麼證據也無，而且，季家也不見得人人都與妳一條心，我不能不多想。這件事並沒有任何的證據，那夜他出現在屋內的時候我正好起身如廁，雖然他下手快狠準，但是我還是挺著那麼一絲的精神，告訴自己不能倒下。說來也怪，我兩次見他，都是在黑夜，且都印象深刻，正是因此，我知道是他。」

嬌嬌點頭。「就算知道，我們也不能怎麼樣，只能越發地小心，畢竟，我們沒有證據，我倒是奇怪，他為什麼要來殺妳？」

對於這一點，季晚晴也是無從知曉，她擰眉看嬌嬌笑。「許是，六年前沒有殺我們，今天過來斬草除根？」

一句玩笑話而已，嬌嬌自然知道，事情絕不會是如此。

「姑姑，您說這皇親國戚是不是都是瘋子啊！您看呀，這瑞親王可是皇上的親弟弟，這麼顯貴的身分，就算是有問題，也可以讓旁人來處理啊，他倒是有趣，凡事都要親力親為，殺懷遠大師、殺姑姑，怎麼著是全然信不過旁人，還是對殺人有異乎尋常的喜好？」

季晚晴聽嬌嬌這番話，沈思起來。

「姑姑不要擔心，祖母已經吩咐下去了，家中的護院也多了一倍，您盡可放心，如若他再來，我們便讓他有來無回。」嬌嬌雖然是開玩笑說的，但是眼中卻是滿滿的堅定。

季晚晴看嬌嬌，言道：「我想不通他殺我的原因，我也不想牽連家人。」

「姑姑說的這是什麼話，什麼牽連家人，咱們都是一家人，為什麼要分彼此，他一個王爺，要殺妳還不是易如反掌，可是他卻沒有動用自己手中的權力，反而是選擇了暗殺，這本就說明，這件事是見不得人的。見不得人，那便是好辦了。」嬌嬌自懷疑瑞親王的時候便詳細地分析過了，如今聽季晚晴確認了此事，更是心中明朗。

「秀寧，他殺我，一是為仇，二是為滅口。可是我自認為，這兩項我都與他沒有任何關係啊。我在江寧待了六年，別說這六年，就是六年前，我也從不曾與他有所交集。」季晚晴也不是什麼都不明白的繡花枕頭，想到這些，她皺眉不解。

嬌嬌贊同地點頭。「姑姑說的這兩個方向我是贊同的，有一點，我很肯定，他定然不是在京中與您有什麼牽扯，也不是初到江寧之時。看他今日對您的狠戾，那是一定要致人死地的動作，如果真是有那麼大的仇，他不可能在寒山寺放過我們，別忘了，那時他就已然知曉我們是誰了。」

「秀寧，這件事太複雜了，繼續追查下去，不見得對我們有好處，妳勸勸母親吧。」季晚晴定睛看秀寧，說了自己的打算，嬌嬌驚訝地看她，瞬間明白她找自己過來的原因。

「姑姑將自己的想法與祖母談過了？」

季晚晴點頭，瑞親王不是善男信女，她不想因為調查此事牽連季家，季家禁不起任何的風雨了，可是很顯然，母親並不是這麼想的。也正是基於這樣的原因，季晚晴找來了秀寧。

這家裡人人都曉得，老夫人對秀寧的疼愛，她只希望，這事能夠早些了結，其實在內心深處，她又何嘗不希望將兇手找出並且繩之於法，可是這麼多年了，許多事讓她明白，這個世界並不是非黑即白，還有更多的，是無可奈何，她必須顧全大局，顧全季家。

「秀寧，母親因為我的關係不能冷靜地看待此事，姑姑希望妳好好勸勸母親，咱們惹不起瑞親王的。」

嬌嬌認真地看著季晚晴，微笑。「姑姑莫要多想，如今您只須好好地養傷，旁的事，只須交給我們便可。我自是知曉姑姑擔心季家，可是不是您擔心，這些事就不會發生，瑞親王的目的不明，我們一味地躲避，既往不咎，可是瑞親王就一定會不找我們家的麻煩嗎？我們都知道，事情不是這樣的。所以姑姑，您只需要好好地休息，其他的事，有我們。」

季晚晴還想說什麼，嬌嬌繼續言道：「晚晴姑姑可以不相信我的能力，但是要相信祖母，祖母絕對不是會因為感情而做出錯誤判斷的人。」

季晚晴看嬌嬌認真的表情，嘆了一口氣。「秀寧，姑姑知道妳的能力，妳多幫些母親。」

看季晚晴越發地疲憊，嬌嬌點頭應是，之後便提出離開。季晚晴確實是累了，看她如是說，也點頭答應。

嬌嬌細心地替季晚晴將被子蓋好，之後才走出門，推門而出時，嬌嬌見徐達站在門口。

「徐叔叔有事？」

徐達點頭。「三小姐身體虛弱，禁不起太長久的交談。」

嬌嬌怔了一下，隨即笑著贊同。「我知道了，多謝徐叔叔對姑姑的關心。」

「這都是我應該做的。」徐達有些不自在，臉紅。

「徐叔叔，如若說到真正應該做的事，那便是好好照看姑姑，你該知道，兇手知曉姑姑沒有死，很有可能會再次前來行刺，還望徐叔叔能夠多留心。」

徐達認真。「秀寧小姐放心，我徐達便是拚了一條命，也不會再讓三小姐出事。」

嬌嬌四下看了看，言道：「一個人的武功再高，總是雙拳難敵四手。」

徐達明瞭。「我會安排好人，不論是三小姐，其他人也是一樣，我會守護好季家，守護好季家的每一個人。」停頓一下，徐達看嬌嬌。「就如同秀寧小姐一樣。」共同守護季家。

嬌嬌笑了。

「那我們，共同努力！」

兩人對視一眼，彼此心照不宣。

嬌嬌輕輕敲著老夫人的門，陳嬤嬤出來應門，並沒有任何意外，反而是笑應。「秀寧小姐快請進吧，剛才老夫人還說呢，秀寧小姐大概要過來了。」

「祖母最是瞭解我。」嬌嬌嘴角噙著笑進門，並無旁人，她微微一福，言道：「秀寧見過祖母。」

陳嬤嬤貼心地將門關好，自己則是留在了門外，將一室的安寧留給了嬌嬌與老夫人。

「晚晴希望妳勸我？」

嬌嬌笑，言道：「她是這麼希望的，但是實際是，我勸慰了她。」

老夫人也笑了起來。「正如我想的一樣。我知道，秀寧必然是與我有相同的觀點。」

「此事本就不該如此，如若我們一味地忍讓，得到的結果只會是別人將我們當成軟柿子。瑞親王又怎樣？雖說天子犯法與庶民同罪看起來是一句空話，可是他瑞親王既然不敢光明正大地來，那便是說明，他還是有所忌諱。祖母，我們季家雖然算不得什麼顯赫的名門望族，但是好歹也出了兩個狀元，這件事，斷不能如此放過。」

老夫人看嬌嬌，思量片刻，輕笑一聲點頭言道：「秀寧如此，甚好。」

雖然說絕對不能善了，但是他們季家如今到底勢單力薄，他們自然也是需要好好籌謀的。

老夫人看嬌嬌，說出自己的想法。「其實晚晴的話是不能作為證據的，所以要絆倒瑞親王，這條路行不通，我當初甚至在懷疑，是不是楚攸為了讓我們更靠近他，而使出這樣的計策嫁禍瑞親王。可是今早聽了晚晴的話，我知道不可能，楚攸再有能力，也不能命瑞親王幫他行事，而且，此事本就沒有必要。」

嬌嬌點頭。「祖母說得是，不過我倒是從來沒有這個想法。祖母，我剛才一直在想，您說，我們要不要搬回京城？」

嬌嬌的話讓老夫人一怔，她有些不可思議地看嬌嬌。「為何妳要這麼說？可是可盈她們與妳說了什麼？」

不管是大夫人還是二夫人，她們的娘家都在京城，身邊的親朋好友也都在那裡，她們更加願意回京城住那是必然。

「祖母覺得，我很容易被人左右嗎？」

老夫人搖頭笑。「確實，就算是我說的話並不圓滿，秀寧也會提出，更遑論是她們。」

嬌嬌點頭。「是的。我覺得，待姑姑傷勢稍微好些，我們搬回京城是最為妥當的做法，畢竟，我們不可能永遠這麼草木皆兵。京城是什麼地方，雖然也是不安全，但是明火執仗地害人，他們怕是會更加忌諱幾分，那咱們便是多了幾分的安全；另外，住在京裡離瑞親王也更近了些，我們倒是可以更加明瞭他是怎麼回事，他算計咱們，咱們未必不能深查他。除卻這兩點，子魚已經十一了，說大不大，說小不小，京城學習氛圍更濃，假以時日，他也是要參加科舉的，總的來說，回京更好些。」嬌嬌分析地頭頭是道。

老夫人沈吟片刻，問道：「弊端呢？」凡事都是如此，有利便有弊。

「弊端也顯而易見，我們會更加明顯地暴露在敵人的視線裡，當初害父親他們的人還不知道是誰，想來那人定然會緊緊地盯住咱們家，還有瑞親王，隱藏在暗處的眼睛很多。哦對，還有薛青玉，她如今是忙著爭寵，沒空料理我們，可是如若讓她得勢，想來也不會饒了我們。」

老夫人思考一下，感慨地道：「弊端雖多，但是即便是不回京，這些弊端也在，只是或多或少罷了。」

嬌嬌點頭。「正是如此的。」

「那好，這事我會認真考慮，徵求一下大家的意見，秀寧，滑翔翼那事如何了？」老夫人還是極為關切此事的，她穿越那麼多年，從來沒有想過這些，總想著不能太過地特立獨行，免得讓人看出一二，後來時間久了，她越發地覺得，人活一世，便是小心翼翼，也不見得能夠長遠，既然如此，何不活得恣意快活？正是基於此，她教導幾個小輩，採取了與教導晚晴幾個孩子完全不同的方法，說不上哪裡好哪裡不好，也並沒有從一個極端走到另一個極端，只是她希望，這些孩子能夠真正的幸福。

「滑翔翼我畫了幾張圖，也試驗了幾次，俱是失敗了，不過，這也不一定是個壞事，失敗的次數越多，就說明我們離成功越近。早晨的時候我已經找到了一個失敗的原因，一會兒便去試，二姊姊也在幫我，一人計短，兩人計長，我雖不敢說馬上就能做出來，但是我很有信心。」

「如此甚好。秀寧，其實妳有沒有想過，瑞親王為什麼會有滑翔翼，會不會還有其他的穿越者？」老夫人這麼多年來一直都在想這個問題，她不是唯一，秀寧也不會是第二。

嬌嬌仔細想了想，並不敢肯定，沒有什麼是一定的。「我也說不好，有可能有，也有可能沒有。如若格外地聰明想到這個，也不是不可能的，像是二姊姊，她就很聰明啊，即便是她一點都不明白，單是看我畫圖，也能猜想到一二，所以這一切都做不得準的。咱們也沒有必要太過糾結是否有第三個穿越者，我們要做的，只是讓自己變得強大，我們強大了，即便另外的穿越者是我們的敵人，我們也是無須懼怕的。」

第三十三章

這廂季家草木皆兵，那廂楚攸果然受召回京，不過楚攸卻沒有拿出秀寧寫的那封密信。

他已然得到消息，季秀寧在研究滑翔翼。第一次從季秀寧口中聽到滑翔翼，他便是有了一絲的異樣，而他所知能夠熟練操作滑翔翼的人，也只一個瑞親王；如若是季晚晴的案子與瑞親王有關，那麼他就要重新審視瑞親王這個人，也要仔細考量，需不需要拿出那份所謂的「證據」？

楚攸沒有拿出密信，而皇上確實是將蔣尚書家的案子交給了他。不過出乎楚攸的意料之外，皇上不僅將蔣尚書的案子告知了他，還將二公主中毒一事一併說了出來，並且希望楚攸將兩個案子一起偵辦，如若確實出自同一人之手，他要在最短的時間內知曉。

楚攸自然是應了下來。

二公主中毒除了幾個皇子和宮中的一些人，旁人是不知曉的，而皇上也沒有希望楚攸將此事大操大辦，他希望的，是借助蔣尚書中毒的事間接地調查二公主中毒的真相。

其實楚攸也知道，皇上私下裡還有一批人馬，這批人馬就如同各家的死士一般，可以算得上是皇上的「暗衛」，照理說，皇上是該利用自己這批人馬調查的，而先前八皇子帶來的消息也確實是這樣，可是如今倒是不曉得是什麼樣的原因使皇上改變了主意，最終選擇讓他調查，楚攸不解，不過卻也立時同意下來。

在所有人都看不見的地方，楚攸嘴角浮現一絲冷笑——蔣友亮，當初你為了榮華構陷我林家，如今，你又以為自己會有什麼好的下場？

楚攸緊緊地攥著拳，這些年，他與自己的所有仇人同朝為官，甚至是為害死自己家人的皇上效力，他圖的，不是所謂沈冤得雪，他要的，是報仇雪恨。

為蔣家調查真凶？楚攸冷笑，鬼才會如此。

「鳳仙兒……鳳仙兒……」漆黑的房間裡，雕花的木床因床上人的激烈運動而不斷發出吱呀吱呀的激烈聲響，男子不斷地呢喃女子名字，激動之情無以言表。

女子纖纖玉指輕輕地滑到男子尾骨位置，輕輕地摩挲，男子更是激動萬分。

「于大人，還請憐惜則個……」

「鳳仙兒，妳太美了，妳真是太美了……」被稱作于大人的男子激動地狠狠摟住鳳仙兒，至死方休地抵在了她的身上。

「于大人……」鳳仙兒手指上劃，本就柔情似水的眼眸更加魅惑地膠著在于大人的身上。

「鳳仙兒，我要替妳贖身，我要娶妳回去，妳放心，回去之後，我便將妳抬做二房，我家中的那只……呃！鳳……」于大人正在說著所謂甜言蜜語，卻被一根鋼絲纏繞在了脖頸處。

「不用贖身，你永遠留下來陪我吧。」鳳仙兒這時的眼眸裡哪還有剛才一絲風情，那狠辣讓人看了便心涼。

「呃……」于大人是武官，可縱使如此，他也並沒有逃脫成功。

鳳仙兒再次使力，于大人終於氣絕身亡，看著他睜得大大的眼睛，鳳仙兒面無表情地起身。此時她全身俱是紅痕，那便是兩人剛剛才親熱過的痕跡，可縱使如此，鳳仙兒倒是絲毫不以為意，將屍體推到地上，為自己披上一身大紅的罩衣，鳳仙兒踢了一腳屍體。

「咚咚」敲門聲響起，鳳仙兒有幾分警惕，一腳將屍體踢至床下。

「誰啊？」又是恢復了那嬌滴滴的嗓音。

「是我。」

聽到這個聲音，鳳仙兒連忙開門，單膝跪地，她請安。「大人。」

來人正是楚攸，聞著這一室歡好之後的氣味，楚攸眼尖地看見了不太對勁的床鋪，他嘆息地看向了鳳仙兒。「這次是誰？」

鳳仙兒也不隱瞞，直接將已經死掉的于大人拖了出來。「于敏德。」

「妳不該下手的。」鳳仙兒不言不語，楚攸自然是知道她的心思。「這個時候不是下手的好時機，如今京裡出事的人頗多，妳這樣，如若旁人找到了一絲線索，那麼妳該清楚，我不會保妳。」

鳳仙兒面上並無一絲後悔。「可是這些都是屬下的分內之事，于敏德沒有利用價值了，他也該死，既然沒有價值又該死，那倒不如讓他早早地下地獄，我已經厭倦了與他虛與委蛇。」

楚攸看鳳仙兒，沒有責備。「我知曉妳是為我掃清障礙，可他不過是顆棋子，如今天家對這些事敏感著，咱們必須處處小心。還有四皇子，這三年來，他身邊已經死了四個助手了，他未必不會懷疑。」

鳳仙兒垂首。「是屬下魯莽。」

楚攸望向了已死的于大人，聲音沒有起伏。「下次不要再犯了，鳳仙兒，我們必須隱蔽起來，更好地藏住自己，才能最快地阻擊敵人，這點，我想妳早就該知曉了。」

「屬下明白。」

「明白就好，多餘的，我不想再說。我收到飛鴿傳書，季晚晴已經醒了，我倒是對江寧那邊好奇得緊，妳喬裝一下，去江寧吧。我要知道，到底是誰要殺季晚晴，殺季晚晴的人，很有可能就是為林家復仇的人。」

鳳仙兒一聽，眼睛一亮。「那屬下即刻啟程。」

「我要季晚晴活著。」楚攸補充。

鳳仙兒看他，有幾分不解，但他們都是忠心的，大人如何交代，他們便如何做。

「季晚晴與季秀寧關係極好，我們要想得到季家全力的幫助，總要付出些什麼；而且，我答應過季致遠，不會害季晚晴。季晚晴是有錯，不過三姊的死，委實與她無關。我們要得到季家的幫忙，倘若對季晚晴袖手旁觀，怕是這股助力便要失去了。」楚攸淡淡言道。

「可是總也不是我們下手的，我們可以幫助季家找到兇手，如此不是更拉攏季家嗎？」鳳仙兒問道。

楚攸冷笑出聲，他看著鳳仙兒，言道：「妳以為，季老夫人想不明白還是季秀寧想不明白？鳳仙兒，妳見過六年前的季秀寧，妳覺得，六年過去，她會毫無長進？小時候就那般有心計的一個小女孩，斷不可能越長越憨厚的。」

鳳仙兒想著當年寒山寺的相遇，心有戚戚焉。「大人說得對，想來也是，我自認為，並沒有露什麼馬腳，可她偏是認定了，我是您的人，甚至敢將那麼重要的消息透露給我。說起來，我們唯一一次的接觸也不過是那日我看到你們說話，可我自認為，自己那時的反應也是常人所為，她竟是就此就懷疑上了，如若不是她透過我傳遞消息，我怕是還覺得自己萬無一失。」

當年季家透過她將季致遠的書信內容傳遞給了大人，因著此事，大人不敢讓她繼續在江寧潛伏，轉而來到京城，鳳仙兒感慨萬分。

「內線透露，季晚晴出事之後季秀寧在研究滑翔翼，我想，她總不會閒來無事做這個，妳去了之後仔細些，我要知道，這事與瑞親王有沒有關係；還有就是，我要知道滑翔翼的製作方法。」楚攸交代。

鳳仙兒點頭。「屬下明白，不過如若真是機密，想來我並不那麼容易就能知道。」

楚攸逕自為自己倒了一杯茶，喝下，並未抬眼。「妳不必去，季秀寧這人看似隨和，戒心卻很強，這事內線會做，妳在周邊，分散注意力，我不希望內線被發現。」

「屬下明白。」

楚攸交代完一切，看一眼披頭散髮倒在地上已然死去的于大人，轉而看向了鳳仙兒，許久，露出幾分笑意。「或許，他還是有用的。」
鳳仙兒並不明白。
「將他弄到蔣尚書家的密室，我倒是想看看蔣友亮會如何做。」
鳳仙兒一怔，隨即應道：「是。」
交代清楚，楚攸起身離開。
鳳仙兒立時換了一身夜行衣，為于大人重新整理了一番，扛著屍體出門……

嬌嬌近來除了看望季晚晴便是研究滑翔翼，秀慧和秀美都跟在一旁。
「為什麼總是不能成功呢？」秀美嘆息。
嬌嬌抬頭笑。「我們會成功的。」
秀美撇嘴望向別處。
秀慧想了下，認真點頭。「嗯，我們會成功，會成功的。」她低低默唸，這個時候，倒是有幾分像十幾歲的小女孩了。
嬌嬌看著她道：「二姊姊，往日裡妳總是板著臉，一本正經的，看起來比大姊姊還老，如今甚好。」
這話說的，秀慧翻了一個白眼，狠狠地瞪了她一眼。「我怎麼老了？妳休要氣我。」
嬌嬌笑了出來，小小的梨渦若隱若現。
秀慧又瞪她一眼，這死丫頭。「妳比我還少年老成，妳好意思說我嗎？哪有小孩像妳這樣，自己頂奇怪的不說，還說別人顯老，小時候就是一個怪小孩。」

「二姊姊人身攻擊。」嬌嬌嘟囔。

秀慧才不理她，繼續問道：「秀寧，妳說為什麼總是飛不起來呢？哪裡有問題啊？怎麼一起飛就落地呢？」她也覺得秀寧這個設計是沒有問題的，但是卻偏偏不行，真是怎麼都想不通。

「材質。材質有問題，還有就是動力。」嬌嬌想到這裡，連忙低頭在圖紙上進行修改。

「妳這樣可以嗎？」秀慧看圖紙是有幾分明白的，但是她不明白秀寧標注在圖紙上的符號是什麼意思。其實倒不是嬌嬌防備別人，只是她習慣了用一些簡單易懂的約定俗成符號來標示，這樣看起來也簡單。

嬌嬌並沒有抬頭。「我覺得行，一會兒我們試驗一下，如果可以，就連夜做一個出來，我要去一個山坡上試飛。」

秀慧吃驚。「妳要親自試飛？不行，這太不安全了。」

嬌嬌也不多說，只簡單一句。「旁人有我這麼瞭解這樣東西嗎？」

一句話將秀慧噎住，不過秀慧看她如此，也是認真回應。「妳想都不要想，不光我不會同意，便是祖母、大伯母、母親也不會同意，太危險了，妳一個女孩子，也只有強身健體的那麼一丁點武藝，誰人能夠放心。」

「秀慧說得對。」

幾個女孩回頭，看到來人竟是老夫人，連忙請安。

「祖母怎麼過來了？」嬌嬌微笑仰頭看人。

老夫人瞪她。「如若我不過來，怕是還不知曉，妳要自己試驗。秀慧說得對，妳不合適。」

「祖母，我雖然不是武藝最好的，但是是最瞭解我自己做出來的東西，而且，我有這個能力，您該知道的。」看兩人還是不贊同的表情，嬌嬌失笑。「我還沒有做出來耶，更還沒有試驗成功，現在說這些都為時尚早吧？」

一時間，這屋內的氣氛倒是輕鬆了下來。

老夫人過來確實也正是要看嬌嬌的製作過程。

「這幾日我看妳沒有頭緒，想著能否幫上什麼，就過來看看；不過看妳剛才那模樣，我倒是放心了許多，這麼看來，秀寧還是對自己有信心的。」

嬌嬌俏皮地笑。「那是自然，祖母，您要相信我的能力；再說了，還有二姊姊從旁提點，雙劍合璧，所向無敵。」

秀慧擺手。「我可沒跟妳雙劍合璧，我這不是在學習嗎？秀寧，我倒是覺得，妳這個滑翔翼如果做好了，咱們可是不能隨意地告知出去。」

她想得頗多，老夫人讚賞地看了她一眼，這幾個小丫頭都聰慧極了，這點她倍感欣慰。

嬌嬌看一眼秀慧，又看老夫人，用腳在地上劃圈，清清脆脆地言道：「我倒是不這麼想。」

「哦？」

「匹夫無罪，懷璧其罪。」嬌嬌看著老夫人和秀慧，微笑。「越是藏著，越會引人窺視，於季家不利，如若成功，我們不僅不藏著、掖著，更要大力推廣，我們甚至可以將這些教給季英堂的孩子，咱們舉辦比賽，滑得好的可以得到禮賞。還記得當初楚攸曾經問起過我為什麼知曉滑翔翼的事嗎，那時我便說是根據父親的筆記，如今不也是契合了嗎？我就是要讓所有人都知道，這是根據我父親季致遠留下的手札製作的。」

老夫人沒有想過這一點，之前她與秀慧的想法一樣，覺得此事不宜聲張，可是今日看著一臉堅定闡述觀點的秀寧，老夫人低頭沈思起來。

「秀慧，妳是如何想的？」其實這個時候的老夫人已經有了自己的主意，不過她還是想聽一下秀慧的觀點。

自嬌嬌說完，秀慧就在沈思，見老夫人問她，咬唇。「三妹說得對，確實，如果藏起來固然比別人多一項技能，可是這也不見得是好事，天底下沒有不透風的牆，我們很容易得罪人，而且這也遠沒有比拿出來能夠得到更大的收益。將它拿出來還有一個好處，那便是季家會再次聲名大噪，我們自然不是為了那些虛名，可是如若備受關注，是不是那個對姑姑下手的人就會更加忌憚幾分？」

老夫人看兩個丫頭，欣慰地道：「妳們說得都對，那既然如此，此事便是如此定了。看來真是長江後浪推前浪，祖母老了，看事情難免過於局限，如若妳們覺得祖母哪裡做得不是很妥當，定然要說出來，這是為了大局。」

「祖母才不老，每個人的看法都不一樣，沒有誰對誰錯，誰過於局限，大家將自己的想法說出來互相討論，才能得到最對的方法，一人計短，兩人計長，說的便是如此。」

秀美看著兩個姊姊和祖母的交談，若有所思，也許，她真的是不如幾個姊姊吧？

嬌嬌找到了問題的所在，因此滑翔翼的研究更加事半功倍，不出兩日的工夫，她再次將滑翔翼製作好，這次看著成品，她很有信心，堅持要自己進行試驗。

老夫人對此事分外地重視，而幾人最終是拗不過嬌嬌，遂沒有阻攔她。

看著她輕便簡單的衣著，秀慧黑著臉問道：「妳啥時候做的衣服？」看樣子，這丫頭是早就如此打算好了啊，連衣服都準備好了。

嬌嬌笑容燦爛。

「前天和昨天，彩玉用了兩個晚上趕出來的。」

秀慧白了她一眼。

這次來郊外試飛，老夫人並沒有跟著，除了護衛，嬌嬌、秀慧另帶著秀美、子魚。本來這兩個小不點兒是沒有必要跟著的，但是看著這個奇怪的物件，又聽說可以飛，兩人都是躍躍欲試，好奇得不得了，老夫人拗不過他們，也只得讓兩人跟著。

嬌嬌前後抻（注）了幾下活動身子，自從上次「遇襲」，幾人便開始習武，自然，這女子習武與男子不同，她們不過是為了簡單的自保，再來便是強身健體了。

「妳幹麼？」

「我抻抻，活動下。」其實嬌嬌的身體柔軟性好，運動細胞也算發達，之前沒有穿越的時候她在警校的成績就頂好，如若不是家中一絲背景也無，她斷然不會被分到派出所成了一個小警員。

不只是季家幾人，便是這些護衛都對這奇怪的大東西好奇極了，他們並沒有見過有人使用，可是想到這個東西能飛，都保持著十二萬分的熱情。

如今這個社會還是男尊女卑，如若一般人家，自然會有不同的想法，可季家全然不同，季家的人都是受老夫人的恩惠長大，不僅如此，更是見識過老夫人的能力，如此一來，對於女子能幹這樣的理念，也並不覺得突兀，反而更多的是理所當然。

嬌嬌不曉得別人是如何做想，她活動之後便往四下裡看，最終找了一個很合適的地方進行助跑。

「姊姊，妳這個是什麼啊？妳幹麼要在身上背個包？」子魚對這一點還是不解的。

秀慧隱約猜到這個物件的作用，不過卻不明白如何使用。

秀美自然也是好奇，不過因著家中她與秀寧關係最為不好，她縱使好奇也不好意思詢問，當然，這分不好，只是她自己單方面地以為。

「這是一個降落傘，一旦我的滑翔翼有問題，這個最起碼能夠保證我的安全。」

「哦！」

一切準備就緒，眾人俱是站在不遠處看著嬌嬌。

嬌嬌深深地吸了一口氣，將自己身上的裝置按好，呼呼跑了起來……

「啊……姊姊真的飛起來了……」子魚震驚地大喊。

注：抻，即扯、或拉長之意。

不只是子魚，其他人也都震驚不已，誰人都想不到，這個看起來雖然有些怪的東西真的能飛起來，知道是一回事，可是親眼所見，又是另外一回事了。

嬌嬌騰空飛了起來，感覺到微風掃過自己，覺得有些不受控制，不過她也是個冷靜的性子，穩了穩心神，想著滑翔翼的操作原理，操作起來……

大抵真的算是比較有運動細胞吧，嬌嬌只用一會兒的工夫就已經能夠掌控滑翔翼，雖然不算熟練，但是掌控起來並不費勁。

看嬌嬌在半空中飛翔，子魚更是激動不已，不顧形象地大喊。「姊姊，姊姊，妳聽到我喊妳了嗎？」

嬌嬌聽到子魚隱隱約約的喊聲，揮手，子魚看見更加激動，拉著秀美叫。「姊姊最能幹了，姊姊超級能幹，對不對？」

秀美嚮往地望著天空，點頭贊同。

秀慧看秀美的樣子，勾了勾嘴角，雖然秀美看似最不喜歡秀寧，但是她也是單純的小姑娘，並非存心針對秀寧。

飛了許久，嬌嬌終於控制住自己的滑翔翼，穩步著陸，幾個人迅速地圍了上去。

「秀寧，我們成功了！」秀慧抿嘴，笑容大大的。

嬌嬌點頭，也很高興。「嗯，我再試驗幾次，如若沒有問題，就可以多做幾個了。」看一眼大家，嬌嬌笑言。「如若這個沒有安全方面的問題，以後大家都可以操作的。」

聽到這個消息，護衛們也很高興。

「祖母說過，等過些時日技術上更成熟了，會先在家中護衛裡挑合適的人選進行培訓，以後不管是滑翔翼還是滑翔傘，既然是父親的成果，那麼我們就不藏著、掖著，之後更會大力推廣。我已經迫不及待地想看季英堂的孩子們進行的滑翔翼比賽了呢！」嬌嬌笑咪咪地將先前她與老夫人商量好的結果輕描淡寫地說了出來。

聽到這一點，大家更是震驚，連子魚都微微張嘴，有些不解。可以讓他們操作都已經出乎所有人的意料之外了，誰人都沒有想到，主家並沒有打算將這技術隱藏，反而是要推廣。

這次跟來的侍衛頭領錯愕問道：「我們也可以學？」

嬌嬌理所當然地點頭。「自然是可以的啊。因著剛開始試驗唯恐還有些缺陷，我們並不敢大力推廣。你們護衛個個都武藝高強，遇到危險反應能力也強，自然是前期學習最適合的人選，不過不瞭解原理，操作起來未必順手，所以前期製作也是打算先安排你們測試的。」

雖然嬌嬌說到了危險，但是這些侍衛都不以為然，秀寧小姐一個女孩子都能身先士卒地操作，他們大男人如果還做不好，那可真是貽笑大方了。

眾人一時間熱血沸騰。

嬌嬌其實很善於鼓動大家的氣勢，如此一來，果然大家都更是興奮，一個個的摩拳擦掌，誓言要回去先做些功課，連子魚和秀美都是一副躍躍欲試的樣子。

秀慧看著嬌嬌秀麗的臉龐，又想著她狀似不經意，卻又實實在在地能夠收到效果的話，暗自豎起了大拇指。

秀寧的滑翔翼成功了。

這對季家來說果然是件大事，即便是不能在山谷深處查到有關瑞親王的事情，這滑翔翼本身也是一個創舉。

如今季家上上下下都知曉，秀寧小姐和秀慧小姐根據已故大少爺的手札做出了滑翔翼，而這個滑翔翼，是可以飛到天上的，不僅如此，他們也是一樣有機會可以學，這點如何能不使人興奮。

主屋。

老夫人看著兩個兒媳，笑言。「妳們覺得，這樣可好？」

大夫人和二夫人不知道老夫人是怎麼做下了這個決定，但是既然能夠回京城，總是離自己的親人近了些，兩人俱是點頭同意。

「我們自然是願意的。」

大夫人與二夫人算不得閨中密友，但是倒也是和和氣氣地不曾紅過臉，兩人難得地異口同聲。

老夫人笑了。「我先前也想過，如若回京，對幾個孩子也是好的。江寧是小地方，總是有許多的局限，往後子魚科考、幾個女孩許人，都是在京中更好些。」

二夫人贊同，如今秀雅、秀慧都大了，她不得不為孩子考量，畢竟，她沒有老夫人那個魄力，能夠忍著閒言碎語任由季晚晴蹉跎至今，她總是希望自己的女兒能夠早些嫁人，生活得如意些的。

「那母親覺得，什麼時候走比較好呢？」大夫人宋氏言道。

「等。」老夫人微笑。

呃？兩個兒媳都有幾分不解。

「兩個丫頭成功了，必然會有人關注，我們要在最合適的時間回京。我們可以不在乎那些虛名，但是孩子們都還小，我們不能不為他們考量。」

宋氏與薛氏聽了，認真點頭贊同，為母則強，提到孩子，兩人都分外地仔細認真。

其實兩人心裡何嘗不知曉，所謂季致遠留下的手札，根本是子虛烏有，真正的滑翔翼，完全是季秀寧一人鼓搗出來的，秀慧雖然幫了些小忙，但是也並不占主要因素；但是這樣的秘密，兩人便會將它永遠爛在心裡，絕對不會說出來。

也就在這個時候，兩人更覺得老夫人深謀遠慮，雖然他們收養秀寧的時候沒有想過這些，但是近日秀寧能為季家做的，遠遠超出了季家所有人。

「我們知曉了，不過如若真要搬回京城，也不是一朝一夕，先期總是要做許多準備的，免得過於匆忙。」宋氏言道。

老夫人點頭。「妳說得有道理，這事妳們暫時不須與他們多言，先期做些簡單的準備吧。」

「是。」

第三十四章

嬌嬌練習如何操作滑翔翼幾日後，決定去山谷一探究竟，除卻嬌嬌，還有四名護衛。

季家對外宣稱滑翔翼是幾個孩子依據季致遠留下的手札，好奇貪玩鼓搗出來的，但是實際的原因自是不能多講，此事總是不能見人的。

雖然試驗了許多次，但是在這高山上，嬌嬌還是有幾分緊張，這時便是體現出男子與女子的不同，幾個侍衛也經過了許多次的訓練，對於這次的探查，他們更多的是期待，若說緊張和害怕，倒是沒有多少。

山谷看似很深，雲霧繚繞，但是大體是因為特殊的地形和氣候的關係，實際下降過程中，嬌嬌感覺得到，這裡並非他們想像的那般。

幾人終是平穩降落。

「秀寧小姐，接下來如何？」

嬌嬌四下打量，這山谷氣候宜人、景色優美，初夏的深谷翠鳥啼鳴、露珠晶瑩，翠綠的葉子伴著清澈緩流的溪水，竟似人間仙境一般。嬌嬌不禁想到陶淵明筆下的桃花源，就是不知在這桃花源能否找到更多不為人知的秘密了。

「我們對這裡一無所知，雖不見得有危險，還是謹慎小心才好，我們還是一起行動吧，免得分散兵力，給了他人可乘之機，這樣更可以互相照應。」

「是。」

幾人往山澗深處而去……

山谷很小，幾人不多時便將山谷探查完畢。這山谷沒有什麼特別，只在深處有一處簡陋的小茅屋，屋子周圍被籬笆圍住，周圍種滿了花。

「有人嗎？」嬌嬌喊道。

並未有什麼回音，自然，嬌嬌也只是試探地喊了一聲，看這裡的狀態便知曉這裡並不會有人，如此也是以防萬一，大抵是武俠小說看多了，她總是覺得，會從裡面走出一個世外高人。

「秀寧小姐，這裡不似有人。」

嬌嬌點頭，推開了院子的門。先前有籬笆擋著，並不能看得真切，待推開門，幾人面面相覷，都有幾分不自在。從院門到茅屋，只有一條石子路，石子路的兩邊則全是墓碑，這小屋果然是詭異得緊。

嬌嬌也沒有想到會看到這樣的畫面，她往裡走去，細細地數著。

「二十三個墓碑。」侍衛言道。

嬌嬌點頭。

轉到正面，嬌嬌看這些墓碑。

林桐榆，林楚氏，林雨、林霜、林霧、林松林……

嬌嬌皺眉。「所有人都姓林。」

「小姐，林桐榆這人，似乎是二十年前赫赫有名的林將軍。」一名年長些的侍衛言道。

嬌嬌點頭，她曾經翻查過本朝的史書，知曉林桐榆這人，據說這位林將軍英勇善戰，是不可多得的將才，而林將軍的妹妹則是位列貴妃，不過林家最終卻被滿門抄斬，據說林將軍幫助林貴妃以巫蠱之術構陷皇后。

嬌嬌細細地查看一番，發現了一絲端倪，雖然這裡每一座墓碑都有人打掃過的痕跡，但是若說最特別的，當屬林雨的墓碑，很顯然，立碑的人對林雨最為特殊。

「小姐，還有一個無字碑。」

嬌嬌自然也是發現了。「似乎立碑的人並不重視這個無字碑。你看，這裡每個碑都被人打理過，唯有這個沒有，相比而言顯得陳舊……進屋看看。」

嬌嬌推開小屋的門，裡面乾乾淨淨，並無一人。嬌嬌的手劃過桌椅，唸道：「前些時日定然有人來過，所以這裡被人打掃得乾乾淨淨。」

再細細檢查，這裡布置得極似女子閨房，可是如若說有人住，又是斷然不可能，這裡並無任何餐具，可見，沒有人住在這裡，這裡更似一個緬懷之地……

將一切檢查完畢，嬌嬌沒有找到任何關於瑞親王的痕跡，反而有許多已故林將軍家人的墳墓，嬌嬌不禁有幾分不解。

她咬唇想了下，對著林桐榆的墓碑深深地三鞠躬。

「林將軍，對不起，打擾您安眠了，可是我真的必須將這一切調查清楚，我不能讓姑姑繼續生活在恐懼中，對不起。」言罷，嬌嬌看屬下。「將林將軍的墳，還有那座無字碑起開。」

幾人錯愕，不過隨即應道：「是。」

許久，嬌嬌嘆息，命眾人將一切平整好，眾人才離開。

除卻老夫人和徐達，旁人並不知曉嬌嬌此行的目的，而跟著嬌嬌的幾人都是季家的心腹，自然是不會將這件事說出去。

嬌嬌回來之後，馬上求見老夫人。

老夫人並沒有去山崖等待，反而是在家中佛堂誦經，聽聞嬌嬌回來，陳嬤嬤連忙告知老夫人，希望她儘早安心。老夫人並沒有什麼特殊的反應，彷彿這事不曾發生一般。

「秀寧見過祖母。」

老夫人聽到嬌嬌的聲音，這才將手中的佛珠放下，緩緩回身，看嬌嬌安然，她露出一絲笑容。「我便是知曉，妳定然會安然歸來。」

嬌嬌將老夫人扶起，彎了彎嘴角。「我自是不會拿自己的生命開玩笑。」

陳嬤嬤默默地退了出去。

嬌嬌見陳嬤嬤出去，認真言道：「祖母，山谷下面並沒有一絲瑞親王留下的痕跡，不過卻有更為奇怪的東西。」

「哦？」老夫人對這事也是十二萬分地上心。

「山谷下有一處小屋，院子裡俱是墓碑，而那房間不似有人居住，卻似是女子的閨房。」嬌嬌將現場情況說了出來。

「墓碑、女子閨房？」老夫人也是不解。

嬌嬌點頭。「我覺得，那個房間更像是在緬懷。如若說這個屋子的主人是瑞親王，那麼我覺得，這必然是瑞親王用來緬懷一個女子的，那個女子，應該就是林雨。我們在院子裡發現了二十三個墓碑，俱是二十年多年前的大將軍林桐榆的家人，這個林雨，想來就是林將軍的親人。」

老夫人聽到林桐榆這個名字，頓了一下，表情有幾分的難懂。

「祖母可是認識這位林將軍？」

老夫人嘆息一聲，點頭。「說起林將軍，與咱們家也算是有幾分的淵源。林將軍的夫人楚嫣然是我的朋友，那時我與相公做生意，偶然結識了當時楚知府的二女兒楚小姐，後來我們成了手帕交，再之後，她嫁進了京城，我們的接觸才逐漸少了起來。那時我們都有各自的家庭，分外地忙碌，也只是在逢年過節的時候傳遞些書信，見面機會卻是沒有的；誰想，他們林家竟然捲進了所謂的巫蠱案，滿門皆亡，我甚至來不及見她最後一面。」

「那當年的巫蠱案又究竟是怎麼回事呢？我看過史冊，只是簡單地提到了林將軍一家偕同林貴妃利用巫蠱害皇后娘娘，大抵只有如此，並未詳細記載。」

「這件事當年鬧得很大，林貴妃當時寵冠後宮，連皇后都不敢觸其逆鱗，一時間在後宮的地位是獨一無二的，甚至有人議論，她要取皇后而代之；可也就在林貴妃最鼎盛的時期，她被人揭發利用巫蠱算計皇后，之後各種各樣的證據便層出不窮。不管是歷朝歷代，在巫蠱這件事上，皇上都是深惡痛絕，詳細調查之下，竟說是林家幫助林貴妃做的，皇上一怒之下將林家悉數下獄。不過這事不知怎地就走漏了風聲，林家的四個孩子全都逃走了，妳提到的林雨，便是林家的大姊兒。刑部對林家抄家，結果卻找到了林家通敵的證據，也正是因此，林家被悉數斬首。當年之事真相究竟如何我並不知曉，不過我也曾經試圖調查，結果阻力太大，我們還險些被牽連，可見，當時是有人在阻止這件事的。」

聽到這一切，嬌嬌言道：「可林家的四個孩子並沒有逃掉，如若逃掉，不可能有一座林雨的墳地，我甚至隱隱有一種感覺，瑞親王是在紀念林雨。」

「林家有三個女孩，一個男孩，男孩子是最小的，四個孩子分別喚作林雨、林霜、林霧、林冰，妳看的墳地，可有這幾人？」

嬌嬌言道：「沒有林冰，林雨、林霜、林霧全都有，但是沒有林冰。」

老夫人沈思。「也許，谷底小院的主人不是瑞親王，而是林冰。」

嬌嬌搖頭。「不可能，如果是林冰，他沒有必要將房屋那麼布置，而且我覺得，他沒有這個能力。以當時林家的能力，就算是林冰逃了，他如何能夠將屍體帶走？林家是死刑犯，能將屍體帶走的人，非富即貴。當時林貴妃的兒子就是現在的八皇子吧，他那時也只是一個半大的孩子，根本沒有這樣的能力，而且林貴妃一樣被處死了，我不信皇上能不將他看顧起來。按照年紀算，一個十多歲的孩子，一個五、六歲的孩子，若說今日他們有這樣的能力還有可能，但是如果說是二十多年前，我覺得是不可能的，那墳地可不是近幾年才立的。」

「可是從來不曾聽聞，瑞親王與林雨有什麼關係，難不成，他們私下裡其實是有來往的？可這與瑞親王殺晚晴又有什麼關係呢？」老夫人也迷茫了。

「也許瑞親王殺姑姑與林家沒有關係，也不對，不可能沒有關係，姑姑是怎麼都不可能與瑞親王有交集的，看瑞親王那般重視林家，必然是不會饒了害了林家的人。」自己碎碎唸完，嬌嬌還是覺得怎麼也說不通。

老夫人也在想，但是卻不得要領。「這事竟是又牽扯到了二十多年前的案子，我真是越發地迷茫了……」

嬌嬌點頭，她也是如是想的。

「也許我們可以反著想，我們拋開瑞親王，單想姑姑遇刺這件事？如果不算瑞親王，單看與姑姑有仇的人，祖母，您覺得會是誰？」

老夫人轉著佛珠，想不到。「晚晴的性子雖然算不得很好，但是也不是那種讓人恨之要除掉的人，她沒有壞心，甚至連壞事都沒有做過，誰會與她有這麼大的仇……」

老夫人突然停下了話音，看嬌嬌。「也不是全然沒有。」

嬌嬌連忙問道：「祖母可是想到什麼了？」

老夫人皺眉，有幾分不解，不過還是據實以告。「虞夢。如果說晚晴做過什麼錯事，那便是當初與元浩串通騙公主，結果害得虞夢自盡。」

「可是瑞親王沒有理由替虞夢報仇啊？如若說要替虞夢報仇，怕是心儀虞夢的楚攸更像是那個人選。」

提到虞夢和楚攸，嬌嬌電光石火間想到了那日在寒山寺的一幕，想到了楚攸提到虞夢時話中的冰冷，還有那分情誼。當時，晚晴姑姑說，楚攸喜歡虞夢，嬌嬌也是以為如此，可是，事實真的是那樣嗎？楚攸，林冰，還有相似的年紀，嬌嬌突然有一個大膽的設想，一個她自己都不敢相信的揣測。

「祖、祖母，您說林冰今年該是多大？」她語氣甚至有些顫抖。

老夫人嘆息搖頭。「如果他活著，想來也該二十有八了。」

「那麼他只叫林冰嗎？沒有其他的字？像是父親季致遠，字循。那林冰呢？他有沒有這樣的名字？」

「確實是有的，林冰字攸之，林冰、林攸之。」

嬌嬌瞬間坐下，呆滯。

「秀寧，怎麼了？妳可是發現了什麼？妳……」老夫人說到一半，自己也呆住了，聯想這幾個問題，她不可置信地看嬌嬌。

「妳、妳可是揣測……」她語氣艱澀。

嬌嬌看她，點頭。「如果，楚攸是林冰呢？林冰的母親姓楚，字攸之，所以他叫楚攸。祖母，您說，如果楚攸是林冰呢？所以楚攸憎恨姑姑，因為虞夢也是他的親人，如果虞夢是他逃走的三個姊姊中的一個呢？」

老夫人想都不敢想，看嬌嬌。「那麼，晚晴這次的事還是楚攸為之？晚晴為楚攸說謊？」

一時間，兩人都靜了下來。

這其中種種的可能性都讓人不寒而慄。

過了許久，老夫人緩過神來。「不對，不會是楚攸，晚晴是我生的，她如若撒謊，我必然看得出來。她沒有撒謊，而且她對瑞親王的懼怕是看得出來的，這點毋庸置疑。」

嬌嬌沒有說話，反而是找出了紙筆，將所有人、所有事串成了一條線，不斷地推演。老夫人看她寫寫畫畫，心裡也在沈思。

畫了半天，嬌嬌看老夫人。「如果說，瑞親王和楚攸互相之間不知道彼此的身分，那麼這件事便說得通了，而且，我覺得這也是極有可能的。」

「妳說說。」

「我們假設二十年多年前林家是被陷害的，而瑞親王也與林雨互相愛慕，那麼許多事情都解釋得通。林家通過瑞親王提前知道了消息，四個孩子俱是被林桐榆送走，可是大抵是因為軍人的風骨，他自己並沒有離開，之後那個陷害林家的人，對林家的幾個孩子進行了狙殺。之後林家也被滿門抄斬，瑞親王救不了林家的人，但是卻替他們收了屍，並且放在了最適合隱藏的山谷底。林家的四個孩子並沒有逃過狙殺，林雨、林霜應該也在當年便死了，這就是她們的墳與林桐榆的墳相似新舊的原因，可是林霧和林冰沒有。

「我假設，他們倆是真的逃掉了，林霧失憶成了虞夢，林冰逃走乞討到江寧，成了楚攸。那麼這一切，是不是都說得通了呢？林霧的墳很新，那是因為，她是虞夢，是自殺死掉的虞夢，瑞親王最終找到了她，即便是她成了一堆白骨，瑞親王依舊是將屍骨挖走埋到了她父母的身邊。這是瑞親王能為林雨做的事，他要為林雨的妹妹報仇，所以他來殺姑姑。」

「那楚攸呢？」

「楚攸逃掉了，我假設，他不知道什麼時候知曉了虞夢的身世，但是絕對不會早，大抵是在虞夢死之前沒多久，所以他恨晚晴姑姑；而瑞親王則是這兩年才知道的這一點，他不能手刃那些害死林家的人，但是他卻可以慢慢復仇。按照正常原理，他若是不打算放過任何人，必然要從最不重要的周邊開始，這樣別人才不會太過防範。

「瑞親王與四皇子交好，說不定便是打入仇人內部，畢竟當年的事四皇子受益最多。楚攸不知道他是故意為之，以為他是四皇子黨，所以針對瑞親王，而瑞親王也並不知曉楚攸的身世，楚攸幫助八皇子，對於瑞親王來說，正是因為八皇子的母親林貴妃，林家才被滅門，所以八皇子一黨也該死。基於這樣的陰差陽錯，他們相互爭鬥。祖母，您說我分析得有沒有道理？」

老夫人錯愕地看著嬌嬌，半天沒有緩過來。

看著嬌嬌，老夫人十分感慨，不過她竟是覺得，嬌嬌這樣的推斷有極大的可能性是說得通的。想到此，她認真言道：「若是這般，那瑞親王不是更該殺二公主嗎？」

「那祖母又怎麼知道，二公主沒有出事呢？」嬌嬌反問。

雖然嬌嬌沒有任何的真憑實據，但是她的所有懷疑都是清晰有條理的，老夫人嘆息。

「如若真是這樣，楚攸倒是故人之後。」

「祖母，山谷之事，就讓它隨風而逝吧，我們暫且不要提此事好了，至於去山谷探查這事也沒有旁人知曉，我們且裝作什麼都不知道得好。至於說瑞親王，我雖只見過他一次，但是總是覺得，這人並不是看起來那般有心計，也許，他背後另有高人。不過不管如何，咱們小心地守好姑姑，如若可以，我們倒是可以和瑞親王接觸下。我想，只消送他一張書寫『林雨』兩字的字條，大抵就夠他忙活一段時間了。」

老夫人點頭。

「行了，妳也累了，回去好好休息，今天得到的訊息太多了，我也要好好消化一下。」

嬌嬌告退出門。

日子過得極快，不過轉眼間便是半個多月過去，這段日子季晚晴恢復得很好，嬌嬌這段日子也忙碌得緊，季家的滑翔翼課程已經開始在侍衛中授課，嬌嬌與秀慧俱是明瞭，兩人分成上午、下午授課，一時間人人熱火朝天。

嬌嬌知曉老夫人的打算，既然要早些回京，那麼這滑翔翼的事便是該迅速地普及，這是為他們回京積蓄資本，並非財富上的資本，而是名聲。

覬覦季家的人很多，鳳仙兒已然來到了江寧，不想卻碰到這樣的結果，真心不知該如何繼續下去，當然，這個時候她也更加感慨季家的深謀遠慮，許是初知道這個消息時她會覺得季家的人傻，將秘密說了出來；可是又一轉念，明白過來，樹大招風，季家這麼做也是明智的。

嬌嬌帶眾人來郊外試飛，子魚也在其中，他對此極為熱衷。

雖然是將這滑翔翼的秘密說了出去，但是嬌嬌卻將動力調小了，這樣一來既安全且不會有那麼大的衝擊力，大家也不會去危險的高山峻嶺試驗，她並不希望罔顧性命，另外，這樣也不會有人發現山谷的秘密。

「大家一定要穩住精神，其實這個滑翔翼是如何做出來的你們都該清楚原理，既然知曉，便無須害怕。」嬌嬌一身灰色裙裝，極為普通，就如同尋常人家的少女，不過臉上的神采卻是他人模仿不出的。

周圍有不少的人圍觀，不過嬌嬌不以為意，她本就沒想太過藏著，不管什麼事都是一樣，越是藏著、掖著，大家越是好奇，如若是讓人看明白了是怎麼回事，想來也便是不當一回事了。

經過一陣助跑，眾人俱是起飛，周圍圍觀的人群發出一陣歡呼聲，嬌嬌微笑背手站在那裡靜靜地望著，只是笑，並不似旁人那般激動。

「小姑娘，這東西是妳研究出來的？」一名衣著華麗的老者與嬌嬌搭話。

先前的時候嬌嬌便是注意到了此人，江南富庶，衣著華麗並沒有什麼特殊，然嬌嬌卻總是覺得，此人氣質極為不同，而他身邊的兩人也不似尋常人。

嬌嬌不卑不亢地回道：「這並非我研究的，是家父，我不過是將它做出來而已。」

老者摸著鬍鬚微笑。「小姑娘謙虛了，將文字落實到實際面，也並非易事，不過這等機密之事不暗中進行卻宣之於大庭廣眾，可見妳家人之豁達。」

嬌嬌細細地打量這老者，認真言道：「父親既然將此寫出，那便是希望能夠發揚開來，也希望大家都能在其中找到一絲的樂趣。如今他已然不在了，我們做小輩的，自然要秉承他的遺願。」

老者點頭，似乎心有戚戚焉。

「確實如此。我是外鄉人，來此做生意，倒是碰到這樣有趣的事情，不知道小姑娘能不能讓我也試試？」老者躍躍欲試。

嬌嬌堅定地搖頭。

「呃？」老者挑眉。

嬌嬌解釋。「不是我要藏著、掖著，只是您年紀太大了，不明白其中原理又沒有經過練習，很容易受傷的。您不是年輕人摔一下沒什麼，如若是有個好歹，無須您兒女來找我，我自己便是要無地自容了，這萬萬不可。」

「妳這丫頭，倒是實在。」老者不見惱怒，反而越發高興。「如若我有了什麼事，便把妳自己配給我做兒媳婦，妳看如何？」

嬌嬌笑言。「多謝您的好意，不過我想，我的年紀，做您兒媳婦不合適吧？再說了，父母之命，媒妁之言，這又如何是我一個人做得了主的？您這樣說，我可更不敢讓您試了。」

兩人說話的間隙，幾人已然降落。

嬌嬌見子魚降落地並不穩，連忙指揮。「子魚，你拉左邊的制動，慢些，穩點，平穩降落……」

子魚聽了嬌嬌的話，果然好了許多。

老者在一旁看得饒有興致。

「你們季家倒是有趣，一點也不在乎女子拋頭露面。」

嬌嬌回頭，巧笑嫣然。「我們又不是出來丟人，只是做該做的事，更是完成家父的願望，這又有何不可呢？人活一世，無須事事都拘於世俗的，只要對了，無愧於心，那便是好事，旁的閒言碎語或是其他，終有一日都會消寂。人們或許會一時看不清，但是隨著時間的流逝，大家定會知曉孰是孰非，不是說了嗎？時間是檢驗真理的唯一標準。」

「說得好。」老者讚賞。

「季秀寧，季家三小姐，我記住妳了。季老夫人果然是個能人，雖然失去了很多，但是她卻仍是將季家的幾個小輩教養得很好，從一個小孤女到今日的季秀寧，我真是開了眼界。」

嬌嬌微微顰眉看老者，欲言又止。

「姊姊……有事？」子魚跑了過來，他如今已然比嬌嬌高了一些。他眼神狐疑地上下打量老者，生怕老者欺負他姊姊。

「沒事，這位伯伯也想試試滑翔翼呢。」

子魚聽了這話，認真地看老者。「伯伯，不行哦，這樣很不安全的，我這麼年輕都練了許久，您年紀大了，很容易出事的。」

老者身邊的兩人俱是黑了臉，這季家怎麼著就斷定他們主子歲數大容易出事呢！

老者微笑著譏嘲道：「可是你年輕，我也沒看你操作得多好啊。可見，這操作滑翔翼與年紀大小沒有關係。」

子魚臉紅，低聲辯解。「那是因為、因為我笨啊！姊姊第一次試的時候就飛得很好的，還是年輕比較適合。祖母都不肯來試，您比祖母還老，更不行吧？」

這孩子也太實誠了。聽他此言，老者怔了一下，隨即哈哈大笑。

「說起來，你與當年人人稱道的狀元爺季致遠倒是不太像，相比之下，季秀寧小姐倒是更加肖似季致遠。」

「伯伯認識我父親？」子魚有幾分吃驚。

老者點頭。「當初有過接觸，季小公子倒是個豁達的性子。」

「既然是家父的朋友，還望伯伯改日來季家做客。」子魚言道。

老者看著這姊弟倆，不置可否，望了一下已經準備第二次試飛的幾人，言道：「有機會，會的。」

接著並沒有再多說什麼，老者不再開口。

嬌嬌與子魚見狀，也施了個禮，忙自己的事情。

老者看嬌嬌認真地講解操作的要點，自言自語。「季家真是出人才。」

老者身邊年紀略大些的男子聲音有些尖細。「如若季老夫人在朝為官，不見得會比男子差，隻身在後宅，所以這眼光才略有局限。」

老者微笑搖頭。「如若真有局限，她就不會將季致遠的設計說出來。來喜啊，這並非是她的局限，恰恰是她的高明。」

被喚作來喜的男子也怔了一下，隨即細細想了想，點頭。「主子英明，果然是如此的，倒是來喜一葉障目了，原來她講究的，是這一點。」

老者似有深意的微笑。「這就是女子與男子的不同，女子更側重家庭，季老夫人不想懷璧其罪，又想為幾個小輩鋪路，所以她選擇了將此事說出，不過……」

老者遠遠地望著嬌嬌與季子魚，認真言道：「其實即便是她不鋪路，這個季秀寧也不是簡單的人。這江寧人人都言道季老夫人對一個小養女比對親孫子、親孫女兒都好，今日看了，你還有什麼不明白？不管是之前她就是這樣的性子，還是被老夫人教養成了這樣，抑或者是兩者皆有，可是現在的季秀寧絕對不是個簡單的小丫頭。」

來喜點頭。「正是如此的，不過這老夫人也是個奇人，如若說季家只季秀寧一人這樣，那可能是自己的原因；可您瞅著，當年的兩位狀元爺，至今未嫁的季三小姐，還有今日的季秀寧，傳聞裡一樣聰敏的季秀慧，咱家可不覺得，這是偶然。」

「季家都是聰明人，可走到今日恰恰也是因為過於聰明，太過鋒芒畢露，不過，以後怎樣，還真是未可知，時間是檢驗真理的唯一標準，來喜，你覺得，這話耳熟不？」

來喜想了下，回道：「是小世子說過？」

老者笑言：「算起來，季秀寧還該叫他一聲舅舅。可盈那丫頭嫁進了季家，倒是與自家疏遠了，如若真是論起來，季秀寧、季子魚也該叫我一聲伯公的。」

「可不正是嘛！」

「我可從不認為，那混小子會說出什麼富有哲理的話，走吧，咱們去四處瞅瞅。」

「是。」

嬌嬌看著三人遠去的背影，心裡若有所思。

「姊姊怎麼又發呆？」

嬌嬌看子魚，低聲道：「也許，有些事真的要變了。」

「呃，什麼？」子魚不解。

嬌嬌倒是沒有解釋，只是看他。「你管那些作甚，再練習一次，之後我們就要回去了。」

「啊，這麼快啊……」子魚癟嘴，垮下了一張臉。

嬌嬌拍了拍他的肩膀。「你出門的時候是怎麼保證的來著？子魚，你都十一了，不是一歲吧？難不成還想不承認？」

「我哪有，姊姊最是喜歡欺負我。」子魚嘟唇，有幾分孩子氣。

在這個時代，十一歲已經算是少年了，許多人更是要承擔起家裡的責任，可是在嬌嬌看來，十一歲，其實只是一個小孩子的年紀，這個年紀正該是恣意玩耍的時候，大抵上，這便是時代的局限吧。正是因為有老夫人的教養，她秉承了現代人的思維，所以才並沒有苛刻地要求子魚如何。

不然的話，季家如此情形，子魚大抵早早地便要擔起家裡的責任的，哪會像今日這般，還是個孩子性子，雖然稚嫩，但是卻活得快樂。

「快點吧，我們一會兒回去。」

第三十五章

不多時，眾人回到了季家，不過剛走到大門口，便感覺出有幾分的異樣。

嬌嬌詢問門房。「家裡來客人了？」按理說，那人不該來這麼早啊？

門房臉上透著喜氣。「回小三小姐，正是呢，縣裡有名的朱媒婆過來了。」

「哦？」嬌嬌有幾分驚訝，不過她也並沒有多打探，連忙進門。

待回到自己的房間，就見彩玉正在和鈴蘭說話。

「見過小姐。」

嬌嬌點頭，鈴蘭連忙為小姐倒了一杯茶。「小姐累壞了吧？」

「也沒什麼，朱媒婆是誰？」她好奇問道。

鈴蘭對家中八卦知之甚詳，連忙回道：「朱媒婆可是咱們縣有名的官媒，經她手促成的姻緣，可都是名門大戶，而且還沒聽過哪家不圓滿呢。因此大家都喜找她。她這次過來，是奔著秀雅小姐呢。」

嬌嬌將手中的茶杯放下，問道：「那妳可知她是為哪家過來說項？」

「是吳大人家公子，吳縣令家的大公子吳子玉。」

「吳子玉？」嬌嬌重複唸著，竟然是他？

「小姐知道這人？」

「聽聞過，朱媒婆過來多久了？」

鈴蘭臉上閃著八卦的亮光。「有段時辰了呢，一直在主屋和老夫人敘話，大夫人、二夫人都在的。」

「秀寧在嗎？」外面傳來清潤的問話。

嬌嬌一聽便知是秀慧。「是二姊姊吧，快進來，我剛回來呢。」連忙示意彩玉去開門。

秀慧進門，見嬌嬌衣服還沒換，言道：「看來倒是我來早了。」

嬌嬌笑著回道：「有什麼早不早的，我倒是覺得，姊姊來的正是時候呢。我這衣服不換也沒什麼，不是一樣的好看嗎？」

秀慧逕自坐下，言道：「妳的品味真是異於常人，我倒是沒有見過，女孩子稀罕那些灰撲撲的顏色，唯妳一個。」

「這樣才能顯出我的獨一無二啊。」嬌嬌玩笑道。如若是旁人，她斷不會這麼說，可是秀慧倒是無妨的。

很顯然，秀慧沒有與她開玩笑的心思，擺了擺手。「妳們都下去吧。」

幾個婢女應聲出門。

見秀慧這分認真，嬌嬌明白過來。「二姊姊可是有重要的事？」

秀慧皺眉。「想來妳也知道了，朱媒婆來了。」

「那又如何？」

「吳家家風不好，大姊姊如果嫁過去，是要受罪的。」秀慧難得地憂愁。

嬌嬌眼光微閃。「祖母不喜歡吳家，不見得會將大姊姊嫁過去。」

不管是嬌嬌還是秀慧，她們其實都知道，吳子玉的家境並不適合他們家。

兩個小丫頭俱是有些擔憂，不過這時鈴蘭倒是在門口稟報。「二小姐、三小姐，彩蘭姊姊來了，說老夫人請妳們過去呢。」

兩人面面相覷，起身。

待來到主屋，見家中長輩都在，而很顯然地，朱媒婆已然離開。

「幾個丫頭都來了，坐吧。」

嬌嬌看一眼秀雅，發現她眉目間有一分的喜悅。

「想來妳們也都知曉了，剛才朱媒婆過來了，她這次前來，是為妳姊姊說媒。」

嬌嬌挑眉，繼續聽著。

老夫人看了看三個丫頭，轉向秀雅。「秀雅，妳是大姊兒，妳來說說吧，妳怎麼想的，對吳家公子，妳可是有什麼意見？」

秀雅抬頭看老夫人，臉上的紅暈更深，囁嚅下嘴角，開口。「一切但憑祖母作主。」倒是不似以往的性子，小女兒氣十足。

老夫人盯著秀雅，言道：「雖說這事是我們作主，但是終究關乎著妳的終身幸福，也不能完全都是我們作主，我們總是要聽一些妳的意見的。」

秀雅聽了，有些迷茫，不過還是很快明白了老夫人的心思。

「祖母……覺得吳家不合適？」雖如是說，但秀雅的表情卻不似起初那般的喜悅。

老夫人垂首。「秀雅，妳也是個靈透的孩子，妳覺得，吳家如何？」

秀雅咬唇。「吳家確實不太合適，不過……不過吳公子是吳公子，吳家是吳家，並非吳家齷齪，吳公子的為人就一定不好；秀雅也曾經見過吳公子幾次，覺得他與他父親並不一樣，吳公子其實也是一個可憐人。」她難得地為自己爭取。

老夫人看秀雅如是說，知曉了她的心思。哪個少女不懷春，縱然秀雅識大體，可她終究也是個女孩，總要有個歸宿，如若這個人是她喜歡的，那麼老夫人如何能夠阻攔得下去？

畢竟，就如同秀雅所言，吳家是不好，但是吳家不好，吳子玉就一定不好嗎？吳子玉在外人面前溫和，在秀雅面前未必就一定會偽裝，正是基於這樣的原因，老夫人真是說不出確實拒絕的話來。

「大姊，之前在寒山寺妳與唐婉茹交惡過，他們不會對妳好的，如果妳嫁過去，一定會難上加難。」秀慧實話實說。

二夫人嘆息一聲，喝斥秀慧。「大人說話，妳少插嘴，這裡無妳的事，妳帶著秀寧先出去吧。」其實二夫人又何嘗不知曉這吳家是什麼樣的人家，可是她與老夫人一樣，還是想聽聽秀雅的意見。小小年紀便要操持家務，這樣的艱難，旁人無從知曉，秀雅更不是秀慧與秀寧，本身天資聰穎，處理事情遊刃有餘，她要付出的努力，更多。

秀慧被喝斥了，看老夫人。

老夫人擺手。「本想著叫妳們來一起商討一番，不過現在看著，妳們倆還真是孩子，出去吧。」

兩人對視一眼，出門。

秀慧緊緊地鎖著眉，她性子直，看不慣的事總想著說出來，倒是與小時候有幾分不同了，小時候是冰冷的沈默寡言，現如今則是毒舌敢言了。

嬌嬌大體也瞭解老夫人和二夫人的感覺。

「姊姊，咱們也別想太多了，祖母她們吃過的鹽比我們走過的路還多，她們最終會做出自認為最好的決定的，也許不是最理智的，但是卻一定會是對大姊姊最好的。」

秀慧嘆息。「他們原本為何不來？還不是看咱們家研究出了滑翔翼，他們想著有利可圖。」

「二姊姊，妳覺得大姊是很容易被人欺負的小可憐兒嗎？」嬌嬌問道。

「自然不是。」秀慧搖頭。

「那便是了。大姊姊處理家中事務多年，在本質上，其實是比我們理智周全多了的，這些我們能想到的道理，大姊姊一樣也是想得到的。」嬌嬌勸慰秀慧的同時也是在提醒自己。

「煩！我不和妳說了，我要回去好好想想。」秀慧煩悶，不想再說下去，與嬌嬌告別，逕自離開。

嬌嬌看秀慧的身影，笑著搖了搖頭。

她坐在院子裡的亭子裡，一個人沈思。「但願所有的決定，不會讓大家真的後悔。」

「什麼後悔？姊姊，妳幹麼一人坐這兒，可是無趣了？」子魚從背後霍地上前，倒是嚇了嬌嬌一跳。

嬌嬌拍著胸口，嗔道：「子魚都是少年了，也算得上是大人，這樣嚇唬人可不好。」

子魚笑著坐到嬌嬌的對面。「我哪裡是成心嚇唬姊姊，只是姊姊不知神遊到何處，才被我嚇了一跳吧？」

嬌嬌歪頭。「你若不是成心嚇我，為何要從後面出現且輕手輕腳？」

「姊姊最會強辯。」

「哪有。」

「對了姊姊，今天妳幹麼一直看那個伯伯啊？」子魚問道。他或許不會在乎那個老伯，但是他在乎嬌嬌，所以嬌嬌的反常他還是看出來了。

嬌嬌有些訝然子魚的問話，子魚才十一歲，往日裡也多是大剌剌，她倒是不想，子魚竟然能注意到這一點。

「那你說說，那個伯伯怎麼回事？」嬌嬌故意問，她想知道子魚是否注意到這一點。

子魚想了下，看嬌嬌。「好像也沒有什麼特別的，不過是衣著華麗些，大抵是有錢的人家吧。呃，對，他還認識父親。」

這些都是老者說出來的，也沒有什麼特別之處。

嬌嬌知曉，子魚必然不是看出了老者的不妥，而只是關心她。

「嗯，不管是什麼樣的人，衣著華麗還是落魄，既然是老者，我們便要客氣些、友善些，尊老愛幼的品質不是空泛地說說而已。」

子魚聽了點頭，認真言道：「姊姊放心，我做得到，我雖然不聰明，但是我會好好表現的，先生教過的，我都記得。」

「誰說子魚不聰明的？你莫要聽別人胡說，照我看，子魚是季家最聰明的人。知足常樂，隨遇而安，簡單幸福，大智若愚，你看，子魚有這麼多美好的品質，又這麼豁達，自然是季家最聰明的人。」嬌嬌笑言。

子魚紅了臉，撓頭。「我哪有姊姊說得那麼好。」

「在姊姊心裡，子魚是最好的，姊姊永遠都記得咱們倆一起逃命的那兩天。」如果沒有遇見子魚，她這一輩子都不見得會碰到老夫人，更不會知曉自己的身世，找到自己的姨母。如今她擁有了親情，擁有了富足的生活，這一切，都是從遇到子魚開始。

雖然人人都言道子魚並不聰明，可是嬌嬌知曉，這分聰明與否，是與他父親季致遠比，也是與她一個白白多了二十年且穿越過的作弊者比，更是與天資聰慧的季秀慧比；可是如若沒有這些人呢？他是否還是那個不聰明的季子魚？也許，不是的。

他的努力大家看得見，他的認真大家也看得見。

子魚拉著嬌嬌的手。「我也永遠記得，永遠記得姊姊對我的好，如果沒有姊姊，現在子魚恐怕還不知是死是活。」

「不准這樣說。好啦，都是姊姊不好，提那些幹什麼，平白地惹人傷感。」

兩姊弟不說這個反而說起了今天的趣事，子魚學得維妙維肖，逗得嬌嬌笑意盈盈。

待大夫人幾人出門，就看到這姊弟倆相談甚歡的模樣。

大夫人見兩人這般模樣，眼神微閃，不過也並未說什麼。

陳嬤嬤看嬌嬌在外面，小碎步過來。「秀寧小姐在這兒呢，我正要去您屋裡呢，老夫人請您過去敘話。」

「祖母也太偏心姊姊了，總是只找姊姊。」子魚嘟囔，不過也只是開玩笑罷了。

大夫人橫他一眼，喊他過去。

嬌嬌看出秀雅眼眶有些微紅，想來她是哭過，心中嘆息，可是卻並不多言，也不知曉，老夫人她們究竟是如何決定，難道她判斷錯了？

敲門進入，老夫人正在等她。

「秀寧見過祖母。」

老夫人本是閉目養神，聽到她的聲音睜開了眼。

嬌嬌見老夫人極為疲憊，想來也是經過了一番內心的煎熬。

嬌嬌上前為她揉肩。「祖母可是放鬆些了？」

「秀寧最是善解人意。」

嬌嬌並沒有停下手中的動作，淡淡地開口。「大姊姊婚配的事暫且放一放，有件更重要的事，秀寧要稟了祖母。」

「呃？」

「皇上來江寧了。」

「妳、妳、妳說什麼？」老夫人震驚地看嬌嬌，半天沒有緩過來。

畢竟她穿越久了，對皇權、皇帝的印象是比嬌嬌重許多的。她萬萬沒有想到，嬌嬌竟然說出這個驚人的消息。

嬌嬌握著老夫人的手，認真言道：「我說，皇上來江寧了，我和子魚今天已經見到了他。」

老夫人終於回過心神。「妳怎麼知道？會是真的嗎？我在這個朝代也待了幾十年了，從來不曾聽聞皇帝出巡過，他真的會來江寧微服私訪？」

「祖母不相信我嗎？這是千真萬確的，雖然他隱藏得很好，但是其實還是很顯而易見；我想，這天底下沒有第二個人會配戴代表皇上身分的龍形玉珮了，當然，除此之外還有許多其他的特徵。」

老夫人自然是相信嬌嬌的，她不過是太過震驚而已。

喘了一口氣，她定下心神。「也許，這真的是一個千載難逢的好機會。」

嬌嬌覺得這是個機會，老夫人自然是知曉的，不過兩人也不是盲目之人。

「雖然是個機會，但是不見得我們把握了就是幸事。」老夫人言道。

「那祖母覺得，如何是好？」若是太過表現，倒是顯得欲蓋彌彰，可如果不抓住這次的機會，嬌嬌真是覺得可惜極了。她說不好自己要抓住這樣的機會做什麼，可是她又覺得，只有擁有得更多，季家才能更安全、更好！

老夫人沈吟半晌，看嬌嬌。「什麼也不做。」

呃？這下子換嬌嬌不解了。

老夫人笑著摸了摸她的頭。「我們做得多了，難保皇上不會生疑，咱們不能用現代的思維想現在的事情，這裡畢竟是一個我們所不熟知的王朝，妳還記得自己在山谷見到的嗎？還記得史書的記載嗎？林家與皇上那樣親密的關係，最終都落得那樣的下場，咱們如若靠得太近，讓他察覺出咱們的心思，難保皇上不會反感。」

婚婚聽了老夫人的話，點頭，不過也感慨。「也不知道他究竟有沒有親情，有沒有可以信任的人。」

老夫人失笑。「這又與我們有什麼關係呢？我倒是很好奇，他來江寧的原因。」

對於這一點，嬌嬌也是好奇的。

「我也在猜想，不過不得要領，總不會是為了我們鼓搗出來的這個滑翔翼吧？」許是因為與老夫人在一起，嬌嬌說話也不顧及那些了。

「不管是為什麼，我們都暫且別表現得太過特殊，就按照往日的進度繼續好了，我們根本不知曉皇帝來江寧了，這樣不是很好嗎？秀寧，我們不能因為他來了江寧，就更加地急功近利，還是按照我們原有的計劃來吧。」老夫人思來想去，將心比心，如若她是一個帝王，她也在揣測自己想要什麼樣的人、厭惡什麼樣的人。

嬌嬌點頭，不過也有些遺憾和疑惑。「知道了，總覺得這個機會不用可惜了。再說了，祖母剛才明明也說，這是一個千載難逢的好機會，既然是機會，又什麼都不做，不是很矛盾嗎？」

「並不矛盾。什麼都不做，循規蹈矩，按部就班，就是把握住了這次的機會，妳這丫頭，怎麼聰明一世，糊塗一時了，妳且好好想想。」

嬌嬌歪頭，想了好一會兒，明白過來，嘿嘿地笑。

「對了祖母，剛才母親看我的眼神有幾分奇怪呢，可是有什麼事？」

老夫人一怔，認真打量了一下嬌嬌，嘆息道：「可盈其實是希望與妳解除關係的。」

「呃？」嬌嬌震驚。

老夫人拉她。「妳也別太過震驚，她不是不喜歡妳，相反，正是因為她喜歡妳，才提出了這一點。」

「為什麼啊？」嬌嬌呆呆地開口。

難得看她這麼矬的樣子，老夫人竟然還有閒心笑了出來。這件事，想來真是有趣啊，她自己都想不到，可盈會有這樣的想法，當真是不拘泥於世俗的。

「這不是談到你們這些孩子的婚配了嗎？妳母親希望，能夠與妳解除收養的關係，將妳許給子魚。」

「什麼?!」嬌嬌震驚地站了起來，結結巴巴。「這、這、這是咋回事啊……」

老夫人笑了出來。「好了好了，妳快坐下吧，這麼震驚又是為了哪般。說起可盈這個孩子，倒是有幾分真性情，她說，她不在乎自家兒媳的身分，只希望子魚過得快活，大抵上，這世上不會再有另外一個姑娘能如妳這般地包容子魚、照顧子魚、對子魚好了。所以，她很希望妳能成為她的兒媳。」

「可是我是子魚的表姨啊！」雖然這個身體不是，但是在骨子裡，確實是的。

「妳急什麼，我自然是知曉的，我已經拒絕了，妳放心便是，可盈是個明白道理的，她不會亂來。且不說子魚年紀還小，單看現實，妳的名牌已然入了宗祠，如若現在遷出嫁給子魚，這又算是怎麼回事呢？外人會如何地想我季家？季家向來光明磊落，我不會讓這樣的事發生的；再說，咱們誰都不能肯定，將來子魚會不會遇見一個對他更好的人，那個與他琴瑟和鳴、互相戀慕的人。」

「是呢是呢！」嬌嬌忙不迭地點頭。

「看妳嚇的。」

嬌嬌作勢抹汗。「我怎麼不怕呀，這不是亂倫嗎？我才不要，再說了，我的子魚是最善良的小王子，將來要娶一個真正的小公主，才不要娶我這樣的老女人，若是算起來前世活的年紀，嘖嘖，我真是老得自己都不能直視了。」

老夫人打了嬌嬌一下。「妳這潑皮，盡是胡說。如若妳是老得不能直視，那祖母又怎麼說？別看我口口聲聲言道自己老了，但是心裡可還是覺得自己頂年輕呢。」

「哈哈……」嬌嬌忍不住笑了出來。

兩人打趣之後，嬌嬌笑嘻嘻地告辭。

「妳去看看妳大姊姊吧，聽聽她的想法。」老夫人輕描淡寫。

嬌嬌自是明瞭，點頭。「祖母放心，各種利弊，便是大姊姊知曉，我也是要再對她分析一次的，這是咱們該做的。」

「嗯，去吧。」

第三十六章

京城。

楚攸這段日子過得很是順心，倒不是說查出了什麼下毒的人，只是，看著自己的仇人過得痛苦，草木皆兵，他便覺得開懷極了，只要他們過得不好，他就放心了。

李蔚從外面辦事回來，快步地疾行。

「李大人。」刑部下屬打招呼，李蔚略點頭便匆匆來到楚攸的辦公之處。「屬下見過楚大人。」

聽到是李蔚的聲音，楚攸喊了一聲進。

李蔚進門，將門掩好，之後四下查看，言道：「啟稟大人，出大事了。」

「何事？」楚攸皺眉。如若是誰人死了，那便是更有趣的一件事了。

李蔚回稟。「有兩件事，一件事是關於天家，皇上離京了；還有一件，三小姐的墳被別人起走了。」

「什麼！」楚攸憤怒地站起。

「屬下今日探查，發現了這兩點。據內線回報，大致推測皇上離京至少三日，至於去向，大家都不知曉。」

楚攸惱怒地將桌上的文件悉數推到地下。「我管什麼皇上不皇上，他離京與否、是死是活與我有什麼關係，我要知道的是三姊的墳。三姊的墳怎麼會被人起走，這究竟是怎麼回事？李蔚，你去給我調查，全力地調查，我要知道是怎麼回事，如若讓我知曉是誰挪走了三姊的墳，我非將他挫骨揚灰。」

楚攸鮮少有如此失態動怒的時候，可是李蔚是明白的，林家是大人不能觸碰的逆鱗。

「大人還請息怒，小心隔牆有耳。」

「我管他什麼耳不耳的，如若有人發現，直接將人殺了，這京中也不在乎多死這麼一個半個的。」楚攸氣得口不擇言。

李蔚對一地的狼藉視而不見，認真言道：「大人仔細想想，這事不見得是一件壞事。」

楚攸的手攥成了拳，不言不語，看著李蔚。

當局者迷，旁觀者清，李蔚是知曉這個道理的。

「您想，好端端的，誰人會去動三小姐的墳，將屍骨挖走幹什麼呢？三小姐又不是什麼前朝大家，能從墳墓裡挖出古董，更不是名門大戶，裡面有體面的陪葬，所以將屍首挖走，本就讓人覺得奇怪；而且，今日屬下細細查看過了，這應該有一個多月了。您想想，這一個多月之前，京裡發生了什麼？咱們不是懷疑，有人在為林家報仇嗎？挖走三小姐屍骨的，會不會是這個人？如若是要緬懷，在哪裡都能緬懷，將其挖走定然別有深意。屬下大膽揣測，會不會是要將她和老爺、老夫人他們葬在一起？」

李蔚推測得合情合理，楚攸愣住，顰眉。

「我至今沒有找到父母的屍首，那時知情的人也都不在了，確實，如若是有人替他們收了屍，葬在了一個隱秘的地方，這次的事就說得通了。」楚攸恢復得極快，李蔚的話他聽進去了，迅速地做出了自己的判斷。

緩了緩心神。「將咱們的人馬再多抽出來一成，全力調查這個神秘人。」想了下，楚攸再次言道：「這人身分不會低，有些人可以放過。」如若是身分低，斷然不可能替他父母收屍，當時的情況太複雜了。

「是。」

「皇上去向那邊，一絲線索也無？」

李蔚點頭。「皇上甚至沒有帶多少暗衛，只帶了心腹的幾人，咱們的人並沒有跟著。」

楚攸冷靜下來，食指輕叩桌面，過了一會兒，抬頭。「通知鳳仙兒，說皇上極有可能去江南了，讓她留意些。」

李蔚應道：「屬下知曉。大人，如若皇上確實在江南，咱們如何處理？而且江南所轄甚廣，鳳仙兒人在江寧，且盯著季家，要找人並不容易。」他是將現實的情況說出。

楚攸勾起一抹妖孽的笑容，看李蔚。「也許，皇上恰恰去了江寧，恰恰正關注季家呢？」

深夜。

裝修豪華的客棧房間內，老者正在看書，此人便是嬌嬌揣測的當今聖上。

來喜在一旁伺候著，看主子看的，正是季致遠當初所著書籍，心下有幾分感慨。

看了一會兒，大抵是夜深，皇上將書放下，有些疲倦。「什麼時辰了？」

「稟主子，馬上就子時了，主子可是要歇息？」

皇上點頭。

「倒是不曾想，季家再次給了朕一個驚喜。」皇上開口。

來喜忙道：「可不是嗎？您看那個滑翔翼，果真是神奇，雖然並不能飛得像大鳥一般高聳入雲，但是也足以讓人震驚了；而且奴才覺著，當初的季狀元才高八斗，也不見得是為了鍛鍊或者為了玩才設計出這樣的物件吧？許是更有深意？」

皇上邊換衣服邊思考。「這樣的物件自然是可以運用到許多地方，你想，如若兩軍交戰攻城，這是不是極好的助力？」

「可不是嗎？老奴倒是沒有想到這個，還是主子英明。不過，季家將此物件推廣，那咱們可不占什麼優勢了。」來喜說出自己的看法。

在許多的時候，皇上對來喜的信任度甚至是超出了他自己的兒子，這就是帝王。

「不過是剛開始罷了，要杜絕，也容易，只要將製作方法控制起來，單單是練習，這又有何不可呢？如若我朝男子俱是對此項技能熟練有加，若是邊塞再次出問題，人人都可以用得上，也不失為一件好事。」

來喜點頭贊同。「還是主子深謀遠慮。」

將衣服換好，皇帝露出一抹笑容。「你覺得，季家的人如何？」

來喜仔細觀察主子，揣摩上意，小心翼翼開口。「若說季家也算是特別，總的來說，季家的老夫人該是所有人的主心骨兒，而且這老夫人也頗有見地，您看季家教養大的眾多孩子，俱是能幹；若說做人的品行，奴才愚笨，倒是看不出更多，但是我覺得，他們沒有什麼大的問題。」

老皇帝挑眉，若有還無地勾了下嘴角。「確實，季致遠死了，季致霖昏迷了許多年，能不能醒還未知，季家唯一的男孩季子魚教養得不如一個小養女，如今我倒是看不明白這季老夫人了。」

「許是老夫人是為了保護季家。」來喜回道。

「是呀，季老夫人正是明白事理才如是教導季子魚，她該是知曉，雖然季英堂的孩子在朝中並無什麼大的官職，但是已經占了這麼大的比重，如何能不引起忌憚？將季子魚教得豁達簡單，其實是對季家、季子魚的保護。季致遠、季致霖都是聰明人，可是結果呢？」皇帝嘆息，這兩人出事他極為不捨，怎麼說呢，愛才之心人皆有之，兩人都算是儒雅正直的謀臣，如今卻是如此結果，不得不說，委實讓人可惜。

來喜自然也是知道這兩人的，跟著嘆息。「天妒英才，說得正是如此。女人總是更注重家庭些，老夫人不捨得季子魚，如今看來，也是正常。」

「準備一下，明早去季家。」

「哎！」來喜應道，他早已想到，主子必然是要去季家的，他們上午來到江寧，分別看了季家的季英堂，季家在郊外的滑翔翼練習，去見季家的人自然是遲早的事。

翌日。

季家小廚房，嬌嬌正在忙忙叨叨，子魚在一旁撇嘴。「姊姊，妳真的會做嗎？」

「那是自然。」

子魚有些狐疑地看著嬌嬌的動作，心裡十分忐忑，雖然他是很想相信姊姊的，但是，看她這個樣子，真的完全不像是會做啊！呃……

這事倒是要說到早膳的時候，老夫人說到天氣越發地炎熱，就想吃些冰冰涼涼的東西，嬌嬌便自告奮勇。然子魚可真是不以為然，姊姊雖然聰明，但是這廚藝可並非聰明就可以做成。

看嬌嬌把小廚房弄得亂糟糟的，子魚咋舌，其實，人真的沒有十全十美的吧！

「姊姊，不如讓許嬤嬤過來吧，她做的涼粥也很好喝的。」子魚為自己姊姊找個臺階。

「不用，我再想下，實在不行再找許嬤嬤過來。」嬌嬌在琢磨，怎麼能做成霜淇淋，不過很顯然，她並非萬能的穿越女主，折騰來折騰去倒是不得要領。

「怎麼著？咱們的三小姐還沒弄好？」秀慧也過來了，她看著有些狼藉的廚房，閒閒地調侃，不知怎地，看到秀寧不是什麼都會，她心情莫名地覺得舒暢快活許多。

嬌嬌嘆息一聲，回道：「我再試試，哪裡有問題呢？」她撓了撓頭。

看著嬌嬌已然有些凌亂的髮型，秀慧不忍直視。

「我看妳還是算了吧，妳也不是無所不能的，別說妳做不出來，就算是能做出來，妳覺得，我們敢吃嗎？如若吃了腸胃不適，那可真是得不償失了，妳且悠著些吧。」

秀慧雖然毒舌，但是說得也是有道理的。

「我還以為自己能行呢？」嬌嬌嘆息。

「噗！」連身邊的鈴蘭都忍不住笑了出來。

秀慧吩咐。「快帶妳家小姐回去梳洗一下吧，現在這樣像個什麼樣子。」

嬌嬌惆悵望天，幸好自己不是真的穿進了種田文，不然還有什麼活路，人家穿越女個個廚藝精湛，豬肺、豬腸子、製醋、燒炭樣樣皆通，她倒是好，想做霜淇淋結果成了這樣的結果，還被笑話了，嗚嗚！

「姊姊，妳也不要太難過，我相信妳以後會成功的。」子魚安慰得好沒有說服力，鈴蘭的笑容更大了。

嬌嬌回頭看秀慧和子魚，言道：「其實我的廚藝還是可以的，等我回去琢磨下，改日給你們露一手。」

呃……子魚表情瞬間龜裂，勉為其難地說：「呵呵，呵呵呵……好！」

嬌嬌看他表情，知曉他並不相信自己，不過，這個呵呵不是已經被人家用爛了嘛！網路後遺症，聽到呵呵，就想到口可口可。

其實嬌嬌還真是會廚藝的，雖然算不得頂好，但她確實會，畢竟，她是在孤兒院長大，不是十指不沾陽春水的大小姐。如今做不好不過是因為她是要挑戰高難度的料理，霜淇淋這種東西，真的是想做就能做出來的嗎？當然，嬌嬌也知道，就算現在讓她炒幾個菜也未必能夠成功，自然，她本就許多年不做，早已忘記，而且也不會用柴火炒菜，火候掌握不好，這菜哪裡會好吃。

嬌嬌回屋梳洗，一會兒的工夫就從小廚娘變身氧氣少女。嬌嬌一襲草綠色的裙裝，兩個麻花辮綁得鬆鬆的。

「小姐真好看。」鈴蘭感慨。

嬌嬌透過鏡子看她。「妳呀，嘴最甜了。」

鈴蘭急道：「小姐真的是最好看的，比大小姐和二小姐都好看。您看，往日裡您總是穿得灰撲撲的，也常常像男子那樣將頭髮悉數束起挽成髮髻，大家才不覺得罷了，只要您稍加修飾，就豔冠群芳。」

嬌嬌小時候就喜歡將頭髮挽成一個髮髻，覺得方便輕鬆，大了確實有些不妥當，但是因著自小便是那樣，時間久了，大家也是習慣了，並不覺得奇怪。

「多謝鈴蘭誇獎，不過我的好鈴蘭，出去可不要胡說。」

鈴蘭認真點頭。「奴婢自是知曉的，我又不是傻瓜。」

嬌嬌笑了出來。

「姊姊、姊姊……」兩人正在敘話，就聽子魚的聲音傳來。

嬌嬌望了門口一眼，笑咪咪地吩咐正在收拾的彩玉。「看看咱們小公子又有什麼急事？」

「哎！」

不多時，就見子魚跟著彩玉進門。

「姊姊，昨天那個伯伯來咱們家了。」子魚一臉的驚奇。

「剛才嗎？」嬌嬌挑眉，並不十分意外。

「嗯，正是呢，我在院子裡練武的時候看見他們進來，祖母親自出門迎接的呢。不知道是什麼人，這麼大的陣仗。」子魚好奇言道。

他看嬌嬌沒有一絲好奇的模樣，連忙問道：「姊姊猜到他會來？」

嬌嬌搖頭笑。「沒有。不過就算沒有，我們也不用這麼驚訝吧。你好好地待著，這裡總是沒有你的事的。」

「嗯，我知道的，我就是好奇嘛！再說了，昨天我們還碰見他，他都沒有說要來拜訪，這個老伯還真是不實在。」子魚碎碎唸。

嬌嬌巧笑嗔道：「你這孩子，胡說什麼呢？什麼實在不實在的，人家也許昨日還沒有決定呢，你呀！」

子魚撓頭。「也是，姊姊，妳一會兒還要練琴嗎？」

嬌嬌搖頭。「我一會兒要過去看望姑姑，你要一起嗎？」

「嗯，好呢！不過母親說，姑姑養病需要靜休，讓我別沒事就過去聒噪，這話當真是傷了我的心，我怎麼就聒噪了？難道熱情也是一種錯嗎？真是的。」

嬌嬌看他惆悵的模樣，忍不住笑了出來。「熱情當然不是錯，母親不過是怕你太過打擾姑姑罷了，如若子魚清閒，倒是可以過來和姊姊對弈啊。吟詩作對姊姊自然是不在行的，不過咱們下棋倒是可以。」

「和姊姊下棋頂沒趣了。」子魚擺手，表示自己不太願意。

姊姊下棋總是喜歡先抑後揚，每每開始的時候自己都是一派大好形勢，舒爽得不得了，結果呢，一會兒的工夫便是氣壓山河，被殺得片甲不留，如此做法，委實虐心。二姊姊說得對，他年紀還小，不適合姊姊這種玩法，容易內傷。

「秀寧小姐在嗎？」許嬤嬤的聲音傳來。

嬌嬌吩咐。「許嬤嬤吧，快進來，在呢。」

往日裡一般主屋有什麼重要的事都是許嬤嬤和陳嬤嬤過來通傳，嬌嬌不敢怠慢。

許嬤嬤進門看子魚也在，微笑。「倒是正巧呢，老夫人讓老奴過來喊秀寧小姐和子魚少爺，您瞅著，我倒是不用跑兩趟了。」

「祖母叫我們幹什麼？她不是有客人嗎？」子魚皺眉問道。

「這老奴就不曉得了，小少爺過去便知。」許嬤嬤笑言。

嬌嬌回道：「我們這就過去，不過既然有客人，許嬤嬤看我如此，可是有什麼不妥？」

嬌嬌雖然已然是習慣了本朝的規矩，但是細節之處，還是注意些好。

自寒山寺一事，許嬤嬤一直對嬌嬌抱有極大的好感，也最是欽佩她小小年紀便有勇有謀，正是基於此，許嬤嬤往日裡待嬌嬌也是極好的。

「秀寧小姐如此正好，並無什麼不妥，咱們在自己家，裝扮得略有些隨意也不妨事的。」

「那便好。既然如此，子魚，我們就隨許嬤嬤一起過去吧，也別讓祖母等太久了。」

著。

「嗯，好。」

兩人隨許嬤嬤來到主屋，果不其然，家中長輩都在，老夫人、大夫人和二夫人都在等著。

兩人請了安。

老夫人笑言。「子魚、秀寧快來拜見長輩，這是伯公。」

「見過伯公。」兩人給老皇帝施了禮。

子魚皺眉，有幾分不解，大抵是不明白，哪裡冒出這麼一個伯公？

老皇帝坐在上首位置，看著兩個少男、少女，微笑言道：「昨日我們還見過呢，不過當時我並未表露身分，然今日看著，這兩個孩子倒是並不吃驚我出現在此。」

子魚有禮地回道：「先前伯公進門，我見到了您，現在自然是並不十分吃驚。」

老皇帝撫著鬍子笑。「既然看見，卻又躲著，倒是個頑劣的孩子。」

子魚辯解。「長輩未吩咐，小輩自當遵禮守矩，不敢上前。」

「你倒是個會辯解的。」很顯然，老皇帝心情極好，再次看向嬌嬌，他微笑言道：「小姑娘，咱們又見面了？」

嬌嬌微微一福，淺笑回道：「許這就是緣分吧。」

老皇帝倒是沒想嬌嬌會如此回話，怔了一下，隨即哈哈大笑。「可不是嗎？真真兒的是有緣分，不過若是說到緣分，我倒是想到了一件事。」

幾人俱是看他。

「我的小姪子曾經與我說過，寒山寺的懷遠大師在臨死前曾經為妳卜過卦。」

其實這屋裡除了子魚，誰都知曉，此人是當今天子，而子魚也不過是沒有反應過來罷了，兩人的伯公，大夫人宋可盈的大伯，說出來還會有哪個，正是當今的天家。

大夫人、二夫人自然都是先前已經拜見過，而兩個小輩，雖然老夫人沒有正式地介紹，但是也和正式地介紹差不多了，奈何子魚到底年紀小，未往這方面想。

「確有此事。」嬌嬌回道。

「當時懷遠大師可是說過，妳與兩人極有緣分，一是我的姪子宋俊寧，另外一人，便是如今的刑部左侍郎楚攸。剛妳這小丫頭又說與我有緣，如此看來，與妳有緣分的人，可真是不少了。」老皇帝也不明言自己的身分，更是看不出個表情，端是一副敘話閒聊的模樣。

嬌嬌微笑回應。「想來舅舅並未將所有的話悉數詳盡介紹呢。確實，懷遠大師確實是說我與舅舅、楚叔叔有緣分，可也說了，這緣分，可不是單指男女之間。親情、友情、愛情，這世上的一切感情，都是講究一個緣字，不論是舅舅、楚叔叔還是伯公，您們都是我的親人，咱們有這分親緣，自然是有緣分。」

「伶牙俐齒，能言善辯。」老皇帝笑了出來。

「如若真是親情，我怎麼還聽說，楚大人要來提親呢？這話都說了六年了，楚攸此人當真是拖拉。」

「老牛吃嫩草這種事，且不說牛願意與否，草本身就不太願意吧？」嬌嬌笑咪咪地言道。

老皇帝一口茶差點噴出來。

老夫人倒是習慣了嬌嬌這樣的性格，瞪了她一眼。「妳這孩子，胡說什麼。」

嬌嬌微微垂首，笑咪咪地不回話。

老皇帝笑。「原來竟是如此，怪不得昨日我說要收妳做兒媳，小丫頭不願意呢，難不成妳認為我的兒子年紀大？」

幾人吃驚地看嬌嬌。

嬌嬌不卑不亢，微笑回道：「自然不是的，婚姻大事，父母之命，媒妁之言，我如何能夠一人作主？如若這些都且不說，不論是姑姑，便是大姊姊、二姊姊都尚未出嫁，我如何能夠越過長輩和家姊先行婚配？實不妥當。」

「說得倒是冠冕堂皇，季家教出來的姑娘，果然是不一般，便是心中不樂意，也會說得得體。我當真是老了，便是看這些年輕人的眼界，較之我當年，都已然是進步不少。」

嬌嬌回道：「並非我們進步，是這個時代在進步，與人無關，再說這本就是伯公的謬讚，秀寧委實當不起。」

子魚看兩人你來我往，欲言又止，老皇帝是何等人，自然是看出了他的表情，挑眉問他。「子魚可是有話要說？」

子魚猶豫了一下，點頭。

「姊姊如若嫁給伯公的兒子，不是亂倫嗎？」子魚糾結。

皇上聽他此言，忍不住笑得更是厲害。

「確實是的。我們倒是不如小子魚看得透澈，如此看來，倒真是我胡言了。」因著他的身分特別，屋內之人俱是拘謹，倒是不如兩個孩子放鬆，看他如此自謙的言語，老夫人等人倒是不知該說什麼。

「也沒有的，您年紀大了，忘記了也是正常。」子魚補充。

嬌嬌都忍不住露出了淺淺的梨渦。

老皇帝挑眉。「季家將孩子養得如此憨厚單純，倒是有趣。」轉而看向大夫人宋可盈，皇帝言道：「這孩子既不像妳，也不像季狀元。」

宋可盈拘謹地回答。「伯父說得對，不過子魚如今這樣，我覺得甚好，如若太過能幹，倒未必會讓我安心。」

老皇帝點頭。「確實如此，人各有志。」

又看了一眼兩個孩子，老皇帝終於擺了擺手。「你們下去吧。」

「是。」兩人默默退下。

嬌嬌與子魚一起出門，季子魚有些不解。「姊姊，伯公看起來很不好相處。」

嬌嬌微笑，拉著子魚來到花園。「他是皇上。」

「什麼？」子魚震驚得張大了嘴。「妳、妳、姊姊、妳說什麼？」

嬌嬌認真言道：「他是皇帝，難道你沒有想過嗎？母親的大伯，會是誰？」

子魚臉色刷地變白。「姊姊，那我剛才……妳幹麼不給我個暗示啊？」

「如若你小心了，哪裡會像剛剛一樣表現自然？其實我們說了什麼不得體的並不重要，重要的是，我們有沒有表現出本性。你這樣很好。」其實嬌嬌自己也很擔心的，旁人不知道，唯有她自己知曉，她的後背已然汗濕一片，縱然她表現得淡定，但是在內心深處又何嘗不緊張呢？

子魚還是不解。「那姊姊，皇上來咱們家幹什麼啊？」

子魚自然是知曉皇上的身分地位，對於他來說，這人完全是遙不可及的。

嬌嬌搖頭。「我自然是不知曉的，我們只要按照原來的日子繼續生活就好，旁的不用想太多，這也與我們無關，家裡的事，自有長輩操持。」

子魚撇嘴。「姊姊竟是敷衍我，什麼家中的事是長輩操持，我看才不是呢，祖母什麼事情都會告訴姊姊。」

嬌嬌拉著子魚，認真言道：「每個人的性格不同，子魚這樣就很好。我剛來季家的時候祖母就告訴過我，不管什麼時候，都隨著自己的本心生活，快樂就好，無須想太多。今日我把相同的話告訴子魚，子魚，你只須做你自己就好，你快樂了，祖母才會高興，母親也才會高興。」

子魚看嬌嬌表情，半晌，認真地點頭。「我知道了，姊姊，我會聽話的。」

嬌嬌微笑。「那就好，好了，剛才被打擾了，現在我要去看姑姑，你要去嗎？」

「自然要去。」

兩姊弟相攜離開。

而此時的屋內因著兩個孩子的離開氣氛倒是緊張起來。

「妳們也無須想太多，朕這次來江寧，只是為了體察民情，並不涉及其他。」

「是，還不知皇上住在何處，不如來季家小住幾日？」老夫人也是緊張得不得了。這人掌握著天下的生殺大權，他喜怒無常、脾氣陰晴不定，老夫人不敢有一絲的怠慢；她與嬌嬌不同，嬌嬌雖然是極怕，但是她穿越的日子不過幾年，還有許多現代的思想在其中，可老夫人不是，她已經充分地感受到了皇權所帶來的能量。

「朕正有此意。初入江寧朕便見到了正在郊外教導眾人使用滑翔翼的季家小姐，朕對這滑翔翼甚為好奇，如今正想著，過來多學學呢！」老皇帝挑眉言道。

老夫人連忙回稟。「如若皇上喜歡，臣婦命家中侍衛為您表演。」

老皇帝笑。「表演？朕倒是並不覺得這是表演，滑翔翼看著，功用可是不小。」

「臣婦愚昧，並不知曉有什麼大的作用，只是期望能夠多一項運動，也讓大家多一分眼界。」

「開眼界自然是的，不過我想，老夫人的腦筋不止於此吧？」將笑容收起，老皇帝臉色木然了些，繼續言道：「小孩子如何朕倒是不太計較，但是如若老夫人這般年紀還與朕裝傻，那恐怕不太好看了吧？」

「皇上恕罪。」老夫人連忙跪下，兩個兒媳見狀也是趕緊跪下。

都說伴君如伴虎，如今看來，果然如此，本來還是笑容滿面，轉眼便是陰晴不定。

「恕罪倒是不至於，至於這滑翔翼，朕想什麼，妳們最該清楚。季老夫人，妳可不要辜負了季致遠的一番心思。」皇上最後一句話說得有些語重心長。

老夫人連忙回道：「臣婦明白。」

「明白就好，朕最是不喜揣著明白裝糊塗之人，想來，朕來妳季家，也在妳的料想之中吧？」老皇帝並未喊起身，倒是端著茶杯抿茶，問得漫不經心。

季老夫人此時已經汗流浹背，不過是一瞬間的考量，她便是決定實話實說。「正是。」

「季秀寧昨日就認出了朕，對嗎？」繼續追問。

這話讓大夫人、二夫人俱是錯愕，不過兩人都跪在那裡，不敢多言，不敢多看。

「是。」老夫人回答得也是乾脆。

老皇帝倚在身後的靠背上，言道：「倒是不知，朕哪裡露出了破綻。朕初進江寧便聽說季家兩位小小姐聰慧有加，而季秀寧更是有季致遠之才，昨日看著也不簡單，但是倒不想，這丫頭竟是如此地聰慧狡黠。」

不明白皇上是個什麼心意，不過老夫人還是馬上回話。「秀寧不過是個孩子，有些小聰明罷了，她昨日認出皇上，是因為皇上身上的玉珮，也因著來喜公公。」

皇帝低頭看了一眼身上的龍紋玉珮，嘆息。「朕真的是老了啊，竟是忽略了這一點，不過這也說明了季家小姑娘觀察細微。」

又一沈思，老皇帝繼續開口。「怪不得當初楚攸要向季小姐提親呢？原來竟是如此。我看啊，緣分不緣分的楚攸並不計較，但是這麼聰慧、觀察力又好的季秀寧，才是讓楚攸心儀之處吧。楚攸在刑部待久了，自是對這樣洞察力好的人比較珍惜，就是不曉得，當初懷遠大師的死和江南貪腐案，秀寧小姐是如何看待。」

老夫人不言語，她如今也不知曉接什麼樣的話好，然老皇帝也並未期待她的回答，似乎更多的是自言自語。

「聽說前些時日，季家的三小姐遇刺？」

「回稟皇上，正是的。不過如今小女身子已經大好，再休養些時日就無礙了。」

「雖說這江南山清水秀養人，但是到底是不如京城人傑地靈，我看妳季家自從搬到江寧，也遇到了不少的禍事，依朕看來，更像是季家與江寧不合，如若這般，倒不如搬回京城，不管如何，子魚也叫朕一聲伯公，此地未必適合學子發展。」老皇帝淡淡地言道。

不過他這番話倒是正中老夫人的心思，老夫人不敢有更多的偽裝，認認真真回道：「多謝皇上的勸誡，既然如此，臣婦過些時日便安排家人，準備搬回京城。」

老皇帝點頭。「不僅如此，京城太醫院天下名醫雲集，倒是也更適合季致霖的休養，他已然昏迷了這麼多年，如若回京，也該好好看看。」

「臣婦叩謝皇上恩典。」三人俱是叩謝。

皇上看一眼跪在那裡的二夫人薛蓮玉，擺弄手上的玉扳指。「這京中就是如此，親戚掛著親戚，從這邊看，朕是可盈的伯父，但是如若從妳這裡，竟又是別樣了。妳是麗嬪的姊姊，算起來，也算是和朕有著親戚關係。」

薛蓮玉不敢多言，只老實跪著。

大抵是看幾人無趣，老皇帝擺了擺手，示意幾人起身，如此一來，他當真是在季家住了下來。

皇帝身分特殊，季家並不能對外公布，更是要嚴防死守，生怕有一絲的不妥當。

老皇帝自然不會住很久，不過兩、三日的工夫，簡單地看了關於所謂季致遠的筆記，又就滑翔翼的一些問題詢問了嬌嬌、秀慧。兩人都知皇帝身分，恪守本分得緊。

秀慧為此還專門叮囑了嬌嬌，千萬莫要在皇帝面前打扮得太過妖嬈或者表現，誰知會不會被帶入宮，這都是不可知的。

秀慧想得多，嬌嬌倒是失笑，不過對於秀慧的這項擔憂，她也重視了幾分。

確實，如若皇帝喜歡一人，可不會管妳是多大年紀。

好在，老皇帝似乎沒有這個意思，實際上，他是對滑翔翼更感興趣。待到皇帝離開，季家全家上下都鬆了一口氣。

第三十七章

皇帝一走，老夫人將家中眾人召集了起來。

看著一張張鮮活的面孔，老夫人認真言道：「這段日子家裡來了貴客，想來你們大家即便是沒有明說，心中也明瞭此人是誰，如今客人走了，其餘的我也不想多說，現在有兩件事要交代。」

「祖母請講。」

「一則，從今往後，滑翔翼的做法收歸國有，咱們家人誰都不准多言。」

眾人點頭，這已在大家的揣測之中。

「二則，過些時日，我打算搬回京城，你們且做準備吧。」

「回京城？母親，咱們要回京城？」季晚晴有些錯愕。

嬌嬌不明白季晚晴為何如此激動，不過還是安撫地握住季晚晴的手。

「對，回京城對妳兩個嫂子、幾個小輩都極好，既然如今天家已然下令，那麼咱們便回京城。」

季晚晴囁嚅了下嘴角，最終什麼都沒有說。

又閒話了一會兒，大家俱是離開，嬌嬌體貼地扶著季晚晴，季晚晴如今仍是虛弱。

待兩人走到無人處，嬌嬌言道：「姑姑可是有什麼擔心？」

季晚晴咬唇。「我不想回京。」
「為什麼啊？」嬌嬌也是有幾分不解的。
季晚晴嘆息一聲，極為惆悵。「京城算是我的傷心地吧，許多的不快樂都是出自那裡，我真的不知道，自己回去之後還能不能保持如今這般豁達的心態。秀寧，旁人不知曉，妳不知曉嗎？能像今日這般，我用了多大的努力才能做到，我擔心回到了京城，我又要接觸原本的那些朋友，想到自己犯過的錯，我不知道自己能不能挺住。」
「姑姑是為誰而活？」
「呃？」季晚晴看嬌嬌。
「您是為了自己，不是為了別人，別人代替不了您，姑姑，您怎麼又轉回原來的圈子了？誠然，您當初是說了謊，可是您說謊是造成虞夢死亡的直接原因嗎？其實我們心裡都知道，不是，不是，寧元浩的負心薄倖才是；退一萬步講，您說，虞夢真的就一定是自殺嗎？我看也未必吧。」嬌嬌認真言道。
季晚晴震驚，看嬌嬌。「妳、妳說什麼？秀寧，這樣的話不要胡說。」
「難不成姑姑就沒有懷疑過嗎？一點都沒有嗎？」嬌嬌看季晚晴。
眼看著就要到季晚晴的臥室，季晚晴什麼也沒有說，拉著嬌嬌進門，並且將丫鬟支了下去。
「妳這丫頭，這樣的話與我說說就可，千萬不能在外面說，這是要出大事的。虞夢死的時候妳不過還是孩子，更不在季家，妳如何就能說出這樣的結論？」

嬌嬌拉著季晚晴。「姑姑莫急，我也只是揣測，也許我說得不對，但是我只是提出一個方向，其實你們難道真的都沒想過嗎？就算是寧元浩真的負心，虞夢也沒有必要自殺啊。如果她心如死灰，怎麼不在你們對質的時候以死明志，反而要在回去之後的晚上上吊？誠然，你們會說，她可能是越想越心碎，但是我恰恰覺得，她不是這種脆弱的人。您想想，她都能與公主對質了，怎麼會脆弱到自殺？」

季晚晴認真地看嬌嬌，久久，低言。「夜深人靜，不能安寢的時候我曾想過，可是，我以為，這是自己為自己的推脫……」

「並非咱們是一家人我才維護姑姑。原本，這事就並不那麼作準的。我其實一開始就覺得虞夢死得不正常，也許說這樣的話有些荒唐，但是，我真的覺得公主很可疑。如若您是公主，天之驕女，一個出身風塵的女子卻來與您搶人，您會善罷甘休嗎？自然，我沒有什麼證據，也不知曉實情，但是我真心認為，這事，還是調查妥當才好；如若您真的覺得自己說謊有錯，倒不如為虞夢調查一下死因，這樣才能算對得起她，告慰她在天之靈。」

「告慰她的在天之靈？」

「對。」嬌嬌認真點頭。

季晚晴愣了一會兒，點頭。

兩人在屋內敘話本是機密，卻不想，早已躲在房梁上的鳳仙兒聽了這話，悄然離去……

季家要搬回京城的消息如同放了線的風箏，不出幾日便傳得沸沸揚揚，眾人不曉得，季家這是為何。

然不過幾日，朝廷便頒出了聖旨，任何人等不得私自製作滑翔翼，以後滑翔翼的製作只有工部可以做，民間自然也可供應一部分，但是這部分也只允許幾家固定的人家製作，不允許買賣，只允許在固定的場所試飛、遊玩。而季家也是其中一家，算起來，朝廷公布的這幾家，季家算是最為勢小，然這個時候大家還有什麼不明白，就在大家躍躍欲試企圖找季家或合作，或逼迫的時候，朝廷已然插手了此事。

皇上以迅雷不及掩耳之勢做出了決定，所以如今季家才會重回京城。

七月十五。

日子過得也快，轉眼間便到了七月，七月十五正是中元節，也就是傳說中的鬼節，相傳該日地府要放出所有的鬼魂，民間都要進行祭祀鬼魂的行為。嬌嬌聽到中元節的傳說，深深覺得，雖然朝代是架空的，但是這點倒是沒有變。

不過與現代社會略有不同的是，除了要去墳地祭祀，還有許多大戶人家的女眷是要去廟裡為親人上香的，也正是因此，嬌嬌等人一大早便準備好出門。

縱使早早出門，來到寒山寺的時候這裡也已經有許多人了，雖然懷遠大師不在了，但是這裡依舊香火鼎盛，抑或者，這裡熱鬧更勝從前。

其實江寧並不止這一個寺廟，但是很奇怪，這寒山寺總是香火更盛些。

眾人隨大夫人、二夫人一起拜祭，之後稍作休息。

嬌嬌站在老夫人身後的位置，與秀雅、秀慧、秀美並排。

寺廟人多，人來人往，擁擠不堪，嬌嬌竟有了幾分回到現代的錯覺，待到離開之時她已十分疲勞，在轎子上昏昏欲睡。

「啊……」嬌嬌正在神遊，就感覺馬車忽然失控，驚叫一聲，嬌嬌連忙掀開簾子，竟是見馬兒如同抓狂一般衝了出去。

「天啊，秀雅、秀寧……」

秀雅、嬌嬌兩人共坐一輛馬車，此事因著馬兒發狂，車伕已經被甩開，馬車疾馳亂闖。

秀雅也是驚到，扯開馬車的簾子就要抓韁繩，不過卻不得要領。

今日出門之人頗多，眾人見到這般出事，俱是閃躲。

「大姊，妳別抓韁繩了，不行的，我們倆的力氣根本控制不住牠，抓緊了車框，千萬別被牠甩出去……」嬌嬌緊緊地抓住馬車的門邊，兩人怕極了。

隨著馬兒的嘶吼亂竄，馬車越發地搖搖欲墜，彷彿快要散掉。

就在兩人越發擔憂的時候，徐達凌空踏至馬上，企圖控制馬車，不過瘋狂的馬力氣格外地大，縱使徐達使出全身的力氣，依舊是一片混亂。

眼看徐達就要被馬甩下，季晚晴大喊。「徐達小心！」

徐達聽到喊聲似乎來了幾分的力氣，再次扯住了韁繩。

就在眾人以為事情就要脫離控制的時候，一身寶藍色衣著的身影飛速地衝了上來，嬌嬌看到來人，有幾分錯愕，竟然是楚攸。

楚攸與徐達還算有默契，兩人使力效果似乎是一加一大於二，雖然也費了許多的力氣，但是好歹是讓馬不那麼瘋狂，可是若說控制住，那也沒有。

楚攸也算是果斷，看一眼馬車裡已然臉色蒼白的兩姊妹，大聲言道：「你抱秀雅，我抱秀寧，放棄馬車。」

兩人輕功都好，一人一個，估計即便是有些小傷也不會有大問題。

徐達應好。

「一二三！」兩人同時放手，一人抱一個，縱身躍下馬車。

因為慣力，楚攸抱著嬌嬌在山坡的草地上滾了許久才停下……

楚攸在關鍵時刻出現，更是幫助了季家，兩人交疊倒在草地上，大眼瞪小眼。

「你還不起來。」嬌嬌言道。

楚攸勾了下嘴角，起身的同時將嬌嬌拉起。

「妳可還好？」

嬌嬌點頭，回道：「多謝楚叔叔救命之恩。」

言罷，嬌嬌活動下胳膊，見衣服有些破碎，而她的胳膊也有些劃傷，嘆道：「真是有失斯文。」

噗！本來一件這麼重大的事情，讓嬌嬌一說，倒是顯得略可笑起來。

楚攸看嬌嬌，問道：「還能走嗎？」

「能，我沒什麼大礙，楚叔叔您怎麼樣了？」嬌嬌不是那種人家拚命救妳，妳還傲嬌的小女人，她骨子裡更多的是如男子般的大器。

楚攸挑眉，似笑非笑。「我武功高強，自然是沒什麼大礙，不過想來妳要失望了，如若我有個好歹，還可以給妳一個以身相許的機會，如今看著，這個機會老天爺可沒給妳。」

嬌嬌拍了拍身上的草和土，微笑乖巧地道：「看來這老天可真是不眷顧我呢！這樣好的機會，我怎麼就沒抓住呢？哦，也對，如若是實在沒有這樣的機會，自己創造一個也未嘗不可的。」

「不知秀寧小姪女要如何創造呢？」

嬌嬌抬眼看楚攸。「大抵就是把您弄傷了然後養著您。」

「這可委實恩將仇報了些。」楚攸望天，看著遠遠地跑過來的季家人，他閒閒開口。「怎地幾年不見，老夫人就將秀寧小姐教養成了這般模樣？說起來也是奇怪，人人都言三歲看老，但是你們季家還真是奇葩，幾個孩子都與大了全然不同，費解費解。」

嬌嬌掏出帕子把自己的臉擦了擦，朝奔過來的人群揮手。

「恩將仇報可是沒有哦，我這般賢慧能幹又青春貌美，一輩子照顧楚叔叔不是正合適嗎？算起來還是楚叔叔賺了呢！」

言罷，嬌嬌往季家人群那邊跑去。

楚攸看她全然不顧自己的身分，更談不上什麼矜持，愣了一下，隨即快走幾步跟了上去一把摟住了嬌嬌的腰。

「呃？」嬌嬌回頭看他，眼神有幾分不善。

楚攸頗為無辜。「小姪女可不要不識好人心，我這是要幫妳呢。」言罷，楚攸使出輕功，迅速地幾個踏步，倒是也以極快的速度來到了季家人身邊。

而此時秀雅和徐達也已安然抵達。

老夫人看兩個丫頭安然無事，神情激動，不似以往的淡定。「沒事就好、沒事就好！妳們兩個丫頭真是嚇死祖母了，祖母以為、祖母以為……」老夫人將剩下的話嚥了回去，一手牽著一個。「沒事就好啊！」一切盡在不言中。

老夫人拉著兩人不撒手，看向了楚攸和徐達。「多虧了你們兩個。楚攸，老身這次真的要好好感謝你，如若不是你，還不知道事情會發展成什麼樣子，我季家如今可禁不起這些事了。」

楚攸微笑。「老夫人言重了，便是旁人，楚攸也不能袖手旁觀，更遑論是季家。」

「不管如何，還是要多謝楚大人，不知楚大人來江寧可是有公務？如若不是，不如來季家稍作休整，您於我季家，真是有大恩。」

楚攸微笑應道：「如若這樣，那楚攸就卻之不恭了。」

「楚大人請。」

楚攸想了一下，看著遠處仍然有些瘋狂的馬兒，言道：「誰有弓箭之類的利器？」

「楚大人，我有。」

楚攸接過弓箭，動作俐落，瞄準、拉弓，就見此箭射了出去深深地紮入了馬身，受傷的馬更是驚了起來，楚攸並不停頓，第二箭也射了出去……

這馬已經發狂，如若不將牠治住，難免會傷及其他無辜，楚攸這般做也是最好的選擇。

三箭均是刺中，馬兒掙扎了一會兒，最終無力地倒下。

嬌嬌面無表情地看看著一切，見馬倒下，她逕自往那邊走去。

「秀寧……」秀雅拉她，有幾分擔憂。

嬌嬌對著秀雅甜甜一笑。「大姊姊莫要擔心，我只不過想去檢查一下馬，怎麼好端端的，牠就發瘋了呢？」

「我和妳一起過去。」楚攸言罷率先往那邊走去。

嬌嬌回首看一眼老夫人，見她微微頷首，也跟了上去，秀慧也想跟上，老夫人卻拉住了她。

「無須過去那麼多人的，楚攸出身刑部，他檢查過不會有問題的。」

秀慧望了望嬌嬌的身影，點頭。

大夫人眼睛直直地盯著馬匹，言道：「是否當初相公所乘的馬匹也是如此？如若那時也有人救他們，許是今日就不會是這般情景了吧。」一言語畢，紅了眼眶。

眾人聽了，均是極受觸動。

二夫人想著躺在家裡毫無知覺的季致霖，也紅了眼眶，一時間現場一片哀傷。

嬌嬌跟著楚攸一起來到馬車的位置，她想到了楚攸講過的季家案子，問道：「當時父親和二叔所坐的馬車也是這種情況嗎？」

楚攸點頭。「據形容，是的。不過當時我們誰都不在現場，具體情況也是未知，我現在要去好好檢查一下，如若馬中了和當初一樣的毒，我們是可以檢查出來的。」

嬌嬌擰眉。「我倒是希望，是一樣的。」

楚攸有幾分驚訝地看向了嬌嬌，挑眉不解。「如若是的，有第一次就有第二次，妳倒是不惜命。」

嬌嬌笑得天真，不過話裡卻多了幾分老練。「如您所言，這樣的毒藥並不常見，不常見又同時使用在季家人身上，絕不是巧合可以解釋得過，我這人從來不相信巧合，這世上可能有一個巧合，但是卻絕對不會有一連串的巧合。只有他不斷地下手，我才能找到更多的線索，我從來都不會是放任自己的親人死得不明不白的人。」

嬌嬌說得認真，楚攸卻更加驚訝，並非對於她言論的不理解，而是對她話裡的情緒。楚攸略微皺眉，這個時候他更加懷疑一件事，季秀寧，真的只是季家的養女嗎？

他在刑部待了這麼多年，極善於察言觀色，原本一開始他就對季秀寧有幾分的懷疑，如今看著，更是覺得不太對勁。季致遠只是她的養父，還從未謀面，可是季秀寧說到親人時的理所當然和感情讓他深覺，她與季家是有關係的。誠然，她可以假裝感情，抑或者是真心尊敬，可是語氣不對，太過理所當然的語氣真的不對。

「如若真是有人加害，我覺得妳倒是該小心才是，殺敵三千，自損八百，我並不認為這是好計。」

嬌嬌巧笑。「你都殺了人家三千了，自損八百還不樂意？做人不能太貪心的，再說了，你一點也不損失，旁人怕是更加介懷，下次再算計你，可就不是這麼些段數了。」

聽了她的話，楚攸再次認真打量嬌嬌。

「確實如此。季秀寧，不知怎的，我竟是覺得，不生為男子，是妳的可惜。」

嬌嬌搖頭。「您錯了，恰恰是因為我是女子，所以我稍微聰慧些便會惹你們讚揚，可是如若我是男子呢？詩詞歌賦，悉數不會，這樣的男子還會讓你們覺得能幹嗎？便是再聰明，我也是落了下乘。所以說，很多事情不能說可惜與否的，如若我現今是男子，怕是又要生出許多其他的遺憾。」

楚攸微微垂首，勾了下嘴角。「詩詞歌賦從來都不能當飯吃，也毫無用處。」

嬌嬌睨他。「我說，楚叔叔，您該不會也不精吧？呃，只有自己不擅長的人才會說這些毫無用處，詩詞歌賦怎地就沒用了呢？您也太武斷了。」

楚攸挺胸。「我不擅長？當初季英五才子之稱難道是笑話？看妳年紀小，想來也是不曉得的，人可以沒有知識，但是不能沒有常識，秀寧小姑娘，妳且回去多多研讀些史書才好。」

兩人已經到了馬匹倒地的位置，邊檢查，邊敘話。

「我自然是要研讀史書的，如若不研讀史書，我怎麼會知道林將軍呢？」嬌嬌跟著查看，但是卻語出驚人。

「妳說什麼！」楚攸瞬間冷下了臉，他瞪視嬌嬌，沒有以往的氣定神閒。

「林冰，我還知道林冰。」嬌嬌恍若沒事人般，回身問道：「楚叔叔，您說，這毒如何才能檢查得出？」

楚攸笑得有幾分妖嬈。「妳怎麼知道的？」

「什麼怎麼知道的，我只是想知道毒如何查出。呃……」

楚攸一把扼住了嬌嬌的脖子，冷冷地瞪視她。遠處的季家人看了這樣驚險的一幕，驚呼起來，不過老夫人卻制止了大家的驚訝，也制止了徐達的動作。

「妳是怎麼知道林家的事的？妳是何時懷疑的？」

「嗚嗚……」嬌嬌使勁拍楚攸。

楚攸就這麼冰冷地看著嬌嬌，見她毫不示弱地瞪自己，最終緩緩地放開了手。「妳說。」

他甫一放開，嬌嬌就連忙在一邊咳嗽起來。

「你要謀殺啊！你是不是瘋了。」

這時的楚攸已經多了幾分的淡然，即便是他內心依舊不平靜，表面上卻是看不出來的。

「妳不可能知道，老夫人更加不可能。季秀寧，就如同妳說的，我是個瘋子，既然是瘋子，妳就不要試圖挑戰我的底線，我要知道原因。」

嬌嬌咳嗽一通，看楚攸發紅的眼睛，瞪他。「怎麼著，楚大人，你還要殺人不成？我怎麼惹著你了？我什麼都沒說，你就發瘋地掐我，這是你要好好說話的態度嗎？我告訴你，如果你想知道原因，就給我態度好點，沒有誰欠誰的，你再這樣，我就偏什麼也不說，你掐死我好了。」

楚攸看嬌嬌如此，默默來到馬邊仔細檢查，過了好一會兒，他竟是從馬的身上發現了一根銀針，楚攸用帕子將銀針包起湊到鼻子邊聞了聞，搖頭。「不是，與季致遠他們出事的情況完全不同，那次是極為周全毫無破綻，用的毒也是外人基本不知曉之物，這次這麼大的漏洞，如此明晃晃的銀針，不似一夥人所為。」

嬌嬌站在那裡不動。

見她如此，楚攸繼續言道：「依我看，這毒針應該是在寒山寺的時候有人故意扎到馬上的，待走到半路，毒液侵入馬的身體，馬便發了狂，妳還想知道什麼？」

嬌嬌看他木然的表情，開口。「姑姑莫名遇刺，她除了曾經在虞夢的事上說謊，旁的什麼也沒做，所以我們懷疑，有人在為虞夢報仇，再然後，你就是嫌疑人了。」

楚攸挑眉冷笑。「我是嫌疑人倒是真的。」

「你是嫌疑人，可是你不該是喜歡虞夢的人，如若真的喜歡，提到她的時候為何眼中沒有愛慕呢？」

「妳這是要給我講成鴻篇巨制？」

嬌嬌冷笑。「這點耐心都沒有？」

楚攸看嬌嬌，突然就笑了出來，笑過之後，竟然有一絲的淒涼。「如若沒有耐心，我不會站在這裡，我早該一個個手刃了我的仇人。」

嬌嬌看他，認真。「用林家的墓地，換你幫我守護季家好不好？」

楚攸呆住，結結巴巴地看嬌嬌。「林、林、林家墓地？」

嬌嬌點頭，重申。「林家墓地。」

過了半晌，楚攸情緒略有些緩和，看著嬌嬌。「妳不怕我出爾反爾？要知道，我的人品可不咋地，背信棄義、忘恩負義這樣的事我可做了不少，外人提到刑部左侍郎楚攸，俱是言稱那是活閻王，妳就這麼相信我？」

嬌嬌將楚攸手中的針接到手中，看了看，微笑。「本來，我是不相信你的，也沒打算告訴你一切，但是就在剛才，我改變主意了。」

「因為我救了妳？」

嬌嬌點頭。「因為你救了我。」

楚攸冷笑。「妳就不怕，這是我設的一個局？我害了妳，然後救妳，不是就可以得到妳的信任嗎？」

「那你是嗎？」嬌嬌盯著楚攸的眼睛。

「妳覺得呢？」

兩人說話俱是問句。

嬌嬌笑著率先別開了眼。「不管你是不是，我都決定這麼做了，而且，這根本不重要，最起碼對我來說不重要。當然，你可以不顧承諾殺了我，可是你又怎麼知道，林家這件事究竟有多少人知道呢？楚攸，我從來都不信你是一個濫殺無辜的人，雖然你嘴上說得很難聽，風評也極差，但是人的眼睛通常騙不了人，還有許多你的細微反應，你自己可能根本不覺得，但是如若細心觀察你，是會發現這一切的。」

「從來都是我揣摩別人，倒是不想，也輪到我被別人揣摩了，但是妳說得又有什麼道理呢？」

嬌嬌不置可否，不再多言這方面的話題，只是笑，許久，言道：「我不管你的計劃，我一定要讓季家的事水落石出。我不敢保證自己能不能安好，所以，你幫我守護季家好嗎，你幫我守護季家，我告訴你墓地在哪裡，那裡有你所有的親人。」

「妳吃定了我。」楚攸斷言。

嬌嬌卻搖頭。「不是，我只是認定了我們彼此的心中都對親人有情。」

楚攸默然。

「成交。」

楚攸與嬌嬌達成了共識，之後兩人再次檢查馬車和馬匹，並沒有發現其他的異常，不過即便是這樣，也夠大家擔憂的了，眾人看楚攸的眼神多了幾分的不同。

楚攸掐人的動作大家自然是看在眼裡，可這兩人絲毫沒有對這件事進行解釋的意思，他們不曾解釋，旁人自然也沒有多問，不過心裡卻對楚攸多了幾分想法，這人果然是喜怒無常的瘋子。

待眾人回到季家，老夫人也如同沒事人一般邀請楚攸小住。

楚攸這次來江寧倒也不能久待，只是短暫停留便要前往他地，聽到這個消息，大家均是鬆了一口氣。

第三十八章

深夜。

嬌嬌打發了兩個丫鬟休息，自己則是在書桌前看書，看著外面柔和的月光，嬌嬌打了個瞌睡。

「再不來我可要睡覺去了。」

話音剛落，就看某人一身夜行衣出現，人當真是禁不得念叨的。

「楚叔叔，您動作還真慢，果然是年紀大了嗎？」

楚攸冷笑。「年紀大了動作也比妳麻利。」

嬌嬌看楚攸這樣的表情，感慨地嘆了一口氣，曾幾何時，楚攸在她面前就不是那副陰沈看不出表情的神秘男子了。

「走吧。」

嬌嬌看楚攸，沒有動。「走倒是不必了，我不會跟您去。」

「呃？妳要我？」楚攸變了臉色。

「我有那麼無聊嗎？」嬌嬌翻白眼。

楚攸當真是被嬌嬌折騰得沒有耐心了，他無奈言道：「那究竟是如何？」

嬌嬌將書放下，看楚攸。「不是我拿喬，是您現在根本下不去。林家墓地的所在地，在寒山寺後山之下的懸崖，您要如何下去？如果您想下去，必須先練習幾日的滑翔翼，這樣才可以；不過您也可以放心，墓地在那裡總是不會長腿跑了的，所以您也不必太過著急，免得讓他人看出端倪。」

楚攸抓住了嬌嬌話中的重點。「妳下去過？瞧我問的這個話題，如若不是妳下去過，妳又如何會知曉下面有墓地呢？季秀寧，我倒是很好奇妳下去的原因。」

嬌嬌看他。「至於我下去的原因，那就需要您用旁的東西來交換了，一件事，只能換一件事的，您不可以太貪心。」

楚攸靜靜地看著這小小少女，不過十三歲的女孩思緒卻能夠這麼清明，他想到自己小時候在季家的一切，感慨道：「老夫人很會教孩子。」

嬌嬌不曉得他為何又生出這種感慨，只皺眉看楚攸。「就算您誇獎祖母，我也不會告訴您原因的。」

楚攸被她說得哭笑不得，有時你覺得她是個孩子，她偏是能算計得你欲哭無淚，心裡發涼；有時你覺得她是一個大人，又覺得她孩子氣得緊，完全沒有大人的成熟穩重，當真是個矛盾的姑娘。

在他二十八年的生命中見過許多的姑娘，可是頂頂奇怪的首位，便是眼前這位季小姐季秀寧。

「妳原本叫季嬌嬌，也是姓季的，可是與季家有親緣關係？」他好奇地問道。

「沒有。」嬌嬌睨他一眼。

楚攸不氣餒。「如若沒有，怎麼都姓季，妳又恰巧被老夫人收養了呢？老夫人對妳的好可是強過她自己的親孫女兒了。」

嬌嬌再次打了個瞌睡。「那是因為我聰明伶俐，好了楚叔叔，既然我已經將地點告訴您了，那麼現在您可以回去了吧？您也知道的，我這個年紀，一般覺多。」

楚攸還真就不走了，逕自坐在了椅子上，言道：「季秀寧，我發覺妳在我面前是越發地放肆了，難不成妳真的覺得我已經知道了妳的本性，所以無須掩飾了？這樣也好，顯得我們親密。」

聽了他的話，嬌嬌有幾分臉紅，這個傢伙，是在與她調情嗎？呃，應該不是吧！想來也是，他們倆根本就不是一個時代的人，楚攸不至於的。

「楚叔叔，我睏了。」嬌嬌說得慎重。

楚攸蹺著二郎腿，就是不走。

「我看過季家的滑翔翼，我不覺得，它能飛越山谷，從理論上講，它確實飛得不低，但是飛越山谷又是另外一回事了。」

嬌嬌看他的表情，恍然明白，他也算是有備而來。

嬌嬌正了下心神。

「你用我的滑翔翼練習，那架可以飛進去，山谷並沒有你想得那麼深，只是煙霧繚繞使你心底有錯覺罷了；至於練習，你完全無須擔心太多，我季家從來不會藏著、掖著的，也不止你一人好奇，你就去郊外山坡練習，待你熟悉個十天半個月，我和你一起下谷底。當然，如若你不需要我，自己去也可，這是最好，你總是要哭一場的，我在場，難免會讓你覺得難堪。」

楚攸低言。「我的淚水早就哭沒了，妳想多了。」

「人的感情可不受自己控制。楚攸，我真的睏了，你這人好不識趣。」

楚攸大抵也看出嬌嬌並非偽裝，站了起來。「那妳早些休息，明天，還望季小姐不吝賜教滑翔翼的使用方式。」

「我會與祖母說的，爭取盡快教你，我還要調查這次馬車的事，時間比較緊，我倒是要看看，是誰要害我們。」凡事講究的便是個速度，對此事，她極為謹慎。

楚攸挑眉。「會不會是當初加害季晚晴的人？」

「不會。」嬌嬌很肯定。

看嬌嬌這麼肯定，楚攸暗暗在心裡下了判斷，她如此地斷言，那必然是知曉加害季晚晴的人是誰；可是季家並沒有對外公布這件事，既然如此，也就說明季家不想讓其他人知道。楚攸在心底留心起來，要知道，害了季晚晴的人很有可能就是在京城作案的人，又聯想到下午嬌嬌準備說的話，楚攸有些懊惱，如若不是他那時打斷了季秀寧，她會不會說出實情呢？

轉念一想，楚攸不再糾結，季秀寧不會說，也許她會說許多細枝末節，但是未必會說這個，要是想說，現在一樣可以說，但是看她完全沒有這樣的打算。

其實這事一環套著一環，楚攸是並沒有理順清楚的，然他雖不清楚，他又十分肯定，季秀寧是弄清楚了的，如若不然，她不會將林家的墓地拋出來，能夠拋出來，便說明這事她已然悉數明白。

看她有些愛睏的樣子，楚攸終究沒有繼續問下去，立馬消失在夜色中。

嬌嬌看他離開，梳洗躺下。

不知怎地，梳洗之後她雖然仍有睏意，但是倒睡不著了。她想的是今天發生的一切，今天許多事都發生得極快、極突然，她並不能冷靜正確地判斷一切，可是待她深夜躺在床上，那一幕幕清晰地展現在她面前，她又多想了。

秀雅姊姊的事、馬車的事，每一件事都迫在眉睫。她糾結地擰眉，越發地煩悶。

清晨，外面稀稀疏疏地下著小雨，看著丫鬟們撐傘而過，嬌嬌支起了下巴。

雖然昨夜煩悶，不過此時她的心緒已經平復。

「小姐，收拾妥當了，咱們去主屋吧。」這麼多年了，在主屋共同用早膳這點倒是沒變。

嬌嬌披上披風，撐起了傘。

鈴蘭看外面的雨，念叨。「為什麼每次那個楚大人來，咱們這裡都要下雨呢？往日裡雨也不是頂多啊。我小時候啊，老人都說，有的人頭頂兩旋兒，我看這個楚大人一定是這樣。」

噗！嬌嬌與彩玉均是笑了出來。

「妳這丫頭，這又有什麼關係？可莫要胡說，楚大人可不是咱們惹得起的。」

兩個丫鬟點頭，鈴蘭昨日並沒有跟著，不過也聽說了些，她性子直，問道：「小姐，大家都說昨天楚大人掐您脖子的樣子甚為凶險呢，這是怎麼回事啊？」她也看到了小姐脖子上的掐痕。

嬌嬌笑著回道：「也沒有什麼，他不是故意的，我們在馬上找到了毒針，楚大人不小心被刺了一下，所以有些反常，然而一會兒就恢復了正常，妳們放心好了。」

兩人恍然大悟。「原來是這樣。我說呢，楚大人明明救了小姐，怎麼就又要掐人了呢？不過聽說老夫人不讓大家過去呢？我還以為有更大的秘辛。」

嬌嬌微笑。「祖母那麼聰明，大抵是明白過來，為了避免大家被誤傷，才做出這個決定的，凡事不可魯莽衝動，不是嗎？」

「嗯，小姐說得正是。」

與兩個丫鬟說話的間隙，三人已然來到了主屋，嬌嬌看眾人已然到的差不多了，不好意思地道：「見過祖母、母親、二嬸。秀寧遲了，還望各位見諒。」

老夫人搖頭笑。「還有比妳更遲的，妳這算不得遲到；再說，妳何時有早到的時候？」

嬌嬌有些不好意思地用帕子掩住了臉。「祖母莫要取笑秀寧，孫女兒當真是無顏見人了。」

看她俏皮，大家都笑了出來。

「妳這小猴子，淨是會逗笑我們。」

幾人正說話，就聽秀慧清脆地稟告。

看秀慧進門，老夫人打趣。「瞅瞅，這更晚的可不就來了。」

秀慧表情沒有什麼變化，規規矩矩地請了安，站在了一邊，她慣是如此，大家也已然習慣，待人到齊，眾人一同用早膳。

秀美和子魚先行去上課，只剩嬌嬌和秀慧兩人。

秀慧看嬌嬌，抿了抿嘴。「三妹妹來我房裡坐會兒吧，我有事想和妳說。」

嬌嬌看秀慧一臉的認真，不曉得是什麼事，點頭答應。她要幹啥？

待兩人來到秀慧房間，她將眾人都遣了出去，認真地上下打量嬌嬌，嬌嬌被她看得不自在，問道：「二姊姊，可是我有什麼不妥？妳看得我心裡毛毛的。」

秀慧的目光最終停留在嬌嬌的頸項，看著那重重的指痕，秀慧咬唇。「我昨夜睡不著在院子裡賞月。」

「嗯？」嬌嬌等待下文。

看嬌嬌表情，秀慧繼續言道：「我看到楚攸深夜從妳的房間出來。」

嬌嬌沒有想到楚攸會被人看見，但是又一轉念，嬌嬌多了個心思，楚攸的功夫雖然算不得絕頂高手，但是也不至於會被人發現，唯一的解釋就是，他是故意的，抑或者，他無所謂。

楚攸自然是不會無所謂，他那般謹慎的人，那麼由此便可知，他是故意的；可他故意為之的理由又是什麼呢？嬌嬌在心裡將他罵得狗血淋頭，這個該死的。

不過縱然心裡將此人咒罵到極點，嬌嬌仍是面色正常，並沒有被別人抓包後的窘迫，她點頭。「是的，他昨夜確實來找我了，不過二姊姊放心好了，我們也不是有什麼見不得人的關係。」

秀慧瞪視嬌嬌。「妳就沒有想過自己的閨譽嗎？妳往日裡看著聰明靈透，怎麼在這件事上犯傻？深更半夜的，妳讓一個男子出入妳的房間，這幸好看見的是我，如若是旁人，妳要怎麼辦？如果被哪個丫鬟看見說了出去，妳還要不要嫁人？再說了，那楚攸是什麼人，我可從來都不覺得，他是什麼好相與的人，且不說這些年他的所作所為，就端看他對咱們季家，可是有一絲的情誼可言？秀寧，我知道他昨日救了妳，可是救了妳歸救了妳，不代表他就一定是個好人，妳自己差點都被掐死，妳不知道嗎？」

嬌嬌看秀慧一臉的恨鐵不成鋼，突然覺得心裡溫暖極了，她笑咪咪地過去挽住了秀慧的胳膊，秀慧掙脫了幾下，沒有掙脫開，依舊瞪她。

「妳討好我也沒用，我告訴妳，不管你們因為什麼原因私下相見，都不准再有下一次了，這次我不會告訴祖母和母親，但是如若讓我知道妳還有下一次，我必然會稟報出去。妳可以不嫁人，但是不能毀了季家的名聲，也不能毀了妳自己。別忘了，父親和伯父的意外，楚攸也是有嫌疑的。」

嬌嬌看秀慧，低低言語。「他們那件事與楚攸無關。」

「呃？」秀慧驚訝地看嬌嬌。

嬌嬌微笑。「二姊姊放心，我心裡有數的，我與楚攸，不會發展成為男女關係，妳盡可放心便是；至於他昨夜來找我的事，我已經與祖母稟報過了，我們不過是討論案子罷了。二姊姊，許是妳覺得我們都很聰明，可是我們再聰明也是沒有什麼實際經驗的，偶爾耍耍小聰明還好，真是碰見大事，總是比不得楚攸出身刑部洞察力高又消息靈通，所以有時候，互相借助彼此的力量，也是處理事務的好辦法。」

嬌嬌並未說得複雜，她深知，秀慧的心性定然會明瞭。

果不其然，聽了她的話，秀慧陷入了深思。過了一會兒，她看嬌嬌。「往日我便覺得妳與祖母似乎在籌謀什麼，妳與我說實話，妳們，是不是在調查當年父親和大伯出事的真相？」

嬌嬌沒有告知秀慧，這些話，不該由她來說，秀慧看她表情也明白了幾分，沒有繼續追問，不過卻仍是嘆氣。「楚攸這人，我總是覺得不安全，咱們不會與虎謀皮吧？」

嬌嬌失笑搖頭。「不會。與虎謀皮，首先那要是一隻老虎，有些小貓最善於偽裝成老虎的模樣了。」

噗，秀慧失笑，不過還是瞪嬌嬌。「妳呀，整天的胡說八道，也不知道妳哪句是真，我告訴妳，可萬不能輕敵。」

嬌嬌笑夠了，認真回道：「二姊姊放心便是。楚攸自然不是小貓兒，只要我們有共同的利益，那麼我們的攻守同盟便不會瓦解。」

秀慧皺眉聽嬌嬌說完，雖然不甚明白她的用詞，但是意思還是懂的，點了點頭。

「既然許多事妳不方便說，那我便不問，不過秀寧，妳一定要注意安全。」

嬌嬌點頭，勾起了嘴角。

她最是喜歡季家這種氛圍，濃濃的親情，或許有小爭執、小嫉妒，可是在正事上，從來都沒有互相拆臺的時候，有的只是濃濃的關心。

「二姊姊放心，季家的事，並非只能從一個方面來看，我們也不能一窩蜂地都堵在一條路上，在這個家裡，我們各司其職，這樣才是最好。」

秀慧點頭。「我知曉的。」

言罷，兩姊妹豁達地笑了起來。

「對了，二姊姊，我還想和妳商量一下呢，楚叔叔要學滑翔翼，妳教他好不好？」

秀慧看嬌嬌，問道：「妳自己怎麼不教？我想，他是與妳提起此事的吧？」

嬌嬌點頭。「他確實是和我說的，但是問題是，我沒有時間啊，我還要調查一下馬的事，如若不是現在下雨，我想，我已經出門了。」

秀慧搖頭。「這件事，我不能幫妳。」

「為啥？」嬌嬌迷茫。

秀慧看她。「不行，我這人和妳們不同，不喜歡的人，裝不得熱忱。對於楚大人，我是怎麼也不會陪著笑叫楚叔叔的，我本就不喜歡他，如何能好好教他？」

「可是妳喜不喜歡他，和教他又有什麼關係呢？不喜歡就不笑罷了。」

秀慧還是很堅決地搖頭。「真不行，我不光是不喜歡他，還有幾分忌憚他，總覺得在他身邊略有不適。」

呃……

嬌嬌嘆息一聲。「唉，既然二姊姊不願意，我自然也不能強人所難。這楚攸，真是不得人心啊。」

看她如此，秀慧抿了抿嘴，露出幾分笑容。

「調查父親他們的事不能說，那麼，調查昨日的事我總是可以參與吧？」秀慧問道。

嬌嬌看她的表情，點頭。「自然是可以的啊，咱們姊妹倆雙劍合璧，還愁找不到兇手。」

「昨日可是找到了什麼線索？」

「本來我們看馬匹發狂，聯想到了父親和二叔的案子，可是實際調查並不是的。這匹馬中了毒針，按照楚攸所言，應該是在寒山寺的時候發生的，有人故意將毒針刺在了馬的身上，待走到半路，毒性發作，馬就發了狂。我琢磨著，這事必然是衝著我或者大姊姊來的，現在端看是哪個了。」嬌嬌將昨日的分析告知了秀慧。

秀慧瞪嬌嬌。「妳這丫頭，一句話非要拐三個圈，咱們都是一家人，妳用得著如此嗎？」

嬌嬌無辜地眨眼。

秀慧冷笑。「還裝，其實妳只是想說，那人是衝著大姊姊來的，對嗎？」

嬌嬌更加無辜。「我可沒有這麼說哦，這是二姊姊的想法。」

「妳說妳這丫頭到底像了誰，妳只掌管季家兩個不賺錢的產業，且這兩處產業根本不會得罪什麼人。生意上不會得罪人，家裡妳就更是不會得罪誰，每日平易近人的，下人哪個不喜歡妳？若說是衝著妳來，全然毫無道理；自然，大姊姊甚少出門，也不該是她，可是妳們兩個相對比較，一定是衝著大姊姊的面來。」

「二姊姊好聰慧。」嬌嬌微笑讚道。

秀慧一口氣差點上不來，明明這個丫頭也是這麼想，卻還不說，這看她巴巴地說了出來，自己道一句聰慧，真是個鬼靈精。

平復了心情，秀慧問道：「妳怎麼想？從哪裡開始下手？可有什麼懷疑物件？」

看她有這麼多問題，嬌嬌擺手。「二姊姊問的這些，我全然沒有頭緒啊，如若我有懷疑的對象，第一時間就會說出來了，還用等到現在？」

不過雖然如此說，嬌嬌仍是繼續言道：「不過我想過了，先從毒針的源頭查起，寒山寺那邊也會派人詳細地調查可疑人等，昨日雖然人多，但是各個大戶都是將自己的馬車派給專人照顧的，除卻咱們家自己的人，也只有寒山寺的小沙彌在周圍轉悠；且不說寒山寺的人會不會被人收買，只人多眼雜，說不定就有人瞅見了什麼。」

秀慧點頭。「還是妳想得周到，那咱們家的車伕那邊？」

嬌嬌言道：「咱們家這邊就交給徐達，他會處理好的。」

聽到這話，秀慧點頭。

嬌嬌發現，似乎自從六年前那次所謂的「遇刺」之後，秀慧就對徐達格外地信任，可是如若說是為他拚命保護季晚晴受傷而動容，嬌嬌又覺得不是。畢竟，這些年在若有還無間，秀慧是懷疑過當初那場刺殺的。

「啟稟二小姐，彩蘭姊姊過來了，老夫人宣三小姐過去敘話。」丫鬟的聲音傳來，打斷了嬌嬌與秀慧的談話。

「知道了。」秀慧聲音略大。

「秀寧，祖母找妳，妳且先過去吧，我先去馬廄再查看一下昨天的馬匹。」

嬌嬌點頭應是，不過她也叮囑。「雖然是自己家，但是馬兒這東西總歸是畜牲，還是注意些好，姊姊叫上護院一起去吧。」

秀慧笑。「我知道的，妳快去吧。」

嬌嬌微笑出門，此時彩蘭正等在門口，看嬌嬌出門，微微一福。「小三小姐，老夫人正在等您呢。」

嬌嬌跟在彩蘭身後，心中幾多感慨，這幾年，彩蘭越發地冷情，而且也老了許多，看她這般模樣，嬌嬌感慨，女人並非禁不起時間的蹉跎，實為禁不起感情的蹉跎，齊放終究是誤了她。

當初齊放的不肯娶、她的不肯嫁，似乎早已成為過眼雲煙，可是在大家的心裡又怎會沒有一絲的痕跡留下呢？如今彩蘭如此，齊放也越發地沈默寡言，嬌嬌有時候也在想，如若當初祖母決絕一些，事情是否會有轉機呢？這麼想著，嬌嬌在心裡又搖了搖頭，似乎也不是的，如若真是那般，只會讓這世間又多了一對怨侶罷了。

「楚叔叔好早。」

楚攸似笑非笑地。「也不早了，如若不是我昨日晚睡，想來會起得更早。」

你瞅瞅，人家二十八歲都是什麼樣子，這楚攸怎麼光長歲數不長情商呢，真真兒的讓人討厭。

「可不是嗎？人總是要早些休息對身體才好的，如若睡得太晚，短時間倒是不覺得，但是日子久了便要察覺壞處了，不過如若是上了年紀，失眠多夢什麼的都還算是輕的。」嬌嬌閒閒地反擊。

楚攸也不惱。「其實這失眠多夢什麼的與年紀大小倒是關係不大，我看啊，睡不著的主要原因便是心思重；有些人年紀倒是小，可是架不住心眼兒多啊，天天玩弄心計，琢磨這個、算計那個，日子久了，可不也是一樣的失眠多夢嗎？哦，當然，我不是說小姪女，小姪女這等仙子般的小美人兒可不是那樣的人。」

你妹兒的！你都這麼長篇大論了，還要多明顯！

嬌嬌笑得越發地燦爛。「我看啊，說到算計，楚叔叔想來是很有經驗了，都說伴君如伴虎，楚叔叔伴著老虎這麼多年，還身居要職，哪裡是一般尋常人能做得來的？不過說起來，刑部這差事也不好幹吧！我可是聽說了，刑訊逼供有很多手段的，老虎凳、辣椒水什麼的，都是輕飄飄的，天天對著這些可怖的事，楚叔叔定然心裡十分難受。」

老夫人差點一口茶噴出來。秀寧啊，老虎凳、辣椒水是用在這兒的嗎？

「小姪女倒是對用刑知道不少，不過恕楚攸孤陋寡聞，倒是不知這老虎凳、辣椒水是個什麼？如若小姪女能真心告知，想來我刑部又多了幾項好的法子。」楚攸挑眉。

「嘖嘖，這樣的事，自然都是道聽塗說，既然是道聽塗說，我又怎麼知曉如何操作呢？

不過既然楚叔叔都不知道，那可真是萬幸了，大家都是人，怎地就能想出那麼些折磨人的法子呢？原本我就聽人說，在刑部任職久了，人都要變態了。不過見了楚叔叔，我倒是覺得，這話也不盡然，最起碼，楚叔叔沒有呢。」你是沒有變態，你是變態的升級版，超級變態！

「小姪女可真是看得起我，讓我受寵若驚啊！既然小姪女如此高看楚叔叔，那麼楚叔叔倒是有一事相求了。」楚攸笑得妖孽。

嬌嬌回道：「楚叔叔言重了，秀寧養在深閨，也不見得能做什麼，家中事務都時常搞砸，如何能有幸幫助楚叔叔；不過只要是秀寧能夠做到，必然盡力而為。」

楚攸笑。「小姪女自然是可以的，喏，就是滑翔翼嘛，我思來想去，實在是喜歡，但是如若讓旁人教我，我又覺得頂不放心，我可是只信賴小姪女一人的。」

你倒是想讓別人教，人家肯教你嗎，肯嗎？要不要這麼自我感覺良好啊，還頂不放心，人家根本不願意啊！你妹兒的！本來說得好好的，今天竟然鬧什麼么蛾子，也幸虧二姊姊不願意，不然她這還兩難了。這個討厭鬼，媽的！媽的！

嬌嬌心裡吐槽加腹誹，不過面上可是不顯。「如若祖母同意，秀寧當然是萬死不辭，昨日楚叔叔還救了秀寧一命呢！哦，對了，楚叔叔，您可是有好好看看？昨日您被毒針刺到，要仔細檢查，以免再次發狂啊！」

楚攸嘴角抽搐了一下，隨即回道：「小姪女放心，已經無礙了。昨日也是楚攸失態了，小姪女脖頸還好嗎？」

秀寧挑眉。「楚叔叔不愧出身刑部，果然是力氣大，不過您可放心，我已經上過藥了，總是死不了的。」

嬌嬌這話說得也是氣人，不過照老夫人看，楚攸這廝竟然也是樂在其中。

呃……原本她總覺得那個感覺是不可能的，但是如今，她竟然有一種什麼鍋配什麼蓋的感覺。

就算是最早那段少年時期，也不見楚攸這般地快活。

是的，快活！這個詞真是不容易在楚攸身上看見啊！

「昨日倒是我對不住小姪女了，不過小姪女放心，我必然全力幫助季家找到那兇手。這殺千刀的，使出這樣的毒計，害得我差點傷著了小姪女，真是罪過。」

「那就多謝楚大人了，像楚大人這樣的刑部高手，找出一個小小的毛賊，必然不在話下。」

高帽子戴得都讓人不妥帖啊！

第三十九章

楚攸與嬌嬌一同從老夫人那裡出來，嬌嬌低語。「不知楚叔叔想著什麼時候學習呢？」

楚攸態度有了幾分變化。「不急，我倒是對要害人的人更加感興趣。」

他說這個話，嬌嬌才不信，如若真的不急，昨日如何那般地反常，反常到那人不像楚攸，不過她倒是沒有點出來。

楚攸看她表情也知她不信，笑著解釋。「既然知道在哪兒，我倒是不急著去看了，如若是不知道，難免會想得多，可是如今，我竟覺得十分安心。」

「既然楚叔叔這麼說，那秀寧倒是無所謂的。」

「幫妳找出加害妳們的兇手，也算是買一送一吧。」楚攸笑言。

嬌嬌也笑。「那可真是多謝楚叔叔了，這世上到底是好人多。」

「好人？」楚攸挑眉，指了指自己。「難不成季小姐是在說我嗎？」

兩人的語氣雖然很是奇葩，但是在外人看來，倒是相談甚歡的，最起碼，遠處的季晚晴是這麼認為的，雖然楚攸比嬌嬌大了十五歲，但是兩人站在一起並不違和，倒是顯得極為相稱。

「三小姐，您身子剛好，還是多休息會兒吧。」徐達站在季晚晴的身後。自從上次季晚晴遇刺，徐達便時常在季晚晴身邊守著。

季晚晴看著兩人，並沒有回頭，只淡淡言道：「徐達，你相信緣分嗎？」

徐達幾乎是毫不猶豫地便答。「我信，從我被老夫人收養那一刻，我就信了。」

季晚晴有些動容。「我也信。原本我是不信的，可是現在不知怎地，我竟是信了。你說，楚攸與秀寧是不是極有緣分？」

徐達也望向了兩人。

楚攸感受到兩人的視線，看了過來，不過只是略微點頭示意之後，便不知低頭與嬌嬌說了什麼，嬌嬌似乎有些惱羞成怒。

「若說有緣，秀寧小姐與季家更有緣，在許多時候，秀寧小姐都很像大少爺。」

季晚晴點頭贊同。「是啊，如若不是知曉那絕不可能，我怕是也會將秀寧當作大哥的私生女。這麼多年，有些事情，我真的看淡了，也看明白了，也正是因此，我越發地喜愛秀寧。」

徐達不解季晚晴的話，不過還是言道：「我想，季家沒人不喜歡秀寧小姐吧？」

季晚晴點頭。「這就是她的聰慧之處。徐達，你信嗎？我剛才那一瞬間甚至在想，如若秀寧能夠嫁給楚攸，其實也滿好的。」

呃？徐達震驚。

「就算不能嫁給楚攸，我也是希望他過得好的，不過他那個性子，大抵鮮少有人能夠受得了吧？可如若此人是秀寧，我倒是覺得，似乎不錯。」季晚晴微微勾起了嘴角。

不管她話裡意思如何，徐達只看季晚晴這笑容竟是呆住了。

好美！

「如若是秀寧小姐，我想，比較鬱悶的大概會是楚攸了。」徐達一本正經地說話，季晚晴倒是被他逗笑了。「不過我想這也不可能吧，老夫人怎麼捨得把秀寧小姐嫁給楚攸，他們年紀差得太多了。三小姐，您也莫要想太多了，秀寧小姐是個有主意的，楚攸更不是個好擺布的，這聰明人的想法，總是有些讓人費思量。」

季晚晴聽了徐達的話，更是笑得厲害。「你說得倒是對。不知怎麼的，我竟然是有幾分的期待了，期待看見他們這聰明人算計聰明人，想來會極為有趣。」

徐達看季晚晴有些俏皮的樣子，由衷言道：「三小姐該多笑笑的。」

季晚晴怔住，隨即有幾分臉紅。

世事往往就是如此，他們兩人在議論楚攸、秀寧，而楚攸和秀寧也在討論他們兩人。

楚攸看季晚晴笑得快活，言道：「看妳姑姑笑的，跟朵花兒似的。」

嬌嬌依舊是揚著笑臉，不過眼裡卻有幾分促狹。「怎麼著？楚叔叔嫉妒了？瞅瞅這口氣酸的，哎呦喂，這是掉進醋缸裡了嗎？」

「我至於嗎？她上杆子倒貼，我都不要。」楚攸失笑。

嬌嬌用帕子掩嘴。「呼呼，上杆子倒貼？你確定以及肯定嗎？這麼自信可不好哦！」

「妳要試試？」

嬌嬌斜眼橫他。「說起來，用感情試驗人在我看來，是最為下作的，我想，楚叔叔不至於這樣吧？如若真是如此，可當真讓我看不起您了。」

楚攸看她這般模樣，冷笑。「小姑娘家家的，做出這般表情，委實難看，妳放心好了，我還不是看不出所以然的人，你們家要將季晚晴許給徐達已經表現得昭然若揭了，就是不知曉，現在的齊放是個什麼樣的心思。」

嬌嬌依舊是笑容滿面。「齊先生如何倒是不勞楚叔叔操心了，再說了，人都要為自己做過的事情負責，齊先生也不例外。」

「話雖如此，可是留著齊放，始終是個隱患，如若他日季晚晴嫁給了徐達，妳猜，齊放會怎麼做？他還會這般地淡然嗎？我想未必吧？到底是女子，婦人之仁只會讓自己陷入困境，倒是不如一勞永逸。」楚攸不明白，為什麼季家的人這麼聰明，還偏是要將隱患留著。

嬌嬌搖頭。「怎麼說呢？我想，每個母親都會希望自己的孩子是好的，也都會原諒自己孩子一時的犯錯吧。你們都長在季家，就如同祖母的孩子，做母親的，是不會以最大的惡意揣測自己的孩子的，錯了一次，不代表就要一輩子不被原諒，給他一次機會，這好過徹底放任他。」

「他如若再錯呢？」楚攸冷笑詢問，看向了嬌嬌。

嬌嬌露出小小的梨渦，語氣淡淡的。「錯得多了，大概就不需要我們的原諒了，他需要的，是佛祖的原諒。」

楚攸挑眉。「佛祖的原諒？」

嬌嬌點頭。「而送他去見佛祖，才是我們該做的。」

楚攸訝然地站在那裡，一時呆住。

「妳？妳、妳倒是乾淨俐落。」這該是一個十三歲女娃娃說出來的話嗎？

嬌嬌擺弄手中的帕子，像個局促的小女孩。「不是所有事情都會被原諒，也不是每一次犯錯都會被原諒，否則，犯錯的成本太低，大家都會控制不住自己的。楚叔叔，您說對嗎？」

楚攸服了！

「很……對。」楚攸望天。

「那我們現在去找一下，另外一個犯錯的人吧？」嬌嬌揚頭。

「成。這個時候我竟然是無比慶幸，自己不是妳的敵人。」

嬌嬌訝然。「我只是一個養在深閨的小女子啊！」

楚攸拉了拉自己的衣服，哼了一聲，走在前面，沒有接話。

嬌嬌笑著跟上。其實，她也是故意在楚攸面前說這些，只有讓你同盟的人知道你有多少見識，你有怎樣的判斷，你又有多能幹，才能讓人家更信任你，才不會輕易背棄這段關係，他們會考慮背叛所帶來的巨額成本。

此時清晨的綿綿細雨已經停了下來，院子裡有青草的芬芳。

嬌嬌吸了吸鼻子，楚攸雖然沒有回頭，但是卻察覺到她的動作。「怎麼了？可是有什麼不妥？」

嬌嬌回道：「沒有，我只是很喜歡這青草的味道，覺得充滿了盎然的生機。」

楚攸再次冷笑，不再言語。

待兩人來到馬廄，見秀慧站在邊上挨著馬打量。

「二姊姊。」

秀慧回頭，看見楚攸與嬌嬌，表情木了木。

「見過楚大人。」語氣冷淡得可以，不過楚攸倒是也不以為然。

「其他的馬有什麼不妥？」他問。

秀慧看嬌嬌，嬌嬌笑咪咪地說：「楚叔叔真是一個好人呢，他要在百忙之中抽空幫我們調查真相。二姊姊，這真是一件好事對不對？想來我們極快就能找到真相了。」

秀慧聽嬌嬌如是說，忍不住勾起了嘴角。「是呢！」

楚攸聽著這兩姊妹的話，就覺得渾身不舒服。季秀寧這丫頭慣是如此，好好一件事，生生能讓她給說得兜成圈子了。

「我仔細地檢查了昨日所有出門的馬匹，除了這頭被楚大人射死的，其他沒有任何異常，我也詢問了看馬人，他們也沒提出什麼想法，雖然如此，可我總是覺得不太對，但是要說說出哪裡不對，我也找不出來。」秀慧將自己直觀的感受說了出來。

楚攸點頭，進去馬廄自己重新檢查。

嬌嬌也不嫌髒，繼而跟了進去，其實昨日就是最佳的檢查時間，而他們也檢查過一次了，並沒有什麼收穫，就如同秀慧的感覺一樣，嬌嬌也覺得她們忽略了什麼。

楚攸再次檢查，突然回頭。「妳們說，季家的馬匹有記號嗎？」

他這話問得兩人一怔。嬌嬌回道：「自然是有的，自家的東西，怎麼可能認不出來。」

「那我再問妳們，出門的這幾匹馬，妳們能分出哪匹是哪匹嗎？我昨日觀察過，季家的馬車可都是一樣的，沒有什麼區別。」

「我是分得清的，雖然牠們都一樣，但是自己坐過的馬，我如何分不清呢……」還想再說什麼，嬌嬌霍地停下了言語，她明白了楚攸問這些話的意思。

冷靜想了一下，她再次開口。「我分得清，是因為我坐了這匹馬來。季家的所有馬車和馬都沒有什麼區別，要找出我與大姊姊坐的那匹馬，並且斷定我們一定會上那匹馬，很難；而且，出門的時候，我們誰坐哪匹馬是臨走才隨意上的，並不是事先定好。便是那時知曉了我們坐的那匹馬，因為我們出門的隨意，作案的人大抵也會猜想，我們回來的時候會不會也坐得隨意，所以，這是不可預知的。」

楚攸點頭。「我也正是如此想，聽妳此言，便衍生了兩個問題。第一個問題就是，嫌疑人是如何判斷出妳們坐哪匹馬，並且認定妳們回去一定會繼續坐這匹馬的，這必須有妳們的配合。秀寧，當時妳是怎麼選擇了這匹馬，有什麼特殊的事情發生嗎？抑或者，是妳大姊姊秀雅要坐這匹馬。」

嬌嬌很肯定地搖頭。「都沒有，我只是按照慣例來到這輛馬車上，而大姊姊跟在我身後，自然也沒有什麼異樣。」

楚攸點頭。「如此看來，第一個可能性不成立，因為妳們沒有可能配合嫌疑人，那麼第二個問題的可能性便加大了。」

嬌嬌言道：「這次的事件，是隨機的，不是針對我或者大姊姊，可以是季家的任何一個人，只要有人受傷就可以。」她的接話得來楚攸讚賞的一個眼神。

「確實如此，我也正是如此想的。不過妳為什麼認為是受傷就可以，而不是死掉？要知道，當時極為凶險。」楚攸其實也是這麼想的，如此問嬌嬌，不過是想看她的反應。

「那裡山坡平緩，季家又有武藝高強的家丁，馬兒便是發狂，我們也不會死，這點毋庸置疑。」

楚攸笑。「確實是的，咱們想到了一起，我們把這些關鍵的訊息集合在一起，再行推斷，也許會發現更多的端倪。」

「隨機害人，只是需要有人受傷，季家的人受傷了，會產生什麼樣的效果，對誰最有好處？」

秀慧默默無言，看著嬌嬌和楚攸你一言我一語的推斷，瞠目結舌。這個時候她總算有些明瞭昨日祖母說她不用過去時的心情了，她還未想到一個問題，這兩人便已然想到了第二個問題，他們配合得極為默契。

「如果有人受傷，自然需要大夫，可是季家自己有大夫，根本不需要外人。不管是齊先生還是其他季家的大夫，都不會因為有人受傷救治而得到好處，因此，不會是他們。那麼，究竟是誰要利用有人受傷做什麼呢？」嬌嬌迷茫，她緊緊地皺著眉，有些想不明白。

楚攸也是百思不得其解。

想不到緣由，楚攸笑著開玩笑。「我想，如果有人受傷，大抵你們就不會那麼早離開江寧了吧？除此之外，我倒是想不到原因了。」

他本是開玩笑，但是卻見嬌嬌抬頭錯愕地看他。

楚攸正經起來。「妳懷疑真的是這個原因？」

嬌嬌反問：「為何不是？」

「有人希望你們遲些離開江寧，可是這對他們又有什麼好處呢？這……」楚攸說到一半，停了下來，略微垂首，不再多言。

嬌嬌知道他想到了，勉強露出一個微笑言道：「我想，這事既然如此，也不太需要楚叔叔幫忙了，畢竟，有些事情涉及到季家私事。」

秀慧雖然聰明，但是看他們倆這般，還是有些不明所以。

楚攸點頭。「我想，便是沒有我，秀寧小姪女不日也能查出真相。」

嬌嬌真心地笑言。「多謝楚叔叔的幫忙，如若不是您的提醒，我們怕是還在鑽牛角尖，怎麼都想不到這一層。隨機害人，真是特別。」

「難得看到秀寧這麼鄭重其事的道謝，楚某人真是受寵若驚。既然這裡不需要我了，那我也沒有必要在這馬廄待著，告辭了。」楚攸有些厭惡地看著自己已經髒掉的靴子，皺眉。剛才忙著不覺得，如今沒事，他倒是表現出厭惡來。

嬌嬌看他表情動作，言道：「您一定是八月下旬到九月下旬生的。」

楚攸再次吃驚。「妳怎麼知道？」

嬌嬌笑。「天機不可洩漏。」

你妹兒的！看他的性格，典型的處女座有沒有！

楚攸離開，秀慧看嬌嬌。「妳有懷疑的人了？」

嬌嬌點頭。

「那我們接下來該做什麼？」

嬌嬌笑得有幾分冷。「我去見祖母，當真老虎不發威，把我們當病貓了。」

言罷，嬌嬌沒有與秀慧多說，立即離開。

秀慧看一眼馬廄，跟了上去。

每日的這個時辰都是老夫人誦經的時間，嬌嬌並沒有叨擾老夫人，只是站在門口靜靜等待，也沒有通傳，而秀慧則是站在嬌嬌身邊。

待老夫人誦經結束，陳嬤嬤出門請兩位小姐進門。

嬌嬌倒是也開門見山，請安之後便將自己的意圖說了出來，秀慧聽到嬌嬌懷疑的人，感到十分驚訝。

老夫人看嬌嬌。「妳說，妳懷疑是吳家做的？」

嬌嬌點頭。

「吳家的提親我們尚在考慮，可是如若我們去了京城，這事十有八九便不成了，只要有人受傷，不管是誰，都會拖住我們回京城的腳步，因此，我懷疑是他們家做的。倒不是說一定是吳子玉做的，但是和吳大人是脫不了干係的。」

老夫人看嬌嬌，嘆息。「今早秀雅還和我提起此事，妳讓我如何處置？」

秀慧乾脆地道：「告訴大姊姊真相，我們什麼都瞞著她，未必就是對她好。吳家如今當真算得上是用心險惡了，只要我們找到證據，那就一定得報官。」

嬌嬌笑。「報官？他不就是官嗎？」

「總是有更大的官的，我就不信沒人可以管他，更何況，刑部左侍郎還在咱們家呢！」

嬌嬌點頭。「這個吳大人，十里八鄉都能聞到那股子人渣味了。」

即便是在這個嚴肅的時刻，老夫人和秀慧還是被嬌嬌的話惹得笑了出來。

「妳這丫頭，若是成心埋汰人，能將人埋汰死。」老夫人言道。

嬌嬌不置可否。「我說得都是實言。」

幾人正在敘話，就聽見「咚咚咚」的跑步聲傳來，惹得老夫人抬頭。

聽到撞門的聲音，老夫人驚詫，如若不是有什麼大事，陳嬤嬤斷不會如此不穩重。

果不其然，陳嬤嬤跌跌撞撞地進門，眼眶紅著整個人哆嗦。「老、老夫人……二少爺有知覺了，二少爺有知覺了啊！」

「什麼！」老夫人震驚地站了起來。

「伺候二少爺的彩琴過來了，她說二少爺的手、二少爺的手動了，我已經差了彩蘭去找齊先生。老夫人，終於有知覺了，二少爺終於有知覺了啊！」陳嬤嬤喜極而泣。

「快，快去看看。」老夫人沒有了往日的威嚴淡然。

幾人迅速地趕到了二房。此時齊放已然到了，他顫抖著嘴角，滿臉激動地看老夫人。

「老夫人，二哥、二哥有知覺了。」

「致霖……」二夫人哭著拉著季致霖的手，她怎麼都不捨得放手，這麼多年了，她一直都默默地等待，她一直都堅信相公會醒，如今終於有起色了。

老夫人也是站在二夫人身邊，幾人都是圍著季致霖。

「齊放，怎麼樣？你覺得怎麼樣？」

齊放語速很快，可以看得出他也是很激動的。「二哥是真的有知覺了，這絕不是偶然，我想、我想只要將治療頂上，想來二哥醒來的日子不會遠了。」

「娘、娘，您看致霖胳膊在動，他在動……」二夫人喜極而泣。

這時秀雅和秀美也急匆匆地跑了進來，見父親有了知覺，兩人也是不斷地掉淚。

除卻他們，嬌嬌等人已然趕到，大夫人看著二夫人喜極而泣的模樣也跟著掉淚，她們妯娌這些年有多少苦，旁人是沒有辦法理解的；如今二夫人苦盡甘來，那她呢？致遠不在了，徹徹底底地不在了，再也沒有醒來的機會。大夫人淚水也落得頻，這淚水不是嫉妒，是難過苦澀和對未來的憧憬。

嬌嬌略有感觸地挽住了大夫人的胳膊，大夫人回頭看嬌嬌的眼神，她的眼中有許多的東西，不過那深切的情誼和安慰，大夫人還是看明白了的，反手握住嬌嬌的手。

子魚見兩人如此也大抵明白母親的苦澀，連忙拉住了大夫人的另外一隻手。

站在門口的楚攸看著這激動的場面和哭成一團的女眷，默默離開。

季致霖，你也該醒了，將季家放在年邁的母親和十幾歲的小姑娘身上，這又算什麼男人！

季致霖醒了，真凶大抵就要浮出水面了。

楚攸微微露出笑容。

也許，不僅季家即將走向嶄新的方向，他們也會得到更多的助力！

「母親，父親會好的，一定會好的。」秀慧從身後抱住二夫人，二夫人哭得讓人揪心，嬌嬌從來也沒有看過這樣的二夫人，不過她卻是瞭解這樣的情感的。

深夜。

嬌嬌站在窗邊看著月光，心裡有許多的高興，高興於季致霖有了知覺，雖然他只略微有些動作之後便再也沒有反應，但還是足以讓大家感到格外地高興。

這就是希望！相信這個夜裡是很多人都是不能安枕的，為了季家久違的喜事。

想到這裡，嬌嬌披上了披風出門。

彩玉見嬌嬌出門，連忙就要陪著，嬌嬌搖頭。「我想一個人靜靜，妳休息吧。」

聽嬌嬌這麼說，彩玉沒有跟著，她已然知曉，自家的小姐是個什麼性子，而且如今季家守衛甚嚴，是不會有問題的。

嬌嬌也不知道自己想幹什麼，似乎，她只是想著四處轉轉。

嬌嬌在院子轉了會兒，不知怎地，就想去祠堂看看，祠堂在後院，她並沒有猶豫，直接順著小門往後院走去。

楚攸坐在房頂上喝酒，看著嬌嬌往後院走去，挑了下眉，望向了巡邏中早就看到他的徐達，沒有意外地迅速跟上。

徐達略作猶豫，不過卻並沒有阻攔。

嬌嬌順著林蔭小路逕自來到祠堂，她並沒有發現跟在身後的楚攸。

站在祠堂門口，嬌嬌有幾分糾結，不過也只是想了一下，她推開祠堂的門，踏入其中。

楚攸實在不明白，悄然地跟上。

嬌嬌將門掩上，看著季家祠堂裡的牌位，季家發跡也不過是這兩代，並沒有多少牌位，不過季致遠正在其中。嬌嬌盯著牌位，坐了下來。

「父親，呃，其實也不能叫你父親的，按道理說，你應該是我的表弟。人人都說我們很相像，如果不是知道你的為人，怕是就要擔憂我是你的私生女了，很可笑對不對？那個時候我很想說，那是自然啊，我們是嫡親的表姊弟啊！相像自然是正常的。今天我很高興，不知怎麼的，我就想過來與你說說話。你知道嗎？今天致霖有知覺了，嗯，我想，你一定知道了，你在天上有什麼不知道呢？姨母很高興的，二嬸也高興，不過母親卻有些心傷，我知道的，她不是嫉妒，她只是難過，難過你是真的不在了。」

楚攸悄然地貼在了房頂，陰差陽錯，只差一步，他並沒有聽到嬌嬌頭先的這番話。

「我不知道你到底籌謀了什麼，也不知道是誰害了你，不過你放心，我會為你找到真相的；雖然我知道，即便是我找到了真相你也不會回來，但是，母親會安心，姨母更會安心。能夠找到姨母，能夠擁有親人，這是我這一輩子最大的幸事，姨母年紀大了，我知道她已然心力交瘁。你放心，我會為你保護好家人的，保護好每一個人，姨母、母親、子魚，還有秀雅、秀慧他們。以前我總覺得自己勢單力薄，我總是很擔心自己不能做到，也許老天看到了咱們家的艱難，所以致霖有知覺了，他會好的，對不對？我相信，我相信以後季家會更好的。」嬌嬌輕語低喃，卻沒有想到會使偷聽的楚攸如此震驚。

他沒有聽到第一段，但是卻聽到了第二段，季秀寧話中流露出的消息更是讓他錯愕，如果不是他聽錯，季秀寧叫老夫人姨母，不是祖母，是姨母。

而據他所知，老夫人只有兩個哥哥並沒有什麼姊妹，楚攸迷糊起來，而且，季秀寧的年紀也太小了些。

楚攸震驚，卻不知，老天爺陰差陽錯地沒有讓他聽到第一段話，如若是讓他聽到第一段話，聽到嬌嬌叫季致遠表弟，怕他會更是驚愕吧，如若那樣，他大抵會認為發生怪力亂神的事了。

世間之事大抵常常如此，一個小小的差別就使事情有了千差萬別，而上天似乎也格外地眷顧嬌嬌，正是因此，雖然楚攸知道了老夫人和嬌嬌的親眷關係，卻不曾有更多的懷疑，只以為兩人有不得不說的緣由。

「我會守護家裡的任何人。」言罷，嬌嬌出門。

楚攸看著她的背影，眼神複雜。

原來，他的揣測真的沒有錯，季秀寧真的是季家的親人，他就說，如若真的只是養女，老夫人和季秀寧不該是這樣的狀態。

看來，季家確實隱藏了許多的秘密，他似乎該更加精確地調查一下季秀寧了。

這件事與他並沒有什麼特別大的關係，但是楚攸卻還是認為該調查一下，在他看來，將所有事情盡收於掌握才能得到更多的利益。

而且，最主要的是，這個人是季秀寧。

嬌嬌深夜不睡，滿院子溜達，卻不知，身後楚攸一直默默地跟著她，看她轉悠到池塘邊靜靜地看著池水發呆。

嬌嬌很高興，也許旁人不知道，她自己卻是明白的，每次只要遇到高興的事情，她都會睡不著，而且特別喜歡說話，如若不是這般，她也不會去看季致遠。

嬌嬌往四下看了看，楚攸以為被她察覺，連忙藏起，卻見她只是找了一塊小石頭，使勁地丟進了池塘。

撲通！池塘傳來一陣漣漪。

「季嬌嬌，加油加油！」

嬌嬌俏麗地笑了起來，露出淺淺的小梨渦，她支著下巴找了個地方坐下。

她靜靜地坐在那裡看著湖水賞月，楚攸則是也在不遠處坐了下來。

看著嬌嬌姣好的側面，楚攸微微垂首。

兩人都安靜得很，可是旁人卻糾結了——

侍衛甲表示自己壓力很大，他看著遠處一遠一近坐在那裡的身影，請示徐達。「徐隊長，他們那兒……還過去巡邏嗎？」

倒也不是怕什麼，可侍衛就是單純地覺得，那邊的氣場怪怪的，他心裡總是不太想去那邊打擾兩人。

雖然看著秀寧小姐並不知曉楚大人跟在她的身後，並且看著她，但是兩人這樣一遠一近的遙相呼應，讓他覺得特別美好。

徐達往那邊望了望，猶豫了下，言道：「不用了。」

嬌嬌望著平靜的湖水想起了現代的朋友，她已經許久都沒有想起那些人了，也不知道他們都過得好不好。恍然間，她似乎感受到一抹視線，嬌嬌迅速地回頭，她與楚攸的視線對上，嬌嬌微微瞇了瞇眼。

楚攸被她看見也並沒有什麼特殊的反應，只是起身拍了拍，好像身上有土似的。逕自來到嬌嬌的身邊，楚攸打招呼。「賞月呢？」

嬌嬌勾起嘴角。「是呢。不過，這內院恐怕不該是楚叔叔進來的地方吧？什麼時候，您走我們季家的內院也像走城門似的了？」

楚攸學著她的動作，找了一個小石頭丟進水池，劃出一個完美的拋物線。

抛完石頭，他似笑非笑地回身看。「就剛才啊！」

兩人並肩坐在一起，微風拂過，一時間，十分靜謐……

第四十章

楚攸也是講究，大抵是為了更好地籠絡住季家，直接便將查好的結果交給了嬌嬌。

不得不說，嬌嬌擅長的是分析，畢竟，她學的東西都是虛的，縱然觀察力強，她也並沒有經過實戰，在這一點上，她是遠遠不如楚攸的。楚攸的能幹看得見，不僅如此，在詢問口供的時候，他說話很會誤導別人，特別是在要得到自己需要的消息的時候。

雖然兇手做得謹慎，但是還真讓他們找到了破綻，看著這拿到手的證據，楚攸將東西放在了嬌嬌身邊。「這事是妳們季家的，妳還是稟了……老夫人吧。」

說到老夫人的時候，楚攸停頓了一下，其實在一瞬間，他是想說「姨母」來試探嬌嬌的，不過還是放棄了，不急於一時。

嬌嬌點頭。「嗯，多謝楚叔叔幫忙。」

真是難得的和諧。

嬌嬌自然是將楚攸交給她的吳家下手的證據交給了老夫人，老夫人嘆息一聲，命陳嬤嬤去宣秀雅。

嬌嬌安撫道：「其實現在讓我們知道也是好事，最起碼能讓我們更堅定要做的決定，不至於以後為今日後悔。」

老夫人點頭。「嗯，妳這丫頭這幾天忙這個也累了，回去休息休息吧，一會兒秀雅過來，妳在這裡總是不妥當。」

嬌嬌告退。

待她離開，秀雅趕到。

老夫人並沒有多說其他，只是將證據交給了她，多說也是無用，凡事自有分辨。

秀雅看著那些證據，臉色蒼白，都是……因為她？

「祖母……打算如何處置？」她迷茫地抬頭。

老夫人認真言道：「原本，家裡已經商討過，只要找到兇手，就會報官，他吳大人雖然是官，總還有比他大的官；可是就在剛才，就在我得到這些證據的時候，我突然就不這麼想了，秀雅，這件事，祖母交給妳來處置，報官還是放過吳家，看妳。」

「看我？」秀雅迷茫地呢喃。

「對，這一切都是因妳而起，自然該由妳結束。」

秀雅微微垂首，靜靜地思考起來，老夫人並不知道她在想什麼，她只是在等，在等秀雅做一個判斷。

許久，秀雅抬頭，這時她的眼神已經恢復了清明，她看著老夫人，一字一頓，說得極為緩慢，但是，也準確。「我希望，不報官。」

不待老夫人說話，她繼續言道：「我見過吳公子，很有為的一個青年，我不相信他是這樣的人。至於吳大人，他確實不是好人，可吳大人如若被揭發出來，那麼吳公子一定會受到牽連，按照本朝律法，他再也沒有機會參加科舉了。一個學富五車的年輕人，失去參加科舉的機會，對他太殘忍了。也許我是婦人之仁，可是我真的希望，給他一個機會，只要我們適合地敲打，他們一定會老實的。」

老夫人看秀雅，嘆息。

「妳是個好心腸的孩子。」

可這個時候季家的人還不知道，季秀雅還不知道，她將為自己的好心腸付出慘重的代價。

嬌嬌應了要教楚攸使用滑翔翼，不過還不待動作，楚攸便接到了回京的加急快報。

「啟稟楚大人，皇上有旨，速傳楚大人回京，望您即刻啟程。」

楚攸聽他這麼說，看一眼嬌嬌，門衛站的位置略遠，這裡說話也只他們三人可以聽到。

「可是京中出了什麼大事？」

此人大抵也是楚攸心腹，見楚攸問及又不顧忌嬌嬌，也直接回道：「回大人，二公主再次遇刺，已經沒了，皇上讓您回去徹查此案。」

「什麼！」楚攸怔住，不過隨即往季家走。「備馬，我收拾行李立時出發。」

「是。」

嬌嬌站在一邊，想了下，跟了上去，這個時候她的內心是不能平靜的。二公主，死了？

楚攸甚至連個招呼都沒打便離開了，他也知道，嬌嬌聽到了一切，必然會告知大家，嬌嬌確實也這麼做了，不過在此之前，她事先見了徐達。

「馬上加強府裡的戒備，將人手再增加兩成，姑姑那裡你更是要盯緊了，萬不可有任何一絲的差池。」

嬌嬌時常替老夫人通傳消息，徐達並不問原因，直接應是。

他知道，秀寧小姐既然這麼說，必然是有大事發生。

想了一下，嬌嬌連忙往老夫人那裡而去。

二公主再次遇刺，這也說明瑞親王是不殺死他們不甘休，要是真的這麼看，姑姑便更危險了。

楚攸離開，二公主去世，嬌嬌立時緊張起來。

雖然他們已經懷疑上了瑞親王，而且基本上他的可能性是最大的，但是這種知道，卻比不能說出兇手是誰還要去防範更加地讓人覺得糾結。

老夫人看嬌嬌糾結的表情，無奈地笑了笑。

「祖母怎麼還笑呢，這事多不安全啊！我們如今怎麼辦才好？單純的防範總不是長久之道。」

老夫人淡然。「便是我們如今著急得不得了，事情依然會按照它該有的軌跡來走，不會因為我們如何而有變化的，倒是不如嚴陣以待。」

嬌嬌自然是機靈的，可是到底年輕，遇事難免急躁，比不得老夫人沈穩。

「話是這麼說，但是總是控制不住自己的心。」

老夫人點頭，認同她的說法，不過老夫人想得也不少。「其實，我倒是覺得，瑞親王未必會再次來殺晚晴。」
「哦？祖母為何如此想？」
「二公主死了，這段時間他難免要謹慎些，京中必然更加緊迫，他不見得會在這個時候離京。」老夫人推斷。
嬌嬌皺眉。「揣測總是做不得準的，事關姑姑的性命，我們不能大意。」
「我會多小心的，秀寧無須太過擔憂。」清脆的女聲響起，來人正是季晚晴。
季晚晴看徐達對人手的布置有幾分懷疑，她估計該是有大事發生，便連忙來見自己的母親了。
「秀寧見過姑姑。」
「可是瑞親王有什麼問題？」季晚晴也不是傻瓜，自然是揣測出了個端倪。
「正是的，也許，瑞親王會來殺您。」嬌嬌點頭，並沒有隱瞞季晚晴。
季晚晴看她們，言道：「有時候我們不想惹事，可事情偏偏不肯放過我們，人生大抵如此為難。
「我一直想不通，瑞親王為什麼要殺我，妳們能告訴我嗎？」季晚晴看老夫人和嬌嬌，雖然她們不曾明說，但是季晚晴卻從她們的表現裡看出了一絲什麼，如若說她們什麼都不知道，季晚晴是怎麼都不信的。
「原因重要嗎？有的人殺人是不分青紅皂白的，妳只要知道，我們都會守護妳，不會讓妳出事便可。」老夫人並不想詳細地講述這些原因，她更是不想再次提起虞夢，徒惹季晚晴傷心。

季晚晴還想說什麼，看到嬌嬌垂首思考的樣子，終是沒有再問。

「也許，我們該開門見山，不要讓他以為，我們是任人捏圓捏扁的小可憐。」嬌嬌並沒有將心緒放在季晚晴身上，反而仔細思索著。

老夫人和季晚晴俱是看她。

嬌嬌笑了起來。「我認為，我們應該以攻為守。」

「何謂以攻為守？」季晚晴不解，而老夫人則是若有所思。

嬌嬌微微揚頭。「有兩個方案，方案之一便是親自去與瑞親王談，開門見山地讓他知道，我們也不是好欺負的，我們不檢舉他，不代表我們就怕了他；另外一個方案則是為他製造麻煩，我想他忙起來大抵就沒有工夫來江寧殺人了。」

老夫人微微垂首，仔細想著這兩個主意，然季晚晴卻是不同意的。

「不行，我覺得這事不可行，兩個方案都不可行，無論哪個都有漏洞。第一個方案裡面，我們去談，就算我是人證，也做不得數的，我們拿什麼和他談？第二個更不安全，妳說要為他製造麻煩，但是我們能製造什麼樣的麻煩，一旦引火上身呢？我不可能因為我自己的安危而將整個季家放在火上烤，這太不現實了。」

嬌嬌回道：「既然我提出這兩個方案，自然就是有幾分的把握，姑姑放心便可。」

季晚晴沈默下來，許久，她看著兩人認真地說：「我們從來都沒有問過秀寧探尋山谷找到了什麼、查到了什麼，可是我知道，妳們一定找到了什麼，而這個秘密十分重要，是說不得的；如若不然，妳們斷不會什麼也不說，秀寧更不會修改滑翔翼的設計圖，讓別人沒有機會去那裡。現在，我是不是可以認為，其實上次去谷底，秀寧找到的那些證據是足以威脅瑞親王的，對嗎？」

嬌嬌眼神閃了一下，隨即看老夫人，老夫人有幾分欣慰的笑。「晚晴真的長大了，再也不是以前那個魯莽倔強的小姑娘了，想事情也周全許多。確實，事情如妳所言，但是這事詳情卻不方便與妳多言，有些事不是知道的人越多越好。」

「我明白的。」季晚晴點頭。

「既然如此，妳先回去休息吧，妳二哥近來好轉地越發明顯，蓮玉也都將心思放在了那兒，家裡的事妳還是要多上心。」老夫人微笑。

「好。」

看季晚晴離開的身影，嬌嬌言道：「姑姑特別大器，特別是這幾年，與我們初見之時越發地不同了。」

「人都會成長，晚晴也不例外，就是妳，同樣也是。」

嬌嬌心有戚戚焉地點頭。「正是如此呢。祖母，您說，我剛才提的意見如何？」

老夫人想了一下，回道：「簡單粗暴，但是卻現實可行。不過問題是，如若瑞親王殺人滅口呢？就他做的這些事而言，我總是覺得，此人行為乖張，或者說，他比較喜怒無常。」

「祖母是想說他是潛在的精神病患者嗎？」嬌嬌還有心思調侃，惹得老夫人瞪她一眼。

「這個家裡能去與他談的，只有妳一個，我並不放心。」老夫人在嬌嬌面前也不藏著、掖著，確實是這樣的，家裡除了她們兩個之外，沒有旁人知道得這麼詳細，就算是知道了，還有另外一個問題，那便是如何談，這談話是有技巧的，老夫人明白，嬌嬌也明白；而現階段老夫人是絕對不能進京的，否則只會徒惹他人懷疑。

季家因為滑翔翼一事已經聲名大噪，她若是進京必然會引起他人的注意，而且這個時候季致霖正逐漸好轉，她卻去了京城，怎麼看都是不妥帖的。

嬌嬌為自己斟了一杯茶。「其實祖母也沒有什麼好擔心的，您我都知曉，我去是最合適的。」

「祖母自然是知道，但是……唉！」

「我知道所有的一切內情，學過犯罪心理學，知道如何與瑞親王談，而且我去京城旁人必然不會關注，我是季家的養女，這個時候離開總也沒有什麼的。咱們家要搬回京城，我先行回去收拾準備也是正常。」嬌嬌低言。

「這麼多年，我事事倚靠妳，將本該是晚晴、秀慧她們承擔的責任加在了妳的身上，妳知道嗎？我覺得自己愧對妹妹。我雖然找到了她唯一的女兒，但是卻並沒有善待妳，妳為我、為季家做了太多了。」老夫人嘆息，提到自己早亡的妹妹，她紅了眼眶。

嬌嬌挽住老夫人的胳膊，低低地說：「我沒事，我沒事的，我願意做這一切。有一個家，大家共同為這個家奮鬥努力不是很好嘛？責任從來不是加在誰身上的問題，能者多勞，也許這句話顯得我有些托大，可是我還是要說，最起碼，我多了那麼多年在現代生活的經驗，我來處理一切是最為合適的。」

老夫人定睛看著嬌嬌，許久，認真地點頭。「秀寧，謝謝妳，謝謝妳為我們做的，一切都是祖母欠妳的。」

「才不准祖母這樣說呢，什麼欠不欠的，咱們是一家人，一家人哪裡要說兩家話。」

「對，一家人，我們是一家人……」

季家戒備森嚴起來，老夫人召見了大夫人和二夫人，說道要讓秀寧先行進京，而她進京的目的則是打前哨，收拾一下宅子。自然，秀寧一個小姑娘去也難免有些壓不住場，因此老夫人安排自己身邊的許嬤嬤陪著秀寧。

大夫人、二夫人聽了俱是同意，季晚晴聽說嬌嬌要進京，一直處於糾結呆滯的狀態，她心裡深深清楚，所謂的進京完全是因為她。

母親一定是安排秀寧去與瑞親王談，想到這裡，季晚晴更是擔憂嬌嬌的安危，不過嬌嬌倒是不以為意的，事不宜遲，她以最快的速度略作收拾便準備啟程。

彩玉和鈴蘭都是嬌嬌身邊的得力人手，此時必然都要跟著。

兩人也更加忙碌起來，嬌嬌講究兵貴神速，既然已經敲定了此事，她便決定兩日後出發。

這兩日過得總是極快的，季晚晴一直想找個時間與嬌嬌談談，不過卻不得要領，嬌嬌忙得不得了；雖然這次是去與瑞親王談判，但她表面上可是去整理季家的，該做出的姿態不能不做出，裝也要裝得像個樣子。

老夫人看季晚晴焦急的模樣，將她叫到主屋談了一番，許是這番談話起了作用，季晚晴終於平靜下來。

兩日一瞬即逝，臨行前季晚晴到來，見嬌嬌的東西都已經放在外面，言道：「秀寧，路上一定要小心，進了京之後更要處處謹慎，妳為姑姑做得太多了，姑姑無以為報。」言罷，眼眶紅了起來。

嬌嬌見狀連忙拉住季晚晴的手。「姑姑莫要哭泣，您不相信我嗎？我不怕瑞親王的，小時候我都能糊弄得了他，今日也斷不會失誤，您只要在家中等我的消息，我會處理得很好的。」

季晚晴也握住了嬌嬌的手，她不肯撒手，堅定言道：「如若妳有什麼事，姑姑絕對不會獨活在這個世上。」

嬌嬌變了臉色。「姑姑說什麼胡話呢！什麼活不活的，我們都會好好的，我說自己不會有事就不會有事，您更是莫要想得太多；就算退一萬步講，如若我有什麼事，姑姑不是更該好好地活嗎？您要像我現在一樣守著大家，怎麼能夠去死，姑姑這樣說太讓我失望了。」

「秀寧……」

「姑姑不要說了，您且聽我說。對付瑞親王，我已經反覆推演過了，我設想過他所有的反應、他可能會說的話，也做好了應對措施。我是去解決問題，不是去製造問題的，所以您莫要再胡說了。前日我還與祖母說，姑姑現如今與我第一次見您的時候有了許多的不同。姑姑，我不想再看到那個自怨自艾的您，咱們季家的女孩，不該是最能幹、最堅強的嗎？」

季晚晴聽了這一切，點了點頭。

「我明白。秀寧，我明白妳的話，也請妳相信我，我會越來越好的，也請妳好好保重，姑姑謝謝妳做的這一切。」

「一家人，有什麼必要說謝謝呢？不過您的謝謝，我接受了，姑姑，您要好好的。」嬌嬌拉扯了一下衣服，看自己一切準備就緒，笑言。

「我會，我們大家都會。」

「姑姑，有些時候祖母不將事情告訴您，不是因為覺得您承擔不起這些事情，而是不希望平添更多的煩惱，她做的每一件事都是為季家好，為我們每一個人好，這次不肯告訴您，您該瞭解其中一二。」

季晚晴點頭。「我明白的，原本我以為自己很聰明，後來我發現其實不是的。秀寧，許多事情在許多年之後我才會明白，可是我知道，妳們不告訴我那不是害我，不僅不是害我，相反地一定是對我好。」

「呃？」

「我說的是六年前的刺殺事件。其實六年前的刺殺事件不是大舅舅家做的，而是母親，我說得對嗎？秀寧。」

嬌嬌有些驚訝地看著季晚晴，她知曉秀慧在懷疑這件事，卻不知道，季晚晴也懷疑了起來。

難得看嬌嬌驚訝，季晚晴勾起了嘴角。「我開始真的以為那些人是要殺我，可是丫鬟的一句話讓我有了幾分的懷疑，是啊，徐達功夫那麼好，季家的護衛那麼強，為什麼我們沒有抓到一個刺客，而這些人中，除了徐達自己，其他人幾乎全都是小傷，這太不合理了。妳以前不就說過嗎？太多的不合理湊在一起，那一定是有其他不為人知的秘密隱藏在其中。後來經過我的觀察，原來真是我猜測的那樣，我對這樣的結果訝異極了。

「我想了許久，終於明白，原來一切都是個幌子，所有人似乎都被糾正回到了正軌，該走的人，也走了。我想，如果不是那件事，這些必然還是一團亂象，想到這裡，我才終於釋懷。這麼多年，我看著母親，看著妳，看著秀慧，我就在想，當年的事，到底有多少人知道內情，而這內情，是揣測出來的，還是事先就知曉。」

「其實這些也不重要的。」嬌嬌歪頭言道。

「也許。」季晚晴微笑。

嬌嬌似乎豁然明白了季晚晴為什麼要說這些，她是在間接地說，她不是軟弱無能什麼都不能做的季晚晴，她一樣可以察覺一切，一樣可以為季家奮鬥，她希望……希望自己安心。

想到這裡，嬌嬌笑了出來。

季晚晴看她如此，與她對視，也笑起來……

「姑姑，一切都會好起來的，二叔會醒，我也會將事情解決好。我們一起努力，把季家發揚光大好不好？」

季晚晴咬唇，認真點頭道：「好！一起努力！」

第四十一章

這廂嬌嬌啟程前往京城，另外那邊，楚攸已然抵達京城。

一進京城，楚攸便感受到了不一樣的氛圍，京城因為二公主的遇刺而變得暗潮湧動、風聲鶴唳。甭管皇上喜不喜歡這個女兒，她都是公主，在京中將公主刺殺而亡，這是何等的大事，皇上如何能肯善罷甘休。

而且，公主的遇刺也昭示了皇宮中守衛的薄弱，這一點更是讓皇帝介懷，楚攸跟在皇帝身邊多年，他深深知道皇帝忌憚的是什麼，恐懼的又是什麼。

楚攸風塵僕僕地進京，並沒有回府，反而是在第一時間進宮。

踏入高高的宮牆內院，楚攸變換了臉色，再也不是那個與嬌嬌言笑間有幾分人氣的楚攸，在這裡，他更像是一個粉墨登場的戲子。

楚攸將自己的兵器交給太監，不管是歷朝歷代，皇帝的位置都是最容不得旁人覬覦的，任何人都甭想帶兵器進宮，而本朝似乎更加地嚴格些，別說是楚攸，就算是皇子進宮，一樣也要經過嚴格的臨檢。

正是因為這一點，他極為納悶，那人究竟是如何將兵器帶進宮，並且刺殺了二公主的。具體情況誰人也不知道，楚攸現在只待皇上的交代。

經過來喜通傳，楚攸踏入御書房，跪下請安。

「微臣楚攸參見皇上，吾皇萬歲萬歲萬萬歲。」

老皇帝並未叫起，反而是依舊翻看著手中的書籍，如若楚攸抬頭，定然會訝然，他看的，正是當初季致遠的那本《獨夜有知己》，任誰都知曉，這本書寫的，正是季致遠與楚攸的情誼。

楚攸沒有聽到皇上的話，只老實地跪著，面色上看不出喜怒。

許久，皇帝將書放下，他看楚攸，輕輕地問道：「楚攸，你可知罪？」

「微臣不知何罪之有。」楚攸心下訝然，不過仍是寵辱不驚。

皇上冷笑。「好一個不知何罪之有，在江寧待得可好？」

「臣惶恐。」楚攸依舊淡然，他既然什麼也沒做，那麼斷沒有被嚇住的理由。

皇帝盯著楚攸，想從他的表情裡發現什麼，見他依舊是那模樣，言道：「好一個惶恐，好一個不知何罪之有。朕命你去利州調查，你未去利州卻擅自在江寧停留，這難道不是罪過？楚攸，你口口聲聲言道不知罪，難不成是全然不將朕的吩咐放在眼裡？」

「微臣不敢。」楚攸朗聲言道。

「微臣雖未去利州，卻已然安排了人過去，臣名聲在外，如若貿然前去，怕是會打草驚蛇，倒不如先行安排他人潛入，微臣留在江寧，要是利州有一絲的風吹草動，臣都可立刻趕過去，這樣更有利於調查的進展。」楚攸解釋得合情合理。

「朕倒是以為，你留在江寧更多是為季家吧？」老皇帝瞇眼看他。

楚攸認真言道：「啟稟皇上，微臣只以大局為重，季家與我並無干係。」

「並無干係？朕倒是不這麼認為，如若毫無干係，季狀元這本《獨夜有知己》怎會寫得如此真摯？楚攸，朕很好奇，你與季致遠，究竟是如何反目，難道真的是因為寧元浩，真的是因為意見向左？恐怕並非如此吧？」

老皇帝一個問題接著一個問題，打得楚攸措手不及，不過楚攸在皇帝身邊多年，他也並非省油的燈。

「啟稟皇上，臣與季狀元本就沒有什麼反目，不知是何人造此謠言，意圖分化我們；至於駙馬，微臣不知此事與駙馬有什麼關係，政見相左更是與此事無關，還請皇上明鑑。」

楚攸每回答一個問題都給自己留了後路，他說得虛虛實實，讓人辨不清真假。

「人人都道駙馬之事是臣為之，可是微臣如今敢對天發誓，微臣並未對駙馬下手，至於駙馬究竟為何離世，恐怕也只有已在泉下的駙馬爺知曉。但是見異思遷、欺世盜名的小人被人害死，也是正常。」

皇上聽了楚攸的話，挑眉冷眼看他。「大膽，駙馬爺豈是你等可以誣衊的？你說死了也是正常，你楚攸在外風評如此惡劣，如若你被人害死，也希望他人如此議論？人都死了，積些口德吧！」

楚攸垂首，看不清臉色，不過言語卻清冷淡然。「如若臣死了有人這麼認為，那又有什麼關係呢！左右不過都是虛名，所有虛的東西都敵不過一個實際，臣從來都不在乎那些，如若拋掉這身虛名能為皇上做些什麼，倒是也無妨的。駙馬爺欺世盜名樹敵頗多，就算他處處小心，擔著好的名聲那又如何，人死了，還不是塵歸塵，土歸土；而且古來就有大奸似忠的句子，可見，名聲什麼的，都是枉然，臣不在意那些名聲，如若用這不好的名聲能更好地為皇上效力，又有何不可呢？臣曾經聽人說過，這世上，忠臣、佞臣、奸臣，所有人都有他存在的必要，微臣深以為然，不管是什麼臣子，只要能體現自己的價值，對皇上來說才是一件幸事。」

楚攸此言說得大膽，如若是皇上一個惱怒，怕是就要立時下獄，可是既然楚攸敢說這些，便也是看準了皇上的性子，皇帝年紀大了，他的個性已經與年輕時截然不同起來。

這個時候的他該是更加喜歡直言的臣子，他看中的是這個臣子能為自己做什麼，能為這個國家做什麼，是否對他忠心，至於這臣子是忠是奸，倒是顯得不那麼重要了。

皇上看著楚攸，許久，言道：「楚攸，不得不說，你是滿朝文武之中，最能切中朕脈搏的人。」

「臣不敢。」

「你敢，而且你知道，怎麼樣才會讓朕全然信任你。楚攸啊，朕可以允許你為了一己之私打擊對手、收受賄賂，抑或者是其他所謂壞事；但是朕要什麼，你更該知曉，每個人存在的價值都不同，而對你的定位，朕一直都是兩個字，佞臣。朕身邊所謂的忠臣太多了，多到朕不需要，你懂嗎？」

楚攸眼光閃爍，回道：「臣明白。」

老皇帝露出一個笑臉。「朕要你扒下那些大奸似忠的人的皮囊，也要你將真正禍國殃民的老虎拉下。你，做得到嗎？」

楚攸心驚，不過卻仍是面上不顯。「臣只言，盡微臣最大的能力為皇上分憂。」他不敢將話說滿，不過皇上並不滿意。

「什麼時候做臣子的只要盡力就可以了？如果一個人沒有存在價值，那麼他只會成為一顆棄子。」皇帝表情沒有什麼變化，言語之間也是輕描淡寫，卻充分顯示了他的狠戾。自古以來，為人仁慈的，並非都適合做皇帝，倒是那些為人狠戾之人更能將國家治理得好。

「如若處理不好一切，臣自然沒有存在的必要，所謂盡自己最大的能力，極限是微臣的命。」楚攸也說得輕描淡寫，不過言語間的果斷讓皇上讚賞地點了點頭。

「朕最是欣賞你這一點，行了，起來吧。」

「謝皇上。」

老皇帝看楚攸風塵僕僕的模樣，言道：「究竟是季家吸引你，還是季秀寧吸引你，竟能夠引得你不斷地前往江寧？」這話裡的意味有幾分調侃。

楚攸面不改色。「臣自幼在季家長大，既然路過江寧，自然要探望老夫人，這是做人的根本。」

皇帝不置可否，笑了下，然笑容卻未達眼底。

「不管是季老夫人還是季家，不日就會搬至京城，以後你倒是不必往江寧多奔了。」

「季二哥身體有了知覺，如若搬來京城，想必是極好的。天下名醫俱是供職於太醫院，如若季二哥能夠好轉，必然又會為皇上增添棟梁之才。」季致霖有知覺這件事必然會傳到皇上的耳中，倒不如由他早早說出。

果不其然，皇上並沒有什麼驚訝，楚攸了然。

「能醒過來自然是好，季家一干女眷，也是需要有個人操持的。」

楚攸點頭。

「行了，不管是季家抑或者是利州案等其他，都暫且告一段落，想必你也清楚了，這次急召你回來，是為了玉盈之死。朕要你迅速調查此案，在最短的時間內給朕一個結果。」

「是，臣遵旨。」

老皇帝看他，露出笑容。「七日，朕最多給你七日，你必須在這之內將此案件破獲。」

「七日？」楚攸有些訝然地抬頭，看皇帝的表情，遂低下頭。

「對，七日，多一日都不可，這已然是朕給你最大的寬限了。楚攸，朕知曉，你對刑部尚書這個位置覬覦已久，而你們的尚書大人對你如何，你更是心知肚明。」說到這裡，老皇帝停頓了一下，笑了出來。

「這世間之事與官場之事都是秉承一個道理，不是東風壓倒西風，便是西風壓倒東風。這麼多年，你忍夠了，他也忍夠了，朕實不忍看你們兩人一直如此，倒不如，找個機會處理一下。二公主遇刺案，楚攸，這麼大的案子，如若你能處理妥當，朕就算是升你，也升得理直氣壯，你，不要讓朕失望。」

「是，臣定當竭盡所能。」雖並未說死，但是看楚攸的表情，已然是勢在必得。

老皇帝滿意地點頭。「此事不光你會調查，你們的尚書大人一樣也會如此，如若你調查得快，那麼他便回家養老；同樣，如若是他先調查出來，那麼楚攸，朕想，刑部的差事怕是不太適合你了，你就安心在老八身邊做一個謀臣吧。」

楚攸是八爺一黨，此事不光外人，連皇上都是知曉的。

要說楚攸也是一朵奇葩，如今皇上身子極好，不管是哪個大臣都並不敢公然站隊，不是說怕站錯隊，更怕的，是皇上對此事的厭惡和忌憚，沒有一個皇帝願意看到自己還好好的時候，自己的臣子就要謀劃著倒向哪個皇子，藉以尋找後路，更有甚者，亦能逼宮。

如若是沒有什麼實權的小臣倒是還好些，便如同當初的季致遠，他供職於翰林院，算不得有實權，做些文字工作，尚且無事。可楚攸不同，楚攸供職於極為重要的實權部門，而且他深受皇上的信任，甚至，如今楚攸在刑部說話的分量，便是刑部尚書也比不上。這樣一個身處實權部門、一個大權在握的人不顧及皇上身體安好，公然倒向皇子，委實讓人錯愕。

更加讓大家不解的是，皇上似乎倒是並不在意的，也正是因為有著楚攸的加持，八皇子竟是越見地坐大，這倒是本朝的一樁奇事；可如若有旁人也想仿效，那簡直是找死，楚攸走過的路，旁人無法複製，這也是楚攸男寵之說愈演愈烈的重要原因。

楚攸微笑。「臣性子張狂，也已經習慣了在刑部的生活，如若讓微臣老實地待在誰家後院揣摩人，臣倒是覺得，大抵是要煩悶得渾身長草吧？便是為了不過上那渾身長草的生活，臣也定會全力以赴。」

老皇帝被他逗笑。「朕就喜歡你這一點，目標明確，不玩虛的，想要什麼直說就好，無須與朕表那些無用的忠心。朕年紀大了，不似年輕之時，容不得旁的聲音，盡是追求一些所謂的忠心，有時候太過追求一些東西，倒是會做出更多錯誤的判斷，失去一些本不該失去的人。」

皇帝感慨萬分，說著不著邊際的話，楚攸眼神微閃一下，隨即恢復尋常的面無表情站在那裡，看不出個喜怒。

「好了，朕大抵是真的老了，竟然囉嗦起來，行了楚攸，你下去吧。至於二公主遇刺的具體情況，你問來喜，俊寧那小子當時也在場，朕已然與他說過，他會全力配合你的調查。」

楚攸點頭應道：「臣遵旨。」

其實老皇帝也真是頂奇怪的一個人，他兒女眾多，可是卻又與所有孩子都不太親近，相對而言，對他的姪子宋俊寧倒是頗好，更親熱一些，委實讓人看不懂。

不過大家一轉念倒是有幾分明白，畢竟，這些兒子都虎視眈眈著他的位置，有幾分真心有幾分假意也未可知，他自然是心裡有隔閡；而宋俊寧是他的姪子，不會爭奪皇位，自然不同，這便是帝王家，外人只看到榮華富貴，卻不曾想到其中的冷漠、疏離、算計。

楚攸告退之後並未離開，而是第一時間就詢問起來喜當時的情景。

來喜是皇帝身邊的大太監，也是皇上最重視的心腹，便是那些皇子都是要不斷地巴結著他的，旁人更是不敢造次，不過楚攸對他倒是淡淡的，談不上巴結，但是也在細小之處極為用心。

「來喜總管，當時究竟是個什麼情況？」他開門見山言道，他絲毫不避諱自己的急於調查，刑部尚書，如此大的誘惑他沒有必要表現得不在意。

來喜送楚攸出門，見他迫不及待，微笑回道：「當時二公主出事的時候，咱家正與小世子一同去為皇上取東西，聽到小太監的稟告立時趕了過去，二公主那時已經過世了，她似乎是被人用利刃刺死，但是我們在現場並沒有找到什麼，不管是凶器還是其他，都沒有。小世子當時詳細地檢查了二公主，也未發現什麼，後來皇上就將大人身邊的李蔚大人傳召來了。咱家看著，李蔚大人已經將當時在場的宮女、太監登記在冊，具體情形，大人回到刑部便可知曉。若說大人要調查這些宮人，那只須知會咱家一聲便可，咱家會為大人安排，但是要說能發現什麼端倪，咱家可真是有心無力了。」

楚攸聽了，點頭。「多謝來喜總管幫忙，這樁案子這麼蹊蹺，又牽扯到二公主，日後少不得還得麻煩總管。」

「這是哪兒的話，這些都是咱家該做的。二公主也是咱家看著長大，竟是就這麼不明不白地死在宮裡，別說皇上難過，就是咱家，也是夜不能寐呢。你說這世事怎就如此無常？唉！」

「楚攸既然應了皇上要找到兇手，必然會全力以赴，總管也莫要太過哀傷傷了身子，待到他日找到兇手，一切皆可水落石出。」楚攸安慰。

「也不知道是哪個該死的殺千刀做的，楚大人向來英明，可定要為二公主找到兇手啊！」

「必當全力以赴。」

告別來喜，楚攸也不耽擱，馬上出宮回刑部。

不過離開的時候他卻在冷笑，為來喜的話冷笑，皇上傷心難過？不好意思，他還真沒看出來，來喜夜不能寐？更是天大的笑話。誰人不知，二公主這幾年性情大變，越發地乖張，就連她的生母玉妃都不願意多見她，更遑論是其他人。

甫一出宮，楚攸就見李蔚、李蘊兩人站在宮門等他，見楚攸出了宮門，兩人快步上前。

「屬下見過大人。」

「快起。」

「是。大人，一路上風塵僕僕，可還好？」李蔚言道。

楚攸點頭。「走吧，回去說。」他率先走在前邊。

如今刑部分為兩大陣營，一是尚書與右侍郎所代表的一方，而另一方則是左侍郎楚攸所代表的一方。

待回到刑部，楚攸立時開口。「李蘊，我讓你緊緊盯著瑞親王，你可有發現什麼異常？」

先前他懷疑季晚晴和二公主同時出事是因為有人在為虞夢報仇，而季秀寧立刻研究滑翔翼的舉動，則是讓他懷疑上了瑞親王；這次二公主再次遇刺身亡，他一路上便在琢磨，就是不知，這次事件是否真的與瑞親王有關，如果確實與他有關，那麼瑞親王為什麼要為他三姊報仇？真的是為了他們林家？楚攸陷入一團亂麻，不過他倒是沒有糾結，凡事總是會理出個頭緒的。

「啟稟大人，瑞親王並沒有絲毫反常，二公主出事那天晚上，他與幾個大人在天香閣喝花酒，一直待到深夜。您也知曉天香閣的格局，如若他離開，必然會被看見的。」

「與他喝花酒的都有誰？」

「各方勢力都有，江大人、安大人、徐大人……這些人是萬不可能串供的。」李蘊甚為嚴謹。

楚攸皺眉冷笑。「本身，瑞親王喝花酒這件事就已經是反常了。」

李蔚、李蘊對視一眼，恍然。

確實，瑞親王在京中是有名的懼內之人，他只有一位王妃，從不納妾，也甚少與他人有糾葛，他去喝花酒，本身就不太正常。

不過縱使這樣，李蘊還是言道：「可是屬下一直都是安排人盯著瑞親王的，喝酒之事是臨時起意，也是安大人強拉著瑞親王去的，若說瑞親王搗鬼，屬下覺得可能性極低。」

「極低，不是沒有，你給我詳查。」

「是。」

「大人，其實如果準確說起來，這事還真有些怪，特別是那個現場，屬下一進去便覺得有說不出的詭異，總是覺得有哪裡違和，可偏又百思不得其解。」

「哦？你說說。」

「屬下也說不好，不過屬下已然命人將現場繪製下來，宮中的現場縱然不會變動，咱們也不可能多次勘查，更何況，咱們沒有日夜不休地守在那裡，哪裡知曉是否有細微變動，稍後我將現場繪製圖拿給您。」

楚攸點頭，看兩人。「皇上有旨，命我在七天之內找到兇手，同樣，咱們的尚書大人一樣也在做這些，所有資源不必共用。所謂不是東風壓倒西風，就是西風壓倒東風，也許，這對我們來說是關鍵的一役。」

楚攸並未明說，但是李蔚、李蘊俱是他的心腹，兩人瞬間明白，如若這次自家主子先行調查出真相，那麼這尚書的位置，就該是易主的時候了。

兩人也有了幾分的激動。

「屬下明白，更會通知手底下的人，全力以赴，盡力調查。」

楚攸點頭。

李蔚想到什麼連忙開口。「大人，屬下還有一事稟告。」

「嗯？」

「鳳仙兒飛鴿傳書，在您離開的當天，季家安排了季秀寧小姐第三日啟程來京城先行布置季家老宅，算著日子，她已然啟程了，大抵這幾日就會到。」

「她啟程來京城了？」楚攸訝然，隨即笑了出來。「甚好。想來，老天都在幫我。」

李蔚、李蘊面面相覷，不解其意。

此時趕路的季家秀寧小姐小嬌嬌還不知道，自己還沒到京城，就已經被某人惦記上了，真是，呃……

第四十二章

這世上有一種人，他們叫做天生的冤家，也就是不對盤，若是要舉例子，那麼楚攸自認為，他與小世子宋俊寧就是這樣的存在。

自然，楚攸是不覺得自己有什麼問題的，在他看來，小世子宋俊寧這個孩子是略顯奇葩的。本身就是一朵奇葩的人覺得他人奇葩，還真是五十步笑百步了。

雖然得到了皇上的指示，可宋俊寧並沒有什麼閒情逸致幫助楚攸，相反的，他倒是幫助老尚書多一些。

楚攸如今正是兵貴神速的時候，自然是不能全然聽信宋俊寧的話，即便是他掌握了第一手的資料，可如若他成心誤導，那麼他們大抵會走更多的冤枉路，倒不如自己調查。

嬌嬌這一路上不斷地打噴嚏，她感慨。「一個噴嚏是有人想我，兩個噴嚏是有人罵我，三個噴嚏就是我傷寒了。可是妳們說，我這接連不斷的噴嚏是咋回事咧？」

許嬤嬤笑言。「想來是老夫人想念秀寧小姐了，這麼多年秀寧小姐從未離開過老夫人身邊，您那天早上啟程的時候，老奴看見老夫人眼眶都紅了。」

嬌嬌捏著帕子。「我也想祖母了，想家裡的每一個人，嬤嬤，妳說會不會我們再次見到二叔的時候，他已經醒了啊？」

許嬤嬤也是一臉的希望。「如若真是這個樣子，那真是家裡天大的喜事了。季家已經很多年沒有喜事了，算起來，真該有一個這樣的喜事來沖一沖喜，許是沖喜之後，季家的運勢就全然不同了呢。」

嬌嬌點頭，清脆地回應。「會的，二叔已經有知覺了，他會好的。許嬤嬤，咱們還有多久才能到京城啊？」

許嬤嬤看嬌嬌似乎有幾分著急，回道：「小姐可是急了？如若按照現在的腳程，大抵明日便可到京城。」

算起來，她們真的走得極快，這些人之中只有許嬤嬤是知道內情的，她也知道小三小姐要去京城做什麼，其他人並不知曉，鈴蘭等人已經趕路趕得心力交瘁，疲憊不堪，可是看自家小姐和年邁的許嬤嬤都能堅持，她們自然也是不會多言的。

縱然這些年習了些武藝，可到底是養在深閨，嬌嬌也是極為勞累，但是這事本就急切，她如何能不加快趕路，早些解決，晚晴姑姑就少了一分危險。

翌日。

嬌嬌動作迅速，她幾乎以別人想不到的速度到了京城。

她如此地風塵僕僕，可是還未進城，就見有人候在那裡，見馬車駛近，李蔚連忙上前。

「小姐，有官差奔著咱們過來了。」彩玉言道。李蔚的位置有點遠，大家並沒有看到他的長相，但是遠遠地也可看到他的官服。

官差？嬌嬌掀開簾子看了一眼又放下，回道：「無妨。遠看著，這人有些眼熟呢！」

許嬤嬤點頭。

李蔚迅速近前，不多時，就聽侍衛稟報。「啟稟三小姐，楚大人派人來接您了。」

呃？這是什麼情況？嬌嬌有些錯愕，楚大人？楚攸要幹麼？

「屬下刑部李蔚見過季三小姐，我家楚攸楚大人命屬下前來接季小姐。」

這個李蔚嬌嬌也是見過的，在寒山寺之時，他出現過幾次。

嬌嬌想了一下，倒是沒有拘於小節，再次掀開簾子，笑意盈盈。「多謝李大人，不過此事就不勞楚大人多費心了，還得煩勞李大人替我感謝一下楚大人，他的好意，我心領了。」

「我家大人說了，如今京城也不太平，季小姐孤身一人，難免不安全，屬下也並無他事，只護送季小姐回府便可。」

嬌嬌看他表情認真，略點頭。「那就煩勞李大人了。」

本來李蔚還以為這秀寧小姐還要拒絕一會兒，卻是不想，她只略作拒絕便答應。自然，看她的樣子也知曉，她並非擔心什麼安全與否，更多的是不願意在此糾纏。

在李蔚和幾個刑部侍衛的護送下，嬌嬌很快進城回了季家。

季家宅子荒廢了這麼多年，雖然也是有人看管，但是總是與主人在時不同，少了幾分煙火氣。

看著宅子上大大的「季府」二字，嬌嬌踩著小椅下了馬車，微微一福，她微笑言道：「多謝李大人一路護送，然季家如今只秀寧一介女流且家宅荒蕪多日，實不適合邀請大人進門做客。」

人家面露難色，李蔚也並非那不識趣的，連忙告辭。

京城宅子裡留的人並不多，嬌嬌進門，就見大小奴僕已然一字排開，等候起來。

「奴才、奴婢見過小三小姐。」

聽這些人清脆的聲音，嬌嬌其實是有一分糾結的——作為一個穿越來的人，被人家叫小三……小姐，如何能不糾結呢！好在現在的人不時興小三的說法，不然委實丟人。

自然，如若現在季晚晴嫁了，那麼她便可從小三小姐晉升為三小姐了，可是現在偏是晚晴姑姑未嫁，那麼她這小三小姐似乎還要當一段時間，真是……嗚呼哀哉！

「好了，你們都起來吧，我風塵僕僕地也累了，許嬤嬤，這裡的事暫且就由妳安排吧。」

「是。」

許嬤嬤是老夫人身邊的老人，雖然不像陳嬤嬤那般受信任，可她也是老夫人的心腹，大家自然都是知道，也很敬重許嬤嬤。這次老夫人並沒有回來，反而是將這位小三小姐派回來，不僅如此，還有許嬤嬤隨行護航，誰人也不是傻子，自然知曉，這小三小姐不簡單。

嬌嬌也沒興趣想這些奴僕怎麼想，她如今還有重要的事在身，如何與瑞親王談是一個大問題，而這個大問題關係到了季晚晴的性命。

至於說這些奴婢心裡是何種心思，嬌嬌並不願意琢磨，也沒想立個下馬威什麼的。拜託，她穿越的是古裝懸疑風，標準的神探狄仁傑模式，如果讓她開啟宅鬥技能，這本身就不科學，自然，季家的人也不會給她開啟所謂宅鬥技能的機會。

許嬤嬤也不抓瞎，立時便是安排起來。

嬌嬌確實疲憊，不光是身體上的，還有心靈上的，自然，這一路她都算計著如何能夠說服瑞親王，她如何能夠放鬆得下來？找一個神經病談判，嬌嬌深深覺得，自己是更加有病的樣子。

作為此次跟來中唯一的明白人，許嬤嬤看著小姐心力交瘁的樣子有些心疼，不過她還是提點小姐。「小姐，老夫人說，您來了京城便可以聯繫江城江捕頭了。」

這點老夫人事先已然提過，找瑞親王談判這等大事如若沒有一個靠譜的高手跟著，老夫人是怎麼都不能放心的。對於季家來說，第一適合的人就是徐達了，可徐達卻是不能跟著的，相比而言，季晚晴那裡更加需要他。

正是基於這樣的原因，老夫人退而求其次，向嬌嬌介紹了第二個人，這是一個嬌嬌從未見過的傢伙，在嬌嬌住在季家近七年的時光裡，他從未出現過，但是很奇怪，老夫人竟然是相信他的。

這人便是江城，京城六扇門的一個小捕頭。

更驚奇的是，這人還不是季英堂出品。

嬌嬌將老夫人的親筆信拿了出來，交給許嬤嬤。「妳親自去一趟，旁人我不放心。」

「老奴曉得。」

嬌嬌是真的累了，也不管那些，回來直接就開睡，倒也不是她心大，只是一會兒小捕快來了，她還有更重要的事呢！不養精蓄銳如何是好。

嬌嬌不想，這一覺竟是直接睡到了傍晚，許嬤嬤帶著江城已然回來有些時候了，可大抵是想讓嬌嬌多睡會兒，並沒有叫她。

嬌嬌起身那一刻有幾分迷茫，聽說許嬤嬤已然帶著江捕快等在了外面，嬌嬌簡單梳洗一下便喚兩人進門。這京城季家還不是江寧季家，嬌嬌並不全然放心所有人，差彩玉去門外盯著，許嬤嬤帶著江城進門。

呃……在嬌嬌的認知裡，江城可以有千萬種性子模樣，但是總體長相應該是不差的。她見過季致遠的畫像，見過季致霖、楚攸、齊放，就算是看起來一介武夫的徐達都是一副硬朗有型的長相。

基於這一點，嬌嬌甚至一度認為，老夫人是個外貌協會的。

但是這個江城完全顛覆了她的認知有沒有！

身高一八〇多，呃，嬌嬌目測，可能有一九〇，自己十三歲的小豆丁身高在他面前就如同是看一座山，自然，楚攸、徐達他們也高，可是不壯啊，這位明顯是一隻大熊。不僅如此，長得高大魁梧也就罷了，這廝還一臉絡腮鬍，手裡拿個大刀，也就季家的女孩有些異於常人吧，如若是一般人家姑娘，大體是直接就要昏過去的，這人長得，實在太讓人覺得有侵略性了。

哪裡有好人是長這個樣子，嬌嬌心裡各種腹誹。

看嬌嬌驚訝的眼神，江城已然習慣。

呃，在這個崇尚儒雅名士的年代，他這款委實讓人挑剔得緊。

「秀寧見過江大哥。」嬌嬌微福有禮。

既然老夫人說此人可靠，嬌嬌便不會怠慢，自然，她也從來沒怠慢過誰。呃，至少，她是表面上的老好人……

江城哪裡受到過這樣有禮的待遇，他有些局促，連忙起身回。「季小姐有禮了。那個，妳叫我江城吧。」

這一個禮，讓他做得不倫不類，想來這人必然是習慣了大口喝酒，大塊吃肉，哪裡習慣如此。

嬌嬌不置可否，微笑坐下。「江大哥想來已看過祖母的信箋。」

提到老夫人，江城正色下。「是的，季小姐放心，季小姐在京城之中的安危交給江某便是，我定然會全心全意地護著季小姐，妳要做什麼都盡可去做，無須擔憂。」

「謝謝江大哥。」嬌嬌笑。

其實嬌嬌本是想叫江叔叔的，但是一琢磨，這麼叫的話再讓人家幫忙做啥，總是有些違和，倒是不如叫江大哥；當然，嬌嬌看得出，這一聲江大哥讓江城很高興，許是很久沒有人這麼叫過他了吧？

說實話，這人看著比已經三十多的季致霖還老，絕對三十開外啊，叫叔叔他也不虧。

江城正色道：「既然是季老夫人吩咐的，那麼我江城必然是要赴湯蹈火，在所不辭，至於道謝什麼的，季小姐真的沒有必要的。」

「不管如何，都該謝！如今我們身邊太缺人手了，不過江大哥，我們家找你幫忙，會不會給你造成什麼困擾？」

「怎麼會。」江城撓頭。

嬌嬌微笑點頭。「既然祖母讓我找你，必然是因為你極為可信，在心底將你當成了一家人，一家人從來都不說兩家話，先前的時候你與祖母全然沒有交集，我來到京城，你又突然幫我，會不會引起什麼一連串的反應？如若會造成什麼不好的影響，我便另做打算。」

這個另做打算不是說不找江城，是行事便要隱秘些了。

江城是什麼性格，他絕對是性格與外表極為相符的一個人啊，看季小姐這麼爽快，說話不藏著、掖著，他讚道：「季小姐果然是極像老夫人，是個颯爽的性子。妳放心好了，我一個六扇門的小捕頭，也算不得什麼名人，就算與季家攪在一起也無妨，有人問起我就說妳花錢雇我。」

嬌嬌默寒，這樣說真的好嗎？

雖然頂好奇祖母怎麼會認識這麼個人，但是嬌嬌還是沒有直接問，呃，以後祖母來了再問祖母好了。

咚咚咚，敲門聲傳來。

許嬤嬤言道：「何事？」

外面正是彩玉的聲音。「回嬤嬤，楚攸楚大人來了，他求見小姐。」

許嬤嬤看向了嬌嬌，嬌嬌撇嘴，這個傢伙來找她幹麼，她現在真心沒有精力應付楚攸好不好。不過，這人還不能不見，真愁人！

「讓他去客廳等著，我馬上就過去。」

「是。」

許嬤嬤看嬌嬌皺眉，微笑。「如若小姐不喜見楚大人，拒絕也就好了，家中沒有長輩，不見也是可以的。」

嬌嬌搖頭。「楚攸這人我清楚，我們如果拒絕了他，估計晚上他就要過來夜探了，倒不如我光明正大地見他，看看他要幹啥，如果他什麼事也沒有，斷然是不會讓那個李大人接我們，如今又親自過來，無利不起早，說的就是楚攸這種人。」

嬌嬌沒有避諱江城，她不是魯莽的人，楚攸、齊放都沒有讓老夫人說出百分之百可靠的話，可這個江城卻能得到這樣的評價，可見此人對老夫人來說是不同的。而且，既然江城會保護她，那麼也就意味著，他會看到她做事的風格和習慣，早點熟悉也沒有什麼不好。

畢竟，她預計明夜就要去見瑞親王的。

「楚攸？刑部左侍郎楚攸？」江城重複。

嬌嬌點頭。

嘴角抽搐一下，江城言道：「楚攸可是京中名人，季小姐與楚大人相熟，可要小心別被他算計了才好。」

嬌嬌黑線，這江城真是個實在人啊！

「你倒是知曉他，怎麼著？他除了是男寵還有什麼八卦？」嬌嬌倒是不著急出去，反而與江城言談起來。

江城的臉色再次抽搐。

此時他的內心世界是——他奶奶的，這季小姐果然潑悍，怪不得先行來到了京城。

「最新的傳聞就是，楚大人與祝尚書都在調查二公主的案子，七日為限，這次不是楚大人回家吃自己，就是祝尚書回家吃自己。」

粗人就是這樣，說話直爽。徐達也是沒有唸過什麼書，但是在季家這種氛圍的薰陶下還是十分和諧的，但是江城就不一樣了。

嬌嬌挑眉。「已經幾日了？」

「三日。雙方激戰正酣呢，連帶著，我們這些蝦兵蟹將都受了些波及，現在刑部跟東街菜市場沒兩樣。」

本朝官職什麼的雖然也有丞相、尚書之類的官職，可是和她所熟知的朝代還是有不同的地方，就像是這六扇門，如果按照明朝的官職來看，是不隸屬於六部獨立的存在，可是在本朝卻不是的。六扇門隸屬於刑部，是刑部下面的一個分支機構，六扇門的總捕頭是聽命於刑部尚書的，在許多時候，六扇門主要負責處理民間事務，而刑部則是更多的處理大臣造反、貪腐這樣的大案，當然，在人手不夠用的時候，人都是混著用的。

這些嬌嬌之前翻看本朝檔案的時候已然知道了。

「那你呢？你是站在哪一邊的？」嬌嬌有些好奇。

「我是小嘍囉，連個侍衛長都沒混上，沒人拉攏我，不過嚴格來算，我們算是楚大人黨。」江城言道。

「我們？」嬌嬌發現這個用詞。

江城點頭。「正是的。我們總捕頭花千影是楚大人一黨，我們自然也都算是楚大人黨了。」

嬌嬌恍然。

「原來如此，不過你們總捕頭的名字挺像女的。」

「老大就是個女的啊！」江城驚訝地抬頭。

真他奶奶的！如果嬌嬌跟江城有一樣的說話習慣，這話就該是她說了。而此時，她只是張大了嘴，錯愕！

自然，誰會專門糾結花千影是男是女，這與破案又沒有關係，而嬌嬌他們遠在江寧也不涉及到這些，更是沒想過這個。

「老大雖然像男人，但是確確實實是個女人啊。就像楚攸，他雖然像女人，但是卻確確實實是個男的。」

你這麼解釋，真的好嗎？嬌嬌緩過神來，無語。

「小姐，楚大人還在那邊等著。」許嬤嬤提醒，他們將楚大人晾在客廳等著也不是個事啊。

嬌嬌抬頭，微笑。「江大哥，還得煩勞您在這裡等我一會兒，我去見下楚叔叔。」

「嗯，好。」大熊江城點頭。

第四十三章

帶著許嬤嬤來到客廳，嬌嬌淺笑，規規矩矩地微福請安。「秀寧見過楚叔叔，多日不見，楚叔叔還是那般的英姿煥發。」

楚攸已經喝了三杯茶，貌似她再不出來，他就要進屋揪人了。

不知道為什麼，對季秀寧這個人，楚攸深深覺得，他全然沒有耐心，他當年可以和季致遠做一個那麼長遠的局就說明他的耐心極好，但是總是有一種人，他會讓你的耐心都變成狗屎。

季秀寧，也就是季嬌嬌小姐，她之於楚攸，恰好就是這種人。

「秀寧小姪女也還是這般的俏麗靈動。」

嬌嬌微笑，坐到楚攸對面的椅子上。

「還要多謝楚叔叔派人接應秀寧，我們都對京城不熟，如若不是楚叔叔幫忙，我還真是兩眼一抹黑呢！」

很假有沒有?!

不過楚攸卻一派的關懷笑意。「能幫助小姪女，也不枉妳叫我一聲叔叔，這叔叔可不是一般人能叫的，咱們也算掛著親。」

兩人都是笑容滿面，可如若讓沒見過兩人談話的季家下人來說，這場面怎麼就這麼不對勁呢？

要說楚攸和嬌嬌兩人給人的感覺不對勁，還真不是故意為之。

你要說他倆矯情，裝腔作勢，那是真的沒有的，主要是這兩人確實思考模式與旁人不太一樣。

「小姪女是第一次來京城，楚叔叔可要好好盡盡地主之誼，我已然在凱悅樓訂了位子，定要讓小姪女好好嚐嚐京城的特色菜。」

嬌嬌微笑。「多謝楚叔叔，您的好意我心領了，可是您也知曉，我這段時間趕路比較急，人也比較疲憊，想來是不能和楚叔叔一起出去吃飯了，還望楚叔叔見諒。」

楚攸不置可否，只端起茶杯，抿了一下，微笑。

「即便是再疲憊也是要吃飯的。」

「我自是知曉楚叔叔的好意，然……」嬌嬌還沒有說完就被楚攸打斷。

「不知，我能否單獨和小姪女談談？」

嬌嬌挑眉，隨即靦覥地道：「可是楚叔叔，這於禮不合。」

楚攸看向了許嬤嬤。「妳可以帶著她，左右她是老夫人的心腹，不會有問題的。」

嬌嬌眯眼打量楚攸，說起來，她也算是比較瞭解楚攸的性格了，這個傢伙如果不達到目的，怕是還會再來，嬌嬌現階段當真沒有多餘的心情來與他糾纏。

「你們出去。」將其他的下人遣了下去，嬌嬌正色看楚攸，等他說話，不曉得為什麼，她總是覺得這個傢伙來找她不會是什麼好事。

如今他不是該拚死拚活地找殺死二公主的兇手嗎，來找她幹麼！呃，不會是找她幫忙二公主的事吧？嬌嬌狐疑地上下打量楚攸，這個傢伙渾身都是心眼，她可真得好好防備。

看嬌嬌戒備的身影，楚攸笑了出來。

「作甚如此警戒？我總是不會坑小姪女的。」

嬌嬌見沒有外人，也並不太端著，言道：「那可不好說。」

楚攸失笑。「我怎麼可能，我哪裡是那樣的人？」

嬌嬌旁若無人地撇嘴。

楚攸看她如此，言道：「小姪女對我倒是與對別人不同呢？楚某真是受寵若驚。」

「楚叔叔要我將眾人都遣退，不會是為了與我閒話家常吧？」如若是以往嬌嬌自然是會好好地應酬他，但是現在委實沒有力氣。

「自然不是，不過我想小姪女該是知曉我的心思，我自認為凡事都瞞不過妳。」他眼睛亮亮地看著嬌嬌。

嬌嬌一副壓力很大的模樣，對於他突然這個表情，她實在不習慣啊！她抿了抿嘴道：「恕秀寧愚笨，並不知曉楚叔叔的想法。」

楚攸打量一下這室內，又看許嬤嬤默不作聲地站在嬌嬌身後，突然就想到了多少年前，坐在這裡的還是老夫人，如今竟是物是人非了。

他將茶杯放下，看著嬌嬌，眼神真摯。「我希望，秀寧能夠幫我。」

連許嬤嬤都沒有想到，這楚攸當真是在和小三小姐求助。

「我又有什麼能幫得上楚叔叔的呢？楚叔叔未免太看得起我了，我自幼養在深閨，更是第一次來京城，至於二公主一事，楚叔叔自己不覺得好笑嗎，我與她都不認識呢！」

楚攸也毫不猶豫，他本就沒有那麼多時間，季秀寧又是個鬼靈精，如若繞彎子講話，只會走彎路。

「二公主第一次中毒的時候，恰逢季晚晴也遇刺了，我懷疑有人是在替虞夢報仇，那個時候妳也提過這一點，不過只是我打斷了妳，現在我倒是十分後悔。而她們同時出事之後，妳並沒有去找什麼兇手，反而是製作起滑翔翼，而滑翔翼之事是完全和瑞親王聯繫在一起的。妳說過，瑞親王滑翔翼玩得很好，絕對不是生手，妳與我一樣，凡事都不做無用功，因此我懷疑，妳是在懷疑瑞親王，對嗎？」

嬌嬌喜歡爽快人，而且這呼之欲出的答案也沒有什麼必要隱藏，畢竟，先前她就想說一些的，只是楚攸那時不願意聽過程，只想知道結果。瞅瞅，人無遠慮必有近憂啊。

默默為楚攸點一根蠟燭！如若你那時能夠冷靜地聽我說話，也不見得會耽誤這麼些天了。

「對，不過谷底並沒有任何瑞親王的痕跡。」

「那妳為何來京城？二公主遇刺死了，妳馬上就啟程來京城，馬不停蹄的，就妳的性格，可不太像是那種日夜兼程的人。」

嬌嬌用手指敲擊著桌面，楚攸細細打量她，發現她並不是全然地想將一切告訴他。

不過，每個人都是有弱點的，季秀寧也不例外。

楚攸的桃花眼看了許嬤嬤一眼，許嬤嬤不為所動，楚攸再看她一眼，許嬤嬤看向了自家小姐。

嬌嬌自然是發現了兩人噼哩啪啦的眼神火花。

她嘆息道：「許嬤嬤是信得過的，你只消說便是。」

楚攸嗤笑一聲。「既然妳無所謂，我更是無所謂的，用妳的一個秘密來換妳知道的關於瑞親王的一切，妳看合不合適？」

嬌嬌噗哧一聲笑了出來。「我怎麼就不知道，我還有什麼秘密。」

楚攸學著她的動作，用手指點著桌面，挑眉勾起嘴角道：「姨母！」

嬌嬌停頓了一下自己的動作，再看楚攸，她深吸一口氣，不過一個轉念，她便想到了楚攸是何時發現的，不過嬌嬌自認為楚攸這一輩子都不可能找到什麼證據，有時候說是沒有用的，關鍵是，她不怕查啊！

「楚叔叔說什麼呢？秀寧怎麼聽不懂呢？」她笑得越發地甜。

楚攸也馬上明白過來，季秀寧根本不怕他查，可是她為什麼不怕？總覺得哪裡有些不對勁，但是如若讓他詳細地講，他又說不好。

「剛才是我錯了。」楚攸認真言道。

嬌嬌詫異地看著他——我勒個去，這個傢伙怎麼回事？第一次看他如此啊。難不成這刑部尚書對他真的這麼重要？都玩上道歉了。

「剛才是我不好，我只盼著妳能幫我，只要妳幫我，我可以為妳做任何事，只要妳願意。」他一句話裡用了很多個「只」字，可見他確實是沒有做過這樣的事，也緊張了些。

嬌嬌歪頭看他，怎麼待在京城的楚攸和平常不太一樣呢？

嬌嬌有些費解，卻不知曉這是楚攸調整了自己的作戰方式。他這兩日除了調查也仔細地琢磨了季秀寧這個人，畢竟，既然想讓她幫忙，便是要有讓她幫忙的理由，這個不肯吃虧的小丫頭他可得好好研究。

他本就沒想用「姨母」這件事來交換，他只不過是利用這個機會試探一下季秀寧的反應，真正要做的，則是後面這步——示弱。

「妳看，如何？」

「你吃錯藥了？」嬌嬌狐疑地看楚攸。

「我身邊能幫我的人是不少，但是如若有妳才是最好，我相信妳的能力，而且如今一團混亂，我委實覺得有些難辦。」

「你突然換風格，我真不習慣。」嬌嬌呢喃。

楚攸有聽沒有懂，雖然前面那句不清楚，但是後面這句他是明白了的。

「妳放心，我絕對不會讓妳虧本的，妳幫了我，我必然也會幫妳，只要妳說，我會盡自己最大的努力。」

嬌嬌聽他言語，忍不住竟是笑了出來，她眉眼挑得高高的，惹得楚攸想翻桌，不過當然，這廝是不可能翻桌的。

「我需要有人幫我，二公主這事委實太詭異了。其實因為妳的關係，我是有些懷疑瑞親王的，但是他沒有作案時間，她究竟是怎麼死的，誰人能在宮裡殺了她，我真是一籌莫展。」

這楚攸長得好，丹鳳眼，唇紅齒白，皮膚白皙，如若不是大家都知道楚攸是這麼個長相，端是看這麼個小白臉模樣的人，誰人也想不到這一點的。

如今他對著嬌嬌示弱，整個人面色惆悵，倒是硬生生地讓嬌嬌有了幾分的心疼，呃，確實是心疼，長得好的人就是占這點便宜，呃！

「我也不見得能夠幫得上忙的。」嬌嬌語氣有些鬆動。

楚攸在心裡笑了，不過仍是再接再厲。

「妳自然能，我一直都知曉妳的能力，妳比我刑部很多人都強，我自己一人，總是雙拳難敵四手；再說了，妳還記得妳出事的時候嗎，我不也二話不說就幫忙了？我雖說話難聽，但也是真心想為二公主找出兇手，不管她為人如何，都不能私下如此審判，妳覺得呢？」

不得不說，楚攸這番話是切中了嬌嬌的脈了。

你妹兒的！警校畢業的小員警職業病極重。

「你說得有道理。」

「其實我也大體能猜到一二，我只是有些理不清楚，所以希望妳能為我解惑。」

看他如此，嬌嬌抿了下嘴，點頭，同時吩咐許嬤嬤。「嬤嬤去門口看著。」

屋內頓時只剩他們兩人。

楚攸露出笑容。「為什麼妳會懷疑瑞親王？他與林家，究竟有什麼關係？是他在為林家報仇嗎？」

嬌嬌點頭，回道：「姑姑認出了他。至於他與你林家有什麼關係，我並不知曉，但是我懷疑，他曾經與你姊姊林雨有情；至於你的身分，也是通過這一系列的人物關係推演出來的。想來你不知曉吧？你母親與祖母是認識的，經過她的點撥，我們猜到了這一切。」

聽嬌嬌如是說，楚攸大感震驚地問：「與姊姊有情？」

嬌嬌點頭。

緊緊地攥住了拳頭，楚攸表情諱莫如深，許久，他終於平復了心緒。

「我並不感激他。」

嬌嬌疑惑，按道理，這傢伙不是心理變態嗎？既然是心理變態，那有人為他報仇不好嗎？

楚攸站了起來。「當年害我林家的人太多了，我算不準都有誰，我是知道有四皇子，可是其他人呢，其他人還有誰？他這樣完全是打草驚蛇，他在破壞我們已經設好的局。皇上何等精明，一旦發現有人是在替林家報仇，那麼牽扯我的可能性不大，可是八皇子呢，皇上會立時將他圈禁。」

在這一點上，楚攸並沒有隱瞞嬌嬌，既然季家已經知道了他是林冰，那麼他也沒有必要藏著、掖著。

「那你要怎麼做？」

楚攸沈默。

「我不會冒險將我是林冰這事說出來，我……」言談到一半，楚攸霍地就愣住了，他突然笑了出來，之後桃花眼微挑看嬌嬌。「妳剛才看戲看得很爽？」

嬌嬌捏著帕子乖乖巧巧的，一副「我很懵懂」的模樣。

「妳裝這個就沒意思了吧？我還想著，這事怎麼就這麼順利呢！原來，妳也在算計我，就算我不問妳，妳大抵也是要告訴我的，對嗎？」

虧他還以為自己轉換演技成功攻克小魔頭呢，原來自己讓人玩了，原來人家馬上就要說了啊！這個時刻，楚攸覺得他真心比較煩躁啊！

「這樣你不是很有成就感嗎？」她還一臉無辜。

死丫頭！楚攸氣得磨牙。

「妳將一切告訴我，希望我能夠控制瑞親王，我控制了瑞親王，季晚晴就安全了。這算盤打得，真是啪啪響。」

「你錯了。」嬌嬌擺手。

「哦？」楚攸不解。

嬌嬌微笑。「我確實是有這個希望，不過這只是後招，先期卻不是這樣的。也不怕告訴你，我打算明晚約瑞親王談談。」

楚攸皺眉。「見瑞親王？他會聽妳的？妳該不會要用這些事威脅他吧？這也太危險了。」

不管這個季秀寧丫頭多麼不靠譜，多麼讓他氣憤，但是他還是見不得她出事的。

嬌嬌閒閒地說：「所以我雇了小捕快江大哥啊！」

「什麼小捕快？」楚攸覺得自己完全跟不上她的思路了，不過他還是有自己的想法。

「暫時不要談，瑞親王近來出不了京，季晚晴不來，她就是安全的。妳幫我調查二公主的案子，如果他是兇手，那麼我抓人，季晚晴也安全，如若不是他，妳再談也來得及。」

嬌嬌撇嘴。「他為你家復仇，你還抓人？」

楚攸面無表情。「許多事，妳不懂。」

嬌嬌自是不瞭解楚攸這個時候的心情，她沒有經歷那種痛失所有親人的痛苦，想到這裡，她默默閉嘴，不再多言！

楚攸和嬌嬌又談了一會兒，兩人也算是達成了共識。

嬌嬌深深覺得，自己有種將在外，君命有所不受的感覺，她本來和老夫人已經討論好了，但是來的途中卻不斷地多想起來，見瑞親王自然是沒有問題的，可是怎麼樣能得到最好的效果呢？還有個萬一，萬一這人，真不是瑞親王殺的呢？瑞親王是不聰明，可是也不是蠢貨啊！

這麼明晃晃地打皇上臉的行為，真是他做的？

費思量！

本來她對這事還是有著幾分猶豫和遲疑的，但是看楚攸這個攛掇她的勁兒，嬌嬌決心，還是給他一個機會吧，也是讓自己從不同的道路上再看一次這件事。

於是乎，她和楚攸達成了共識。

先前想著馬上與瑞親王談，那是為了季晚晴的安全，可是既然現在楚攸都說了，瑞親王不能出京，那麼她倒是緩和下來了，什麼事都不能匆忙做決定，不然很容易有失誤。嬌嬌現在就處於這樣一個狀態，每一件事，要像車轆轆般翻過來覆過去地想，想多了，想周全了，才能萬無一失。

你妹兒的！雖然她沒有被培養出宅鬥技能，但是走一步想三步的感覺，也很讓人揪心啊，有沒有！

與許嬤嬤簡單地一說，嬌嬌就重新見了楚攸，楚攸也不客氣，直接把李蘊、李蔚、花千影都弄到季家了。季家的奴婢看了，默默地擦汗，這是什麼情況？

楚攸信得過嬌嬌，更信得過嬌嬌對事物的洞察力，就如同嬌嬌信任楚攸一般，你看，這兩人在這一點上還是極為投契的。

不過，嬌嬌看著，她一個季家的小養女，楚攸如今可是人人都盯著的角色，他這樣大張旗鼓地拉隊伍過來，真的不是為她樹敵嗎？如果人家以為他們季家和楚攸是一黨，怕是又要有些波瀾了，如今他們家可禁不起折騰。

楚攸看她表情不好，冷笑一聲言道：「就衝你們家做出了滑翔翼，又奉皇命過些日子進京，就已經處在風口浪尖了。」

嬌嬌一想，確實如此啊！

「我給妳介紹，這是我手下的心腹大將，李蔚、李蘊妳是認識的，這位是花千影，京城六扇門的總捕頭。」

嬌嬌感慨於這個世道的特殊，女子竟然可以為官，不過又一想，便是為官想來也很少的，且要付出比旁人多十萬分的努力，如此一來，嬌嬌看花千影的眼神就有幾分崇拜了。

「那好，我們開始吧。」

「現場情況是什麼樣子的？」

李蔚開口。「是我勘查的現場，我去的時候，二公主已經死了好幾個時辰了，屋內溫度有些高，據說是燒過了地龍，地上有一灘水，二公主則是已經死在那裡了。」

「這個季節燒地龍？」嬌嬌嘴角抽搐。

李蔚點頭，看她不解，解釋道：「據宮女說，二公主說有些冷，讓她們把地龍燒上。妳也知曉現在的日子，不過九月末，生炭能不熱嗎？不過二公主性格乖張，宮女也不敢說什麼，只得照做。二公主房間也沒人，她說自己要好好睡一覺，還讓小宮女不准停了地龍。這一睡，就是好幾個時辰，小宮女一直在外面燒地龍，後來是玉妃身邊的翠竹過去送參湯的時候才發現她遇害的。」

「地龍是在外面？那小宮女就一直沒有進門看看嗎？這不符合常理啊？」

李蘊言道：「這恰是符合的，二公主為人性格乖張跋扈，說一不二，因此下人們都極怕她，她說了不准打擾，就斷不會有人打擾，說了要燒地龍，就一定要燒地龍。」

嬌嬌撇嘴。「我想，最好能讓我確實看一眼現場，不親自看一眼，我總是擔心現場有什麼會被疏忽。」

「妳根本不可能進宮。」花千影繼續冰冷作派。

嬌嬌看她，如此成熟淡定啊！

「我繪製了當時現場的地圖，妳可以看一下。」李蘊言道。

皇宮又不是菜市場，不讓她去也是正常的，雖然覺得還是看現場更好，但是嬌嬌倒是也不為難人，退而求其次地點頭。

「我負責帶妳進去。」楚攸敲擊桌面，停下手中的動作，抬頭看嬌嬌。

哪泥？嬌嬌呆萌地看楚攸，有些不解。

楚攸看她如此，倒是笑了出來。「這事本就是為了更快地破案，我想，皇上也想早日找到殺死二公主的兇手吧。妳放心，這事我去求見皇上，我現在進宮，妳且先查看一下畫軸，大體瞭解一下現場。」

嬌嬌點頭。

「我知道妳這幾日比較累，不過為了早日破案，妳忍著些，現在要做的是早日找到兇手。我的為人妳清楚，我定然不會讓妳白忙。」

嬌嬌笑咪咪。「楚叔叔說這話就見外了，之前怎麼說得來著，我們家馬車出事，您不也是第一時間幫忙了嗎？哪裡提過什麼要求。」

嬌嬌說得倒是冠冕堂皇的，但是楚攸卻不這麼想，這丫頭話裡的味可不對，不過現在能讓她幫忙就是好的，至於旁的，倒是無所謂，如若挨些宰，好像也值得。

李嬌將現場情況的畫軸緩緩打開，嬌嬌看著，並沒有什麼特別不妥當的地方。

「東西是死的，終究是不如實際親眼所見。」

嬌嬌心有戚戚焉地點頭。

「我總是覺得，這燒地龍的事有些違和。」嬌嬌提出自己的看法，便是再冷，也不至於如此啊！

楚攸點頭，其實他也是這麼想的，不過卻總是想不明白。

「這樣，我們大家都提出這件事裡的疑點，然後匯總到一起。」楚攸言道。

嬌嬌幾乎想都沒有想地便說：「我覺得不合適，先看現場吧。」

「那好。」

楚攸帶著李蔚和嬌嬌來到皇宮，至於另外兩人則是去探查其他的線索。楚攸先行進宮請示嬌嬌入宮的問題，李蔚陪著她，兩人站在宮牆邊看著來來往往的宮女、太監、侍衛，微笑。

李蔚倒是覺得有幾分奇怪。「季小姐可是發現了什麼？」

嬌嬌搖頭。「沒有，我只不過想起了一個故事。」

「什麼？」

「金枝慾孽，說了你也不知道，大體就是在敘述宮中后妃的爭鬥，倒是不想，有朝一日，我也能夠有機會站在宮牆邊，更甚者，還可能可以進去查看。」

「在下確實是不曾聽過，不過歷朝歷代這樣的事都有，如今已然是在皇宮裡，還望季小姐略謹慎些，宮中的事哪裡是咱們這些普通人能夠議論的，更加不可能看得明白。」李蔚提醒道。

嬌嬌明瞭。

御書房。

楚攸跪在那裡，皇上似笑非笑。「怎麼？楚攸，你現在已經要靠女人的幫忙了嗎？還是一個年紀不大的小女人。」

楚攸不卑不亢。「是男是女又有什麼關係，誰說女子不如男子，在臣看來，季小姐是能幹的，既然此時並沒有任何線索，只是膠著著，倒不如讓季小姐看一看，也許會發現更多的不同。」

老皇帝也不說答應，也不說不答應，皇宮內院，豈是他人可以隨意進入，季秀寧既非后妃，又非朝廷命官，更不是什麼皇親國戚，他冷冷地言道：「你倒是個會狡辯的。」

「啟稟皇上，並非臣狡辯，臣做事，只講究盡快地得到結果，以期得到最大的利益，至於旁的，並不重要。我與季小姐在她小時候就有接觸了，她很能幹，觀察力強，做事更是井井有條，我相信，便是現在刑部的許多高手也不見得能夠比她強，就是我也亦是如此。男子所能看到的事情全貌總是與女子有幾分不同，我們一同勘查，相互輔助，必然能更快地找到殺死二公主的兇手。」

皇上盯著楚攸又是看了一會兒，言道：「准了。」

「謝皇上。」

「朕要的不是感謝，而是盡快地找到兇手。楚攸，過了今夜，明日就是第四天了，你不要讓朕失望。」

「臣遵旨。」

第四十四章

就在嬌嬌越等越著急的時候，就見楚攸遠遠走來，他身邊還跟了一個太監，而這太監不是旁人，正是先前她見過的皇上身邊的那個來喜。

兩人也算是有過短暫的接觸的，來喜既然能做到總管，自然是喜怒不形於色。「哎喲，季三小姐，咱們可又見面了，兩月前匆匆一別，小姐過得可好？」

嬌嬌微微一福，淺笑回道：「託福，一切都好，您看起來還是如此的精神。」

「哈哈，我可是老了，比不得你們年輕人，皇上有旨，季小姐可以進宮查看，咱家也不耽誤你們，季小姐快些隨咱們一起過去吧，早日找到兇手，也算是告慰了二公主在天之靈。」

「是。」嬌嬌軟聲軟語，溫柔恬靜。

「呵呵！」楚攸看她這般地裝模作樣，與以往說話的語調大不相同，心裡冷笑，面上也並非看不出。

這笑，真是赤裸裸的嘲諷了。

嬌嬌聽他這笑聲，看他。

你妹兒的！這只要是穿越的，除非老夫人這樣穿越比較早的，現在的人都熟悉了網路，誰不知道這「呵呵」不是什麼好詞，楚攸還真討厭，聽起來太刺耳了，果然這廝就讓人不舒服。

「呵呵！」嬌嬌也回了一聲笑。你呵呵我，我也呵呵你一臉。

兩人暗潮湧動，李蔚望天裝不知道。

來喜則是有些驚訝，這兩人不是一夥兒的嗎，怎麼還窩裡反啊，這事可得稟給主子。他第一次見這個季家三小姐就知道，這孩子絕不是省油的燈，如今看來，似乎楚大人都拿她沒轍啊！如果這兩個人鬥起來，來喜公公有些看好戲地想，大抵也是一件滿有趣的事吧。

而且不曉得為什麼，來喜公公第一次見這個季小姐，就覺得她有些眼熟的感覺，特別是側面的某一個角度，太令人熟悉了啊！

她像誰呢？不過來喜想了許久，都不得要領。

這麼想著，轉眼也就到了二公主所在的寢宮，這一路上嬌嬌雖然目不斜視，但是也暗地裡留了心。

如今二公主的寢宮已然被封死，不僅如此，還有侍衛把守，侍衛見來喜公公到了，連忙請安開門。

嬌嬌打量其他人，心裡明白，看樣子除非皇上下旨，旁人是沒有機會進來的，而來喜一個皇上身邊的大總管竟然親自帶他們來，也應該是這個原因，她還想著呢，怎麼是來喜帶他們過來呢！

不過這樣也讓嬌嬌明確了一點，那就是，旁人之後想在這裡做些什麼補救措施的可能性是沒有的。

「嘎吱」一聲將門推開，嬌嬌感覺到屋內沈悶的氣息。

「二公主一出事，這裡就被封了起來，所有東西都沒有動過，季小姐可以仔細檢查，不過所有東西都不能動，案子沒破，許是祝尚書那邊還要過來查看的。」來喜仔細交代著。

嬌嬌點頭應道：「我明白的，謝謝總管。」

嬌嬌四下打量室內，屋子寬敞明亮，室內離火炕不遠的位置有一個炭筆畫好的人形，這應該就是二公主倒地的位置，在人形的不遠處，有個打碎的茶杯，至於旁的，並沒有什麼。

室內物件擺放整齊，唯有火炕之上鋪著被褥，想來之前二公主是躺著的。

嬌嬌回頭問來喜總管。「總管，聽聞您是最先抵達現場那一批人？」

來喜點頭。「算是，也不算是。是玉妃身邊的翠竹過來先發現的，她驚叫了一聲，招惹了不少人過來看，之後我才趕到，不過他們都沒進屋，我是第一個進屋的人。季小姐，可是有什麼不妥？」

「當時的被褥也是這麼放著的？」

「可不正是嗎，咱家雖然不會查案，但是這宮裡事處理多了，也是明白的，這裡誰都沒有動過。」

「那麼您進來的第一個感覺，有什麼不一樣的地方呢？」嬌嬌上下打量這個房間，態度親切，隨和地問道。

其實這些不只嬌嬌問了，之前祝尚書問過、楚攸也問過，但是來喜並沒有惱，認真回道：「確實是有，我就覺得，這屋內悶呼呼、熱騰騰的，我在房裡站了一會兒就出汗了呢。」

嬌嬌將這些事情記了下來。

來喜望去，見上面寫得是極熱等幾個字眼，再看那字跡，他臉色變了變。

「季、季小姐的字？」來喜問道，又聯想到季秀寧的早慧，覺得有些冷。

嬌嬌微笑。「怎麼了？字跡嗎？我從小就是模仿父親的字寫得。」

來喜舒了一口氣。「原來如此。」

也怨不得他多想，你看吧，這屋子裡剛死了人，季小姐又是從小聰明且與季致遠字跡一模一樣，也難怪他一時間想到怪力亂神的東西。

「當時現場不是還有一灘水嗎？」嬌嬌走到人形的不遠處，比劃。「大體是在這兒？」

「呃，對，季小姐好聰明。」

嬌嬌失笑。「總管就沒有想過，我是事先看過那張畫軸嗎？」

來喜恍然大悟，笑了。「瞅瞅咱家，老了老了吧，還胡思亂想。」

嬌嬌微笑。

嬌嬌勘查了現場，又與楚攸一同見了玉妃身邊的翠竹，翠竹是大宮女，不過好在，她身邊有個後宮小能手，呃，也就是眼前這位來喜總管，不然怕是想見這位主兒，還不是那麼容易。

嬌嬌打量翠竹，不過是十七、八歲的樣子，一身翠色的裙裝，雙髻，臉蛋一般，算不得柔美，但是看著便是個老實人的樣子。

來喜清了清嗓子。「這位是季小姐，協助楚大人查案的。」
「季小姐好。」翠竹規規矩矩地請安。
嬌嬌不太瞭解宮中禮儀，也是微福回禮，翠竹有些惶恐的樣子。
「妳也不要怕，我只問幾個問題而已。」
「季小姐請講。」雖然這人是協助楚攸的，但是如若沒有皇上的首肯，來喜定然也不敢擅作主張地帶人過來，翠竹心裡明鏡一般。
嬌嬌看她，微笑問道：「是這樣的，我聽說，妳是因為敲了門許久都不見公主有反應才推門的，對嗎？」
翠竹點頭，應是。
「可是，旁人不都是不敢惹二公主的嗎？為什麼妳會不顧規矩地推門？而且，妳為什麼只推開了門沒有進去？」嬌嬌軟軟地問，言談間也細細打量翠竹。
翠竹連忙回道：「回季小姐，近來公主身子剛有些好轉，我家主子心疼得緊，便時常讓我過去送些吃食。那日就是這樣，我過去敲門，敲了許久也不見開門，您也知曉，公主前些日子還中毒了，我當時便怕她是毒發，連忙就推開了門，誰想到，竟是看見二公主躺在地上，且地上已經有許多的血了。當時二公主的小侍女小香是跟我在一起的，我們倆俱是嚇得尖叫，小香還昏了過去，大家聽到我們的尖叫聲就趕了過來，等我反應過來，總管大人已經到了。」
「當時，有什麼特殊或不對勁的地方嗎？」楚攸問道，語氣淡淡的。

翠竹搖頭。「我、我太害怕了，當時雖然沒有昏過去，但是腦子竟也是一片空白。」

嬌嬌點頭，示意沒有什麼要問的了，隨即又提出想見見其他的人。

來喜一一應道。

除卻翠竹，大體上最知情的便是小宮女小香了，她也正是那日燒地龍那位，而她如今已經被關了起來。

看眾人再次問這個事，她有些瑟縮。

「季小姐問什麼，妳實話實說便是，無須太過擔憂。」

「是。」小香雖是如此回答，但是依舊瑟縮。

嬌嬌坐下。「妳跟著妳家公主的時間不長吧？」

小香點頭，聲音小小的。「我跟著我家公主兩年。」

嬌嬌挑眉。「那妳家公主身邊只有妳一個宮女？妳是幾等宮女？」

嬌嬌沒有問案子，反而是問了這些，楚攸背手站在一邊，挑眉卻不言語。

來喜等人自然是不明白她為什麼問這些。

小香怯怯的。「我是大宮女。」

噗！這點倒是出乎嬌嬌的意料之外。

「我們公主身邊只有我一個人。」

「原來宮中宮女的分額這麼緊啊。」嬌嬌感慨，一臉原來皇宮養不起人的表情。

來喜嘴角抽搐，他必須幫皇上正名。「季小姐就不知道了，其實，本朝後宮配置，公主是有四位大宮女的，而二公主嫁了人，則是六位。」
「那為何？」嬌嬌的眼神瞄向了小香。
來喜回道：「兩年前二公主大病一場，後來查說是身邊有人下毒，一氣之下就將六個大宮女全都杖斃了。」
呃……嬌嬌有些不可置信。
「後來二公主親自挑選宮女，就挑選了小香。」來喜至今對這事還有幾分不明白，一下子將六個心腹都杖斃，這二公主到底是如何想的；不論是這一點，還有選擇小香，人人都喜歡機靈的，二公主偏是選了一個呆蠢的，而且見著，二公主也沒有對小香多麼親密、多麼好。
「可是二公主不是還有很多的配額嗎？她都不用？」
這些來喜比小香是清楚多了的。「二公主稱是被這些大宮女傷了心，不想要那麼多人了。」
嬌嬌看向了楚攸，楚攸挑眉。
點了點頭，嬌嬌繼續問小香。「妳說說二公主出事那日的情況吧？那日二公主有什麼反常嗎？還有發現屍體之後，妳可是覺得有什麼不對勁？」
想到那日的情形，小香瑟縮得更加厲害，在這一點上，她是不如翠竹的，不過想來也是，翠竹是跟在玉妃身邊，自然是見識不同。
「那天也沒有什麼反常的地方，只是我家公主挺高興的，她還親自為自己上了一個妝，然後又讓我燒地龍，說自己冷，還叮囑我沒事不准打擾她，她要就著暖和勁兒多睡一會兒，我也都應了。」回想當日的情景，小香繼續說。

「我燒了好幾個時辰呢，只要看火不太好了，就趕緊添柴；再之後翠竹姊姊就到了，她是玉妃娘娘派過來的，我們怎麼敲門二公主都不開，翠竹姊姊怕公主出事，就推開了門，誰想著，我家、我家、我家公主就這麼出事了……」小香哭了起來。

嬌嬌將自己帕子遞給她。「別哭了，妳為什麼不讓別人燒火呢？妳是大宮女呀。」

「可是我家公主說讓我燒啊！」小香有些吃驚地看嬌嬌。

呃……果然是個呆蠢的小姑娘。

「我家公主雖然平時不太願意理我們，可是、可是她對我還是很好的。我本來是品級最低的小宮女，如果不是我家公主看上我將我升做了大宮女，我還在浣衣局呢。」

嬌嬌看她忠心護主的樣子，繼續問：「那那日妳進門之後呢？有什麼不同？妳感覺到什麼不同了嗎？」

「不同？」小香歪頭想，之後搖頭。「沒有什麼不同，我只看見我家公主倒在那裡，地上都是血，當時我就嚇昏過去了……」

嬌嬌看她如是回答，也不多說什麼，只笑咪咪地看著她，等待她再多想想。

果然，小香再次開口。「也沒有什麼的……嗯……如果說有，那麼開門的時候屋裡特別特別熱，這算嗎？可是當時我燒了地龍啊，熱是應當的。」

嬌嬌想了一下，點頭站起。「我想，我們暫時先這樣吧，小香姑娘也好好休息，等以後有需要，我大概會再來找妳。」

小香看著嬌嬌，突然跪了下來。「季小姐，呃、呃，楚、楚大人……求你們一定要幫我家公主找到兇手，求求你們了。」言罷，她開始磕頭。

嬌嬌看她如此，連忙將她扶起。「妳別傷心難過了，妳應該聽過楚大人的名諱，對嗎？妳要相信，楚大人一定會找到兇手，他很能幹的。」

「嗯。」小香大顆的淚水落下。

見過這兩人，嬌嬌又見了聽到喊聲趕過去的宮女、太監，問過問題之後幾人告別來喜公公離宮。

「妳有什麼想法？」楚攸問道。

嬌嬌擰眉。「說實話，我覺得不對勁。」

「哪裡不對勁？」

嬌嬌並不隱瞞。「很多，我回去還要仔細再串聯一下，不過我想，就連這兩個大宮女都不是百分之百可靠的。」

這一點楚攸贊同。

「祝尚書他們似乎也是這麼想的，他們已經把火力集中在小香身上，調查小香的身世過往，看看能否找到什麼潛在的線索，也在周圍展開了調查；事實上，小香確實是最有可能害死二公主的人。她說自己一直在燒地龍，可是實際如何誰清楚呢？現在不能用刑是因為皇上要讓我和祝尚書鬥，所以沒有將人交給刑部嚴加拷問，如若七日之後我們兩人都沒有調查出結果，想必這小香大抵也活不了多久了。」

「屈打成招有意思嗎？」嬌嬌挑眉。

「有時候對嘴硬的人，就要有嘴硬的做法。」楚攸反駁。

「呵呵！」你不是願意呵呵嗎，我也呵呵。嬌嬌傲嬌地略微抬了抬下巴，快走幾步，不願意與這樣的人為伍。

李蔚看季小姐的動作、語氣、表情，強忍住笑看自家大人。果不其然，黑臉了，真是難得一見啊！哈哈！雖然知道不應該，但是李蔚還是很想笑啊！

出了宮門不久，嬌嬌竟然看見了江城，江城見嬌嬌出來，連忙揮手。

楚攸默寒。「這死蠢死蠢的是誰？」

嬌嬌瞪他。「這是江大哥！我新雇的保鏢，大抵是許嬤嬤看我久久未歸，讓他過來等我的。」

江……大哥？楚攸皮笑肉不笑。「妳叫我楚叔叔，叫這熊模熊樣的大哥？季秀寧，妳差輩了吧？再說這人有點眼熟啊！」

說話間，幾人已經湊近，江城連忙行禮。「屬下見過楚大人。」

呃……楚攸再怎麼著也是號稱過目不忘的，看這人，他想了下，皺眉。「你是……六扇門的？」

江城大喜，他竟然被大人記住了，這是多麼令人高興的消息。「回大人，正是，屬下六扇門江城。」

楚攸挑起了丹鳳眼，似笑非笑地。「怎麼六扇門的月俸已經不夠用到這種地步了嗎？需要你接私活給人家當保鏢？而且六扇門有這麼清閒嗎？」

江城面露尷尬，但是你永遠不知道一個憨貨的邏輯思維能力。

「回大人，屬下腦子笨，費腦子的差事做不了，最近也沒啥打打殺殺的事，因此我申請了休假。這不正好嗎，可以給季小姐當保鏢，季小姐這麼溫柔單純，很容易被壞人欺負的。」

什麼？這一臉絡腮鬍的熊大叔，你確定你說的真的是你心裡想的嗎？

季秀寧溫柔單純？容易被人欺負？

楚攸還好，波瀾不驚的，李蔚簡直是要把眼珠子瞪出來了啊！

咱倆認識的是一個人嗎？

楚攸冷哼一聲，沒有對他多說什麼，反而是看著嬌嬌道：「回去吧，大事要緊。」

這死蠢的熊是小事，不過，就季秀寧這性格要是能隨便雇一個保鏢，他真是要把腦袋拽下來當凳子用。

「說說妳的發現吧。」楚攸開口，不過看這個江城沒有走的意思，他咳嗽了一聲。

「楚大人，您嗓子不舒服啊，我給您倒杯茶？您喝啥？」

喝什麼喝！你是裝蠢還是真蠢！

嬌嬌微笑。「江大哥，可以信任。」

嬌嬌短短幾個字，也間接地讓楚攸明白，這人不是隨意找的。想到已經離京將近七年的老夫人，楚攸暗思量，果真是不同凡響，這人並非季家的人，老夫人尚且能讓季秀寧說出可以信任的話，天知道，老夫人還在京城埋了多少的人手。不過季秀寧能夠坦誠地告訴他，也挺讓他意外的。

「先前我第一反應便是懷疑瑞親王，可是來到京城，我這想法還是有幾分動搖的。今日看了現場，聽了證詞，我更是想得頗多。其實按照慣例，許多現場的第一發現人最終都會被查證是兇手，抑或者是同犯，基於這一點，我仔細地詢問了翠竹和小香，表面看，兩人自然是都沒有問題，可是如若細細深究，這點倒未必如此。」

楚攸贊同點頭。「確實是的，如若不是這般，祝尚書也不會死盯著小香。」

嬌嬌失笑。「死盯著小香，真的就是在懷疑小香嗎？也許是的，也許，是做給你看。如今你們是對手，他查案的同時想要誤導你也不是不可能。」

楚攸自然明白這一點。「我明白這個，不過小香確實有值得懷疑的地方。我想，他最準確的做法是死查小香，然後也牽住我的精力，再另外暗查其他的線索。我雖然回京晚，但是優勢在於李蔚是第一個勘查現場的人，他的優勢則是小世子宋俊寧在幫他。」

「哦？」嬌嬌挑眉。

「祝尚書與安親王關係極好，小世子幫他理所當然，按照道理，妳都是應該幫他們的，畢竟，小世子是妳的舅舅嘛！不過，哈哈，好在我先下手為強。」楚攸笑道。

李蔚這時突然明白，原來找季小姐幫忙不只是多一位人手的問題，季小姐幫了我們，我們增加助力的同時，祝尚書那邊還減少了助力，一來一回，相當於占了兩層便宜。
嬌嬌嘴角一直噙著笑，沒有什麼別樣的表情。
「算起來，安親王也是我的外公，不知我是否要去拜會。」
許嬤嬤這時也在。「要的，老奴已經將一切都準備好了，明日一大早小姐便可過去，這是該有的禮數。」看一眼外面已經黑漆漆的天色，許嬤嬤又看楚攸，意思是——這大半夜的，你們還不走！
楚攸對她的眼色視而不見。「小香讓人懷疑的點我們可以看見，那麼翠竹呢？妳為什麼會懷疑她？她沒有跟在公主身邊，不必忍受公主的脾氣，更有甚者，她還是玉妃身邊的大宮女，也是與小香一起過去推門的，她可讓人懷疑的點基本沒有。」
「我不是懷疑她殺人，但是她為什麼不能是幫凶呢？」
「他們並沒有進屋，就算是幫凶，如何幫？」
「開門。」
呃？
「我還有一個問題，你說這宮裡，真的不能帶兵器進入嗎？一丁點可能也沒有？」她要確認這一點。
楚攸點頭。「當今皇上性子最是嚴謹，宮中除了侍衛，任何人等不得攜帶任何兵器，連小刀都不可以，就連御膳房的刀具都被看管得極為嚴格，外人想帶兵器進宮，那是白日作夢。」

嬌嬌沈思起來。「算起來，兵器也許真的和御膳房有關。」

楚攸疑惑。

嬌嬌看他不解，開口。「如果翠竹是幫凶，她的用處就是開門，將門打開，看凶器還在不在，順便將門大敞大開，散發熱氣。」

「為什麼要散發熱氣？」江城多嘴。

楚攸白了他一眼，他瑟縮一下，待在一邊長蘑菇。

「如若照妳這麼說，凶器便是可以化掉的銳器。」楚攸仔細地想著，覺得有道理。

「冰錐。」兩人異口同聲。

這兩人倒是有默契。

楚攸這時明白了嬌嬌的想法。「如果按照妳的推斷，那麼二公主也是被人事先算計過的。有人不知與二公主說了什麼，所以二公主交代了燒地龍，也不准小香進入室內；她卻不知，這是將自己推向鬼門關的前置作業，而後有人進屋用冰錐殺了她。鑑於小香不斷地加熱室內的溫度，所以冰錐化掉了，而翠竹則是那個幫凶，她算好了差不多的時間過來，作為發現現場的第一人。首先，她要確定冰錐是不是全然化光，另外，她也是為了將門打開，這樣室內的溫度就不會那麼高。如今是初秋，室外本就溫度挺高，她將門打開，只消一會兒的工夫，應該就不會那麼不自然了。」

嬌嬌豎了下大拇指，她正是這麼想的，一絲不差。

楚攸微笑。「那照妳這麼說，我還有幾個疑問，咱們可以探討一下。」

「請講。」

「疑問有三。疑問一，小香說，二公主為自己化了妝，且不允許小香進門，這是否是偷情，而她偷情的這個人是不是就是兇手；疑問二，翠竹為什麼要這麼做？要知道，她是玉妃身邊最得力的大宮女，深得玉妃的信任，而二公主是玉妃唯一的女兒，她是否真的是幫凶；疑問三，如果凶器是冰錐，那麼御膳房一定有人在幫忙，冰並不是隨隨便便就能得到的。」

嬌嬌微笑搖頭。「我不清楚，不過我想，應該很好查吧，單是冰這一條，想來就能牽扯出不少的線索。楚叔叔，我累了，明早我還得去安親王府呢，您老人家可以走了嗎？」

「他都沒走。」楚攸瞄一眼正看著自己的江城。

江城立馬站起來。「我走。話說，我早就睏了。」

楚攸滿意地點頭，隨即也離開了。

待所有人都走了，彩玉伺候嬌嬌沐浴休息，嬌嬌很是疲憊。

許嬤嬤站在她身邊感慨。「小姐早些休息吧，旁的事也別想太多，您今兒跟楚大人一起進宮，想來這消息已然傳遍了，明兒，還不知道安親王是個什麼態度呢！」

嬌嬌將身子埋在水裡，言道：「我都答應了楚攸，總是不能食言的；再說了，楚攸雖然算不得什麼好人，但是在許多事情上，他必然會站在我們季家這邊，這點是我早就與祖母已經達成的共識，所以幫他是可以的。」

許嬤嬤若有所思地點頭。「確實是的，雖然祥安郡主嫁進了咱們家，可是這安親王府卻未必幫著咱們家，當初那樁婚事可是鬧得雞飛狗跳。」

嬌嬌微笑。「祖母直言江城可靠，卻從未提過讓我信任安親王府，這便說明了一切了。不過許嬤嬤，祖母說家裡的侍衛不適合我重用，為什麼這江城卻適合啊？這麼樣的性格，真的不會有問題嗎？」說到這裡，她忍不住又笑了。

許嬤嬤大抵是想到了江城的性格，也笑了出來。「他雖然看似憨了一些，但是他十分可靠又熟知京城，用起來還是很方便的；而且，在正事上，他是個認真的孩子，小時候就是如此，您且放心吧。」

嬌嬌點頭。「嗯，我自然是相信祖母的判斷力。對了嬤嬤，妳說江城多大啊！看起來比楚攸還老。」

許嬤嬤這時笑得更暢快。「小三小姐覺得，他該多大呢？」

嬌嬌歪頭思索了一下，決定誠實點。「看外表，我覺得怎麼著都三十五、六了吧？不過我想他應該沒有那麼大，我猜，和楚攸差不多？」

「噗！」許嬤嬤笑了出來，不僅笑，還捶腿。

「難不成，他很年輕……」嬌嬌疑問。

許嬤嬤笑得上氣不接下氣。「他呀，今年也不過二十而已。」

「什麼?!」嬌嬌和正在伺候的彩玉都震驚了。

「二、二十……他？」嬌嬌覺得整個人都不好了，他長得這麼對不起他的年紀，他的家人知道嗎？「真是……看不出來啊！」

難得見秀寧小姐這般地吃驚，許嬤嬤竟是覺得有趣極了。

「可不是嗎？我上次見他，他才十三歲，就秀寧小姐現在這麼大呢！那時他就略微少年老成，不想這幾年蹉跎更甚。」許嬤嬤感慨。

嬌嬌無語……她已經被鎮住了，她什麼也不想說了好嗎！

怪不得他這麼些年是和老夫人沒有接觸的，他是個孩子啊，你指望一個半大的憨貨少年懂什麼禮數？

「果然是人不可貌相。」彩玉低喃。

——未完，待續，請看文創風228《風華世家》3

文創風 227

風華世家 2

國家圖書館出版品預行編目資料

風華世家 / 十月微微涼著. --
初版. -- 臺北市 : 狗屋, 2014.10
冊 ; 公分. --（文創風）
ISBN 978-986-328-361-4（第2冊：平裝）. --

857.7　　　　103018137

著作者　十月微微涼
編輯　王佳薇
校對　沈毓萍　馮佳美
發行所　狗屋出版社有限公司
地址　台北市104中山區龍江路71巷15號1樓
電話　02-2776-5889～0
發行字號　局版台業字845號
法律顧問　蕭雄淋律師
總經銷　知遠文化事業有限公司
電話　02-2664-8800
初版　103年10月
國際書碼　ISBN-13　978-986-328-361-4
原著書名　《锦绣世家》，由北京晉江原創網絡科技有限公司授權出版

定價250元
狗屋劃撥帳號：19001626
網址：love.doghouse.com.tw　E-mail：love@doghouse.com.tw